ハヤカワ文庫 NV
〈NV1517〉

暗殺者の屈辱
〔上〕

マーク・グリーニー
伏見威蕃訳

早川書房
9012

BURNER
by
Mark Greaney

Translated by
Iwan Fushimi
First published 2023 in Japan by
HAYAKAWA PUBLISHING, INC.
This book is published in Japan by
arrangement with
TRIDENT MEDIA GROUP, LLC
through THE ENGLISH AGENCY (JAPAN) LTD.

ウクライナに栄光あれ！

彼らが嘘をついているのを、わたしたちは知っている。

彼らは嘘をついているのを知りながら嘘をついている。

彼らが嘘をついているのをわたしたちが知っていることを、彼らは知っている。

彼らが嘘をついているのをわたしたちが知っているのを彼らが知っていることを、わたしたちは知っている。

それでもなお……彼らは嘘をつきつづける。

——アレクサンドル・ソルジェニーツィン

暗殺者の屈辱

〔上〕

登場人物

コートランド・ジェントリー……グレイマンと呼ばれる暗殺者。フリーランスの情報資産

ゾーヤ・ザハロワ…………………フリーランスの情報資産。元ＳＶＲ（ロシア対外情報庁）将校

アンジェラ・レイシー……………ＣＩＡ作戦本部上級作戦担当官

スーザン・ブルーア………………同作戦本部本部長付き特別補佐官

ジェイ・カービー…………………同長官

デイル………………………………同局員

アレクサンドル（アレックス）・ヴェリスキー……ブルッカー・ゾーネ・ホールディングスのバンカー

イーゴリ・クループキン…………ロシアのフィナンシャル・プランナー

エズラ・オールトマン……………ニューヨークの法廷会計士

エディソン・ジョン………………弁護士

アンドリーイ・メリニク…………ウクライナ人オリガルヒ。ジェントリーの依頼人

ブルサール…………………………ゾーヤの調教師《ハンドラー》

ブラウンベーア
アイファ
ベッロ

……………………傭兵

ダニール・スパーノフ……………ロシア連邦安全保障会議書記

ルカ・ルデンコ……………………ＧＲＵ（ロシア連邦軍参謀本部情報総局）29155部隊少佐

ウラン・バキエフ…………………同29155部隊曹長

セバスティアン・ドレクスラ……フィクサー

1

今夜、ロシア人たちは、きびきびと立ち働いていた。

本体がポリマー製の新型AK‐12アサルトライフル、二〇〇〇ルーメンのタクティカルライト（主に軍用に使われる多機能のフラッシュライト）、大型船のどこに配置されても連絡をとり合うことができる通信機器を携帯している十二人が、全長八五・六メートルのメガヨットの甲板《デッキ》にずらりと並んでいた。〈ライラ・ドラコス〉は、東カリブ海の島アンティグアのイングリッシュ港からかなり離れた沖で錨《いかり》をおろし、歩哨はそれぞれ明るい光芒《こうぼう》で黒い水面を照らし、船橋《ブリッジ》の夜間当直との定時の無線点呼を行なっていた。彼らは、コーヒー、煙草《たばこ》、エナジードリンク、覚醒剤《スピード》で夜通し興奮状態を維持していた。

夜間にデッキで大がかりな監視が行なわれていたのにくわえ、武装した三人が乗っている、二五〇馬力の機関を搭載した全長八・二メートルの交通艇が、ゆっくり周回していた。海中でも、ウェットスーツを着てスクーバの器材を身につけた二人組が、プロペラに覆《おお》いがあり、両手でつかまって時速四キロメートルで進むことができる水中スクーターを使って、哨戒していた。このふたりは、フラッシュライトを携帯し、水中銃を背負って、長いナイフを太腿《ふともも》に固定していた。

ヨットに乗っていた男女は、この高度の即応態勢を二週間近くつづけていた。かなりつらい仕事だったが、警備員を雇っている人物は、それにじゅうぶん見合う報酬を支払っていた。

ヨットとこの警備班を所有している人物が、これほど警戒を強めているのは、前月にアジアと中東で起きた二件のそれぞれ異なる事件のせいだった。三週間半前に、〈プーラ・ビーダ〉(中南米でよく使われる挨拶の言葉のひとつ)という全長九六メートルの船が、インド洋のモルディブ諸島沖で沈没した。その船は、一年前のウクライナ侵攻後にビリオネアのロシア人の多くがオフショア資産を没収されたときに、なぜか没収を免《まぬが》れた新興財閥《オリガルヒ》と関係があった。地元当局は沈没の原因を明らかにしていないが、いまも船を所有しているロシア人の多くは、破壊工作にちがいないと考えていた。

その事件の九日後に、ヘリコプター二機用のヘリパッドがある全長一〇四メートルのヨットが、ドバイでおなじ悲運に見舞われて、世界最大の人工港ジャバル・アリーの海底に沈み、その推理が裏付けられたように思われた。そのヨットは、複雑に入り組んだ仕組みでダミー会社と企業連合が所有していたことになっていたが、じっさいはロシア大統領の安全保障会議の途方もなく富裕な幹部の持ち物だった。

どちらの事件も死者はなく、負傷者すらいなかったが、船を所有するそのほかのオリガルヒたちは、財物が破壊されたこと自体に憤激し、警戒した。

当然ながらこのアンティグアでも、モルディブとドバイでそれぞれ沈没した船とおなじように、〈ライラ・ドラコス〉が湾の海底に沈むのではないかという懸念があった。船名がギリシャ語の〈ライラ・ドラコス〉（ライラは弦楽器の一種。ドラコスはドラゴンのこと。苗字でもある）はセーシェル船籍で、キプロスのダミー会社が所有するイギリスのフロント企業が登録していた。キプロスの会社は香港の正体不明の企業連合が所有し、その企業連合をパナマの企業連合が所有しているという仕組みだった。だが、つまるところ、サンクトペテルブルクの六十三歳のビリオネアで、ロシア連邦の元天然資源・環境相のコンスタンチン・パステルナークの所有物だというのが真実だった。

裕福なロシア人が所有していて、ウクライナ侵攻後に没収されたメガヨットの多くとは異なり、〈ライラ・ドラコス〉はさほど贅沢《ぜいたく》な船ではなかった。買い値は一億二千万ドルで年間維持費は一千万ドルを超えるが、世界最大の豪華ヨットの半分の大きさで、維持費は四分の一だった。それでも、現在は世界第百五位の大型ヨットなので、自分が所有していることをコンスタンチン・パステルナークは巧みに隠していたが、ゆくゆくはロシア人の所有物に破壊工作を行なっている何者かの攻撃目標《ターゲット》になるかもしれないと思っていた。

メガヨットの世界はこれまで二週間、何事もなく平穏だったが、まだ没収されたり沈められたりしていない船を所有しているパステルナークやほかの数人は、客をすべて船から追い出し、練度が高い重武装のならず者たちを乗せた。いまでは生存が懸《か》かっていることを意識し、全員が攻撃されるのを待ち、できれば襲ってきた連中を捕らえたいと思っていた。

〈ライラ・ドラコス〉が投錨している場所は、アンティグアの港内の他の船舶からたっぷり一キロメートル離れていて、喫水線の上と下で間断なくパトロールが行なわれていた。いつもなら甘い雰囲気の照明がヨットの四方にひろがるのだが、いまはギラギラ光る投光照明が、それに代わっていた。警備員はロシアの民間軍事会社ストラヴィンスキーの契約社員から成っている。海中では、パステルナークのロシア連邦外での最初の貴重な所有物であるヨットの船体に爆発物が取り付けられないように、ダイバーが警戒していた。

警備班は元特殊部隊員で、襲撃を撃退する準備はできていた。それにモルディブとドバイの事件のことがあるので、注意力をいっそう鋭く研《と》ぎ澄ましていた。

今夜、配置についている警備資産《セキュリティ・アセット》十七人は、攻撃を仕掛ける相手に対して圧倒的な力の誇示になるはずなので、全員がひとつのことに揺るぎない確信を抱いていた。

今夜、ぜったいに何者も……どんなやつだろうと、ここへ来てコンスタンチン・パステルナークに戦いを挑みはしないだろう。


コート・ジェントリーは今夜、コンスタンチン・パステルナークに戦いを挑むために、ここに来ていた。水線《ウォーターライン》（水面と船体との交線）の一七メートル下、高さ一八〇センチのジャイアントバレルスポンジ（幅と高さが二メートル近い最大種の海綿動物）の群れの蔭で、砂地の海底に膝をつき、暗視単眼鏡で観察していた。全長一五〇センチのターポンという大きな魚が何匹も、自分たちの餌《えさ》場《ば》に侵入した奇妙な生き物にさりげなく興味を示しながら、のんびりとまわりを泳いでいた。


まもなくジェントリーは水中暗視装置をマスクの上にはじきあげて、約三〇メートル北の上のほうに見える〈ライラ・ドラコス〉の周囲の明るい光に目を凝らした。

前の夜にこのターゲットの位置にはじめて来たときに、ダイバーを発見していた。今夜も、十分前に到着するとすぐに見つけた。この距離からでは細かい部分が見えなかったが、ひとりずつに分かれてパトロールしながら、ヨットの船体をライトで照らしているのはたしかだった。前夜とおなじで、ふたりしかいない。ジェントリーは精いっぱいふたりの手順を見極めようとしたが、あまり時間がないことはわかっていた。ここに長くとどまりすぎると減圧症で苦しむ危険を冒して、水面まで浮上しなければならない。

昨夜も実行する準備はできていたのだが、警備が厳重だったので、相手の動きをもっとよく見極めないと進められないと判断した。そこで、自分の船に戻り、今夜に二度目を再開する準備をした。

三週間半前にモルディブで〈プーラ・ビーダ〉を爆沈したのは、わりあい簡単な作業だった。船の警備手順は、水上に絞られていたようだったし、水中から近づいて小さな爆薬を重要な数カ所に磁石で取り付けるのに、たいした技倆《ぎりょう》は必要ではなかった。

ドバイでの攻撃は、もっと難しい仕事だった。〈オルムリン・ランギ〉（フェロー諸島の言葉で〝長い蛇〟の意味）のほうが大きかったし、モルディブでの事件のあと、何者かがロシアの大金持ちの大きなおもちゃを付け狙っているという噂が、オリガルヒのあいだでひろまっていた。〈オルムリン〉の所有者は、警備を強化した。スピードボートが周囲の海をパトロールし、船首と船尾に水中カメラが取り付けられた。それでも、ジェントリーは暗視単眼鏡を使ってカメラを避け、ドレーゲルRBD5000呼吸循環潜水装置《リブリーザー》（閉鎖式と半閉鎖式があるが、いずれも排気を再生し、潜水中に泡が水中に出ないか、出る量が減る）を通常のダイビング器材につけかえて、吃水線より上のだれかに探知される可能性を低くした。これを使えば、通常のダイビングとはちがって、泡がほとんど水面に出ない。

ジェントリーは、〈プーラ・ビーダ〉とおなじように〈オルムリン・ランギ〉の船体の三カ所に爆薬を仕掛けて離脱した。四十五分後に船体の弱い個所に仕掛けられた小さな爆薬が炸裂《さくれつ》し、メガヨットは損壊して、最終的に十三時間後に湾の底に沈んだ。

そしていま、ジェントリーは地球の反対側に来ていた。予想どおり、ヨットの周囲の警備は、何倍にも強化されていた。

敵がジェントリーの戦術に適応していることは明らかだった。だが、ジェントリーは心配していなかった。

その適応に適応すればいいだけだ。

コートランド・ジェントリーは、アメリカ人で、元ＣＩＡ工作員だった。その後、ＣＩＡの資産《アセット》――契約工作員になった。いまはフリーランスで諜報活動を行ない、道義に則していると思った契約だけを引き受けている。

ジェントリーは、ますます冷酷に、そして暗くなっている世界に変革をもたらすと思えるような戦いを期待して、このカリブ海でずっと船上生活を送っていた。戦禍を逃れてルーマニアに移住したアンドリーイ・メリニクというウクライナ人オリガルヒから、ダークウェブ経由で連絡があった。メリニクは悪党でペテン師だと、ジェントリーは確信していたが、任務が道義的に正しいと思ったときには、悪党やペテン師の仕事を引き受けたこともある。それに、メリニクが持ちかけた仕事は、実行可能《ドゥーアブル》で高潔《ノーブル》だったので、ジェントリーは引き受けた。

メリニクは、ジェントリーが必要としているものを手に入れることができると豪語した。情報産物《インテリジェンス・プロダクツ》のことだ。ウクライナ人オリガルヒのメリニクは、国際金融の世界で数々の人脈を持っている。その連中が点と点をつなげば、富裕なロシア人と彼らが西側に隠している富との結びつきが明らかになる。

そしていま、ジェントリーはメリニクのために働き、メリニクの祖国の敵であり、ジェントリーのビジネスの競争相手でもあるロシアに仕えている犯罪者のロシア人の虚栄心を満たす贅沢品をこの世から一掃しようとしていた。

つまり、コート・ジェントリーは、プロフェッショナルの破壊工作員になっていた。

メリニクのリストには、もともとヨット九隻が記されていた。ロシア政府に押収されるおそれがあるので、いずれも無保険だった。そして、持ち主のロシア人は、高度の法廷会計学によって正体を暴かれていた。ジェントリーは、あとの六隻をじっくり片づけるつもりだった。〈ライラ・ドラコス〉を爆沈したあと、カリブ海に一週間か二週間、潜伏してから、トリニダード・トバゴのポート・オブ・スペインを目指す。そこに係留されているベラルーシ副首相所有の全長七二メートルの船が、つぎのターゲットだった。

ジェントリーは、こういったことで世界を変革できるというような幻想を抱いてはいなかった。人道に対して口にするのもはばかられるような犯罪を行なっている、とてつもなくあくどいやつらに、ちょっとした不便を味わわせ、怒らせるだけのことだ。

クリミア、モスクワ、サンクトペテルブルク、ミンスクにいて、そういうくそ野郎――どいつもこいつもくそ野郎だ――の肋骨《ろっこつ》のあいだに細いナイフかアイスピックかネジまわしか巨大な両手剣《ツヴァイヘンダー》を突き刺すほうがずっといいと、ジェントリーは思っていた。だが、ウクライナ人の雇い主は金融が専門で、金融の世界の人脈を使う。金の流れをたどることにしか能がない。ロシアやその衛星国の軍や諜報機関の重要人物にジェントリーを接近させることができるような情報能力、後方支援、人脈はない。

金持ちの馬鹿者どもの海のおもちゃを破壊するだけでは、ジェントリーにとって刺激が弱かったが、重要な仕事にはちがいないし、この仕事は高潔な取り組みだと思っていた。

ジェントリーは手首のダイビングコンピューターを確認して、そろそろ取りかかったほうがいいと判断した。上昇するのに問題はないし、フラッシュライト二本が船体に向けられているかぎり、全長がサッカーのピッチほどもあるヨットの数カ所で作業するあいだ、ダイバーふたりをたやすく避けられるはずだった。

吸着機雷《リンペット・マイン》三発を入れて横の砂地に置いてあったメッシュバッグを、ジェントリーは持ちあげた。機雷一発が五・四キロの重さだった。バッグを浮力調整装置《BCD》（タンクを装着し、レギュレーター〔圧縮空気を人間が呼吸できる気圧に減圧する装置〕と深度計などの計器を接続するベスト状のダイビング器材）に取り付け、タンクのエアをすこし送り込んだ。重さが一六・二キロ増えたのを、ＢＣＤ内のエアが相殺し、ジェントリーの体は海底からゆっくり上昇しはじめた。

ヨットの船尾に近づくように、ゆっくり上昇するあいだ、移動しながら船体を反射する二本の光芒を、ジェントリーは交互に見た。ダイバーそのものはよく見えず、船体に映る影とシルエットが見えるだけだったが、水中銃か、ガス圧を使用して腔綫《ライフリング》のない銃身から五・六六ミリ弾を発射するロシア製のＡＰＳ水中アサルトライフルを携帯しているにちがいないと思った。

ジェントリーの武器はナイフ二本だけだった。ステンレス製で刃渡り一五センチの鋸《のこぎり》刃《ば》の〈マレス〉固定刃ダガーを、ＢＣＤの胸に取り付けた鞘《さや》に収めてある。チタン製で刃渡り九センチ、短刀形の切っ先の〈スクーバプロ・マコ〉は、ふくらはぎに固定してある。

今夜は銃撃戦に巻き込まれるわけにはいかないし、水中でナイフを使う戦いにも巻き込まれたくない。だから、身を隠すのが肝心だと、自分にいい聞かせた。

深度一〇メートルほどのところで、頭上の水をかきまぜている船外機のうなりが聞こえた。見あげると、大型の交通艇が船尾をのんびりした動きでまわり、右舷側を船首のほうへ進んでいくのが見えた。

水上の交通艇は、ジェントリーにとって懸念材料ではなかった。心配なのはダイバーのほうだ。だが、成功する見込みはじゅうぶんにある。ダイバーの仕事は、四方の暗い海中にいるかもしれない襲撃者の捜索ではなく、なんらかの装置が船体に取り付けられていないかを確認することだからだ。ダイバーひとりが船体を一周するのに十分以上かかるし、ふたりは等距離をほぼ維持していたので、三カ所それぞれに機雷を取り付けるのに五分ずつ余裕があるとわかっていた。

水面の約五メートル下でジェントリーは手をのばし、船尾の船体に片手を置いた。巨大なプロペラの船首寄りのそこで、メッシュバッグに手を突っ込み、一発目の機雷を出した。電磁石で吸着する機雷を用心深く鋼鉄の船体にくっつけて電磁石を作動し、機雷をターゲットに固定した。まわりを見てダイバーふたりのフラッシュライトを探すと、それぞれ右舷と左舷のかなり船首寄りで光っているとわかった。そこで、ジェントリーは吸着機雷の化学式時限信管に接続されているつまみを慎重に握った。

それから、気を静めるために二度呼吸し、自分が置かれている状況を考えた。

モルディブとドバイの襲撃では、遅延信管を一時間に設定したが、昨夜ここに来て、爆発物を探しているダイバーの活動を目にしたあとで、ジェントリーは、わずか十二分後に起爆するように設定を短縮した。

十二分後の起爆なら、たとえ機雷が発見されても、手遅れになる前にダイバーが取りはずすか起爆しないように処理する時間はないはずだった。

最初の二度の襲撃では、死傷者がまったく出なかったが、今夜は確実にふたり以上のくそ野郎が命を落とす可能性が高い。それでもいっこうに気にならなかった。

こいつらは、非道な政権に加担して悪事でぼろ儲《もう》けし、命を付け狙われている、ロシアのオリガルヒのために働いている。

ダイバーふたりがどうなろうが知ったことかと、心のなかでつぶやきながら、ジェントリーはつまみを引いた。

一発目の吸着機雷をそのままにして、ジェントリーは船体の下を船首のほうへ進んでいった。右舷側を照らしているフラッシュライトの光に捉えられないように、船底の中心にある小さな竜骨に隠れて左舷側を移動し、まもなくふたたび竜骨の下を潜って、左舷側の光から身を隠した。進むのは捗《はかど》らなかった。ダイバーふたりの動きにはパターンがあったが、完全に調和しているわけではなかったので、ジェントリーは徹底的に注意を集中しなければならなかった。

ジェントリーは、船尾に向けて進んでいた右舷側のダイバーをやりすごしてから、竜骨の下を潜って右舷へ進み、船側を上昇し、水面のすぐ下で吸着機雷をすばやく船体に取り付けた。左舷側のダイバーがここに来るのは約五分後で、吃水五・二メートルのヨットの下のほうをおもに調べるはずなので、水線近くの機雷は見落とされる可能性が高い、というのがジェントリーの作戦理論だった。

吸着機雷を取り付けて時限信管を作動すると、ジェントリーは左舷へ潜っていって、船首を目指した。左舷側のダイバーのフラッシュライトがあちこちを照らしているのが見えたが、船尾へ向かっていたダイバーのライトは見当たらなかった。デッキの警備員に連絡をとるために浮上したのか、船体下のここからは死角になっているのかもしれないと、ジェントリーは思った。

最後の吸着機雷は、右舷の吸着機雷よりもずっと深いところに仕掛けられるとわかっていた。船首から一〇メートル以内のここにダイバーが来るころには、一発目の機雷が爆発しているはずだからだ。そのときに水中で近くにいたものは、脳震盪《のうしんとう》を起こし、残りの機雷を処理するどころか、さらなる爆発から遠ざかろうと必死になるはずだ。

ジェントリーは、三発目の吸着機雷を仕掛けて、時限信管のつまみを引き、ダイビングコンピューターを見た。一発目の機雷の時限信管を作動してから、八分たっていた。爆発によって被害が生じる範囲から泳いで逃れるのに一分かかるから、三分以内にここから遠ざからなければならない。

ジェントリーは体を反転して、キックした。竜骨を潜ってから潜降し、海底に達したところで、できるだけ速く泳いで遠ざかるつもりだった。

竜骨の下を通った。そこは水面の六メートルほど下で、船体の下になっていたので、デッキの照明が届かない暗がりだった。だが、どこからともなくまぶしい白光がジェントリーの目を照らした。

ジェントリーはその光のせいで目がくらみ、愕然《がくぜん》としたが、不意に危険にさらされ、方向感覚を失ったにもかかわらず、機雷が爆発しはじめる前に、急いでここから逃げるのに、あと二分四十五秒しかないことを忘れはしなかった。

2

ジェントリーは反射的に体をまわして、まぶしい光芒《こうぼう》の反対を向いた。フラッシュライトで照らしている男は、武器を持っているはずだし、距離がわからなかったので、攻撃されたときに楯《たて》になるものを見つけなければならなかった。

光に背中を向けたとたんに、背中のダイビング器材が激しい打撃を受けてガタンと音をたてるのが聞こえた。その音からして、銛《もり》がスチール製のタンクに当たって、横にそれたようだった。

水中銃につぎの銛を装塡《そうてん》するには時間がかかるとわかっていたので、ジェントリーは体を曲げて、タンクがなおも脅威と自分のあいだにあるような姿勢のまま思い切りキックしてうしろに突き進んだ。

そのあいだに胸の大きなナイフを抜き、ヨットの船体の下で相手に激突すると、瞬時に向き直り、切りつけた。

ナイフは敵に当たらなかったが、フラッシュライトが水中でくるくるまわって、落ちていった。

両目に強烈な光を浴びせられたせいで、まだよく見えなかったが、ジェントリーはナイフを突き出して突進した。だが、ダイバーがキックして離れたので、またしてもナイフは的をはずした。

船体の下はほとんど光が届かなかったし、瞳孔がまだ回復していなかったので、有効な戦いはできないとジェントリーにはわかっていた。手をのばし、暗視単眼鏡を引きおろして、これで優位に立てるだろうと思ったが、視野が四五度しかない単眼鏡で、ダイバーが長いナイフを持ち、やはり暗視装置を使っているのが見えた。

くそ。こいつらには、こっちの目算よりもずっといい装備がある。

単眼鏡は視野が狭く、ダイバーの右手のナイフが襲ってくるのは見えなかったが、ジェントリーはそれを予測していたので、頭をそらした。ナイフがジェントリーのマスクに掻き傷をこしらえた。十分の一秒遅かったら、顔を切り裂かれていたはずだった。

ジェントリーはふたたびナイフを突き出して跳びかかったが、反撃するには距離が遠すぎた。

相手が左右にふりまわしているナイフが見えるように、ジェントリーはキックして間合いをとろうとしたが、その前にロシア人ダイバーがキックして前進し、また切りつけた。

ジェントリーは顔の右側にひっぱられるような衝撃を感じた。

海水が喉《のど》にはいってきたので、ドレーゲル呼吸循環潜水装置《リブリーザー》のホースに穴があいたのだとわかった。ジェントリーはあわてそうになるのをこらえて前進し、両腕を敵に巻きつけて、敵のナイフをつかんで利用するために、左手のナイフを捨てた。

もみ合うあいだ、ジェントリーは息をとめていた。暗視単眼鏡に敵ダイバーのレギュレーターが当たり、頭からはずれて、海底へ落ちていった。

ジェントリーの周囲は真っ暗になったが、手袋をはめた手で敵の右手首をつかんだとき、周囲がふたたび前よりも明るくなった。目の前のダイバーが見えた。ダイバーが握っているナイフは、体から遠ざけられていた。穴があいたジェントリーのホースから出る泡が、ダイバーの顔の右側を上昇していた。

ジェントリーは、必要だった視界を取り戻していたが、いい報《しら》せではないとわかっていた。だれかべつの人間、おそらく船体を調べているもうひとりのダイバーが、怪しい人間がいるのに気づいて、接近している。

そのダイバーは、フラッシュライトだけではなく、武器も持っているにちがいない。ジェントリーのまずい状況は、最悪の状況と化した。

それに、生死を懸《か》けて取っ組み合っている敵ダイバーの顔からマスクを引きはがそうとするあいだも、ジェントリーは平静を保っていたので、約二分後に頭上でヨットが爆発しはじめることも心配していた。

深度九メートルでジェントリーと格闘していたロシア人は、びっくりするくらい力が強く、技倆《ぎりよう》が高かった。マスクを引きはがそうとしていたジェントリーの右手を、ロシア人はなんなく払いのけた。ジェントリーは左手を下にのばして、タンクに接続され、BCDの右側に取り付けてある、オクトパスと呼ばれる予備のレギュレーターをつかんだ。

ジェントリーはBCDからオクトパスを取って、マウスピースをくわえたが、腕で締めつけていた敵ダイバーが、その隙《すき》にタンクのうしろに両手をのばして、ナイフを右手から左手に握り替えた。その腕の動きを感じてなにが起きるか察したジェントリーは、急いで相手の腰に両脚を巻きつけ、体をそらして、顔を遠ざけた。

敵が左手でナイフを突き出し、オクトパスのホースを切り裂いた。

またしてもジェントリーは海水を吸い込んで、喉を詰まらせた。

敵ダイバーがふたたびナイフを突き出したとき、ジェントリーは顔をねじって避け、右手で相手の左手首をつかんだ。さらに、左手で敵ダイバーの胸の右側からオクトパスをひっぱって、マウスピースをくわえ、血眼《ちまなこ》になって殺そうとしている相手と、おなじタンクのエアを分かち合った。

ロシア人ダイバーは、ジェントリーの体を締めつけた。暗い水中でふたりが切り合ったり、体をまわしたりしているあいだに、ダイビング器材のホース類がスパゲティのように絡み合い、離れることができなくなった。ふたりのダイビング器材がもつれるのがわかった。ホース、バックル、ジェントリーのちぎれたレギュレーターの残圧計までもが、敵ダイバーのレギュレーターのホースをくぐり抜けて、その下にあった。

ジェントリーは身動きできなくなり、泳いで離れることもできなかった。生き延びるためには、敵の背中のタンクのエアを吸わなければならない。

もうひとりのダイバーが近づいていて、ジェントリーをうしろから照らす光が明るくなっていた。的をはずして仲間に当たるおそれがなかったら、とっくに水中銃で撃っていたにちがいないと、ジェントリーにはわかっていた。

ジェントリーの目の前のダイバーが頭突きした。ジェントリーのマスクがずれて、海水がマスク内に充満した。ジェントリーは、手が空いていなかったので、マスクをもとに戻せなかった。ナイフで切りつけられないように、敵ダイバーの左手を右手で握り、左手はマスクを引きはがしてオクトパスを取り戻そうとしている敵ダイバーの右手と戦っていた。

轟音《ごうおん》とともに爆発が起きるまで、あと一分だと思いながら、ジェントリーは格闘した。

海水がしみるので目を閉じて、数秒以内にこれから逃れないと死ぬと気づいた。

選択肢がほとんどなかったので、ふと思いついたことを、ジェントリーはよく考えもせずに実行した。敵ダイバーの右肩のところで相手のレギュレーターのホースに左腕を巻きつけ、相手の右手首から左手を離して、タンクのバルブをまわして締めた。敵ダイバーのエアの供給をとめると同時に、自分もエアを吸えなくなる。バルブを閉める直前に、ジェントリーは大きく息を吸った。つぎの瞬間、敵ダイバーが空いた右手で自分のオクトパスを取り戻した。

敵ダイバーは、息を吸おうとしたときに、エアの供給が絶たれたことに気づいて愕然《がくぜん》とした。そのとたんに、自分が窮地に陥ったことを悟り、すぐさまバルブをあけようとした。だが、タンクを背負っている人間は、両手を使わないとバルブをまわしづらい。そのため、敵ダイバーはジェントリーの体から手を離し、キックして遠ざかり、安全にバルブをまわせる間合いをとろうとした。

ジェントリーはすばやくマスクの下側に細い隙間《すきま》をこしらえ、鼻から息を吐いてマスクに空気を送り込むことで海水を出した。フラッシュライトを持って近づいてくる背後のロシア人が、一瞬、光を下に向けるのが見えた。水中銃で撃つ用意をしているのだと、ジェントリーは判断し、近いほうのロシア人ダイバーに向けて泳いでいった。ダイバーはタンクの下に左手を入れて、必死で持ちあげながら、右耳のうしろにあるバルブをまわそうとしていた。

だが、敵ダイバーがバルブをあける前に、ジェントリーはそこへ着いた。流れるようなひとつの動きで、ふくらはぎに手をのばし、刃渡り九センチの〈マコ〉ナイフを抜き、敵ダイバーの顎《あご》を刺し、切っ先で頸椎《けいつい》を貫いた。

ジェントリーは、ナイフの柄から手を離し、死にかけている男の向きを両手で反対に向けた。フラッシュライトと自分の体のあいだに敵ダイバーの体を移動したとき、もうひとりのダイバーが放った鋼鉄の銛《もり》が、敵ダイバーの下腹部に突き刺さった。

ジェントリーは、死にかけている敵ダイバーの口からレギュレーターのマウスピースを引き抜いて、自分の口に突っ込み、急いでバルブをまわして、エアが流れてくるようにした。

敵ダイバーが死に、死体が水中をふわふわ漂いはじめると、ジェントリーはそのうしろにいて、フラッシュライトの方角へ押していった。

そのとき、〈ライラ・ドラコス〉の船尾の吸着機雷が爆発した。その機雷には、船体に幅二メートルの穴をあける威力があるが、生き残りの敵ダイバーとジェントリーは、かなり離れていたので、鼓膜に衝撃を感じ、体のなかを揺さぶられただけだった。

とはいえ、爆発はジェントリーにとってきわめて有利な効果があった。敵ダイバーがジェントリーに向けていたフラッシュライトをあわてててちがう方向に向け、フィンで必死にキックして、ヨットからできるだけ遠ざかろうとした。そのダイバーはまだ水中銃を持っていたが、再装塡して追撃してくるおそれはないはずだった。機雷が何発仕掛けられているか、敵ダイバーは知る由《よし》もないし、いつ二発目が爆発するかもわからないからだ。

ジェントリーは水面の一二メートル下にいて、死んだダイバーのタンクの上部にしがみつき、ヨットからできるだけ離れようとして、泳ぎはじめた。だが、泳ぎながらいろいろな作業をやった。死体からダイビング器材をはずし、自分の体に取り付けてある器材と交換した。ロシア人ダイバーのナイフによって、ジェントリーのレギュレーターは使い物にならなくなっていた。

暗視装置が使えるように、死んだ敵ダイバーのマスクも奪った。必要なものをすべて手に入れると、敵の首から〈マコ〉ナイフを抜き、死体が流れ去るのを見送った。

ジェントリーは、キックしつづけた。大型の交通艇が真上にいた。おそらく仲間を救出するためにダイバーを潜らせる準備をしているのだろう。ジェントリーは長居して、その連中を歓迎するつもりはなかった。

精いっぱいの速さで、ジェントリーは南へ泳いでいった。ロシア人のタンクのエアを節約するために、泳ぎながらゆっくり浮上した。

二十分後、吸着機雷三発がすべて爆発し、〈ライラ・ドラコス〉に乗っていたものは全員船を捨てるようにという指示が出されたあとで、ひとつの人影が、〈ネルソンズ・ドックヤード・マリーナ〉の黒い水面から姿を現わし、隣り合った係留所に停泊していたプレジャーボート二隻のあいだで陸地にあがった。

午前四時だったが、ジェントリーは周囲を見て、だれもいないことを確認し、全長一四メートルの小型ヨットの船尾梯子《はしご》を昇った。ダイビング器材は、自分のものもロシア人から奪ったものも、係留所の下の砂地に残してきた。舫《もや》い綱を解いて係留所を離れるのに一分かかり、その一分後には、風波除け《ドジャー》の下で舵輪の前に立っていた。ウェットスーツは脱ぎ捨て、黒いスウィムトランクスだけの格好で、体からまだ海水が滴《したた》っていた。

右腕に血がついていた。ロシア人のナイフがウェットスーツを切り裂き、肩の付け根近くに浅い傷を負わせたのだとわかったが、痛くはなかった。心配するほどの出血ではなかったので、ほうっておいた。

ジェントリーは、ヨットの機関を始動し、後進でゆっくり係留所を出てから、舵輪をまわして、船首を南に向け、マリーナから遠ざかった。加速しながら、面舵《おもかじ》を切り、西を目指して、舵輪にかけてあった双眼鏡を取り、目に当てた。

早くも右に傾いている〈ライラ・ドラコス〉が、南東に見えた。救命艇数隻が出動していた。炎は見えなかったが、小さな吸着機雷でも、〈ライラ・ドラコス〉が数時間後に沈没するはずだとわかっていた。吸着機雷には、あの船を木《こ》っ端《ぱ》微塵《みじん》にする威力はない。それでも、コンスタンチン・パステルナークにとっては全損になる。アンティグア島をまわって西へ向かいながら、ジェントリーはかすかな笑みを浮かべた。一時的な隠れ家の最終目的地まで、北へ九時間、航海することになる。

3

アレックス・ヴェリスキーは独りで座り、抑えようのない恐怖にさいなまれながら、周囲の光の向こうにある凍りついた闇に視線を据えていた。

ヴェリスキーの前の路地から二〇メートルも離れていないノイマルクトという通りで、車のドアがあいて、閉じたばかりだった。会うことになっていた相手が到着したが、このろくでもない出来事にどう対処すればいいのか、ヴェリスキーにはわからなかった。

チューリヒの旧市街《アルトシュタット》のひと気がない脇道にぼたん雪がはらはらと舞っていた。氷がついて滑りやすくなっている石畳《いしだたみ》が、ガス灯の柔らかい光を反射していた。この旧市街には、中世の大聖堂、広場、互いに支え合っているさまざまな色の石造りの建物が、曲がりくねった通りに点々とあり、多くは十四世紀の建造物だった。夏には賑《にぎ》わう旧市街も、一月半ばの木曜日の晩には閑散としていた。数すくない観光客も、いまはホテルの部屋でぬくもって眠っている。

午前零時の直前に、チューリヒに住む三十五歳のアレックス・ヴェリスキーは、鎧戸《よろいど》が閉まっているビストロの塀《へい》に囲まれた裏庭で、プラスティックのテーブルに向かい、独りで座っていた。格子棚の上にかけてある透明なプラスティックの庇《ひさし》で雪をしのぎ、長いウールのコートとガスヒーターで多少の暖をとっていた。五分前には寒さが気になったが、いまは額に汗がにじみ、身じろぎもせずに座ったまま、周囲の光が届かない闇に目を凝らしていた。

うつろな足音が近づいてきて、路地で大きく響くようになると、ヴェリスキーは、何度も自分にいい聞かせた。これはビジネスだ、ただのビジネスだ、なにも好きになる必要はない。口を閉じていて、自分の仕事をやればいい、と。

ここではなく、ほかのどこかにいたいと、ヴェリスキーは切実に思った。家でテレビを見ているほうがいい。旧《ふる》くからの友人たちとアイスホッケーをやるか、食事に出かけるほうがいい。家族といっしょにいて、まだ赤ん坊のかわいい甥《おい》を抱いていたい。心配事から遠く離れ、ろくに知らない男と寒い路地の奥でひそかに会うようなことから遠ざかりたい。

ヴェリスキーは、その男を心の底から嫌っていた。

ヴェリスキーは、消滅してしまった幸せな夢を追い払い、閉店時間になってビストロを閉める前にウェイターが栓を抜いてテーブルに置いていったイタリアのワイン〈オルネライア〉を、ふるえる手でグラスふたつに注いだ。ビストロはノイマルクトの小さな広場の向かいにあった。規則違反だったが、ウェイターは店を閉めたあとでヴェリスキーを隣の建物の裏に案内し、ガスヒーターを用意して、二百ユーロのチップを受け取った。ヴェリスキーは、ワインを飲み終えたらヒーターを消して、狭い裏庭から出ていくと約束したが、外国から来るビジネスの仲間と秘密に会うことはいわなかった。

光の輪の端のほうに人影が見えたので、ヴェリスキーはワインをテーブルに置き、髭《ひげ》をきれいに剃《そ》っている顔に作り笑いを浮かべた。立ちあがったとき、手とおなじように膝《ひざ》もガクガクふるえていた。

やってきた男は長身で、がっしりした体格だった。もじゃもじゃの口髭をたくわえ、銀髪が夜中の風に吹かれて乱れていた。五十代のはじめだというのをヴェリスキーは知っていたが、ひどく老けて見えた。

ヴェリスキーは、顔に笑みを凍りつかせたまま手をのばし、年上の男の手を握った。ふたりの目が合ったが、ヴェリスキーはすぐさま視線をそらした。ヴェリスキーは暴力的な男ではなかったが、目の前のくそ野郎の顔がぐちゃぐちゃに崩れるまで殴りたかった。そのすさまじい悪意が、心の窓である目に表われるにちがいないと思った。

だが、だれかを殺すためにここに来たのではない。ヴェリスキーは、雇い主のために莫大な金を儲《もう》けられるはずの目的のために来ていた。それをやるのはきわめて不愉快だったが、今夜は優秀な起業家を演じるつもりだった。

これをさっさと片づけたい。

アレックス・ヴェリスキーは、職業にまつわる分野だけに限っていえば、このイーゴリ・クループキンのことを何年も前から知っていた。ヴェリスキーは、ブルッカー・ゾーネ・ホールディングスというスイスの名門プライベートバンクのデジタル資産トレーディング担当副参事だった。クループキンはロシアのフィナンシャル・プランナーで、クライアントの何十億ドルもの資金を、十年以上にわたりヴェリスキーの会社に流し込んでいる。大部分はビットコインやそのほかの仮想通貨だった。だが、いつもならクループキンは、ヴェリスキーよりもずっと上の幹部と取引する。だからこそ、モスクワから来たクループキンと夜中に会うよう求められたことに、三十五歳のヴェリスキーは戦々恐々としていた。

クループキンが、ロシアなまりの強い英語でいった。「だれにもいっていないだろうな」

ヴェリスキーは首を横にふって否定し、用心深い口調でいった。「黙っているようにとあなたはいった。わたしの銀行にも伏せるようにと。そうしました」

クループキンが、満足げな表情でジャケットに手を入れ、煙草《たばこ》のパッケージを出した。

ヴェリスキーは、激しい嫌悪を押し隠して、精いっぱい愛想よくいった。「フライトは快適でしたか？」

クループキンが荒々しく腰をおろし、〈ゴールデン・ジャバ・クラシック〉に火をつけた。煙を手で払いのけながら、首をふった。「飛行機、列車、車。モスクワからベオグラード、ベオグラードからブダペスト、ブダペストからチューリヒ。わたしの人生で最高の二十時間とはいえない。とんでもない」

ヴェリスキーは、腰をおろしながら首をかしげた。「どうして遠まわりしたんですか？わたしの記憶にまちがいがなければ、二重国籍をお持ちでしょう。一カ所でおりればいいだけなのに」

クループキンが煙草を吸い、乾杯もせずにイタリアの赤ワインの三杯目を飲み干した。質問には答えずにいった。「あんたに渡したいものがある」

「当行はすでにあなたの仕事をやっています」ヴェリスキーは、これまで通用してきたい慣れた言葉で応じた。だが、いまは空虚に響いた。近ごろは、何事も重みを失っているように思える。ヴェリスキーは、自動操縦されているように動いていた。まだ残っている過去の人生のモーメントに押されて、現在をくぐり抜け、奈落の底に落ちることが確実な未来に向けて進んでいた。

クループキンがすぐに口をひらかなかったので、ヴェリスキーは静寂が居心地悪くなって、それを埋めるためにあわてていった。「しかし……わたしは……率直にいって、この会合の理由がよくわからないのです。あなたの担当は、トーマス・ブルッカーという、わたしたちの会社でもっとも優秀なバンカーですし、わたしはふだん社外でクライアントと会うことはありません。

ですから……どうしてわたしを呼び出したのですか？」

「あんたは、セレンディピティ（偶然の出来事から新しいものを見いだして活用する能力）は存在すると思うか？」

なんの脈絡もない、奇妙な返事だった。「どういうことですか？」

「わたしたちは十年前からの知り合いだ。わたしはずっとあんたを気に入っていた、アレクサンドル。まさにその理由から、ほかのだれかではなく、あんたでなければならない」

アレックス・ヴェリスキーは吐き気をもよおした。それは事実だった。詳しいことは知らないが、クループキンとは十年来の知己だった。ダボスで会い、ここチューリヒや、ツークや、バーゼルでのディナーパーティで会った。クループキンはいつでも温かみがあり、親しげだったが、理由もなくぶん殴りたくなる顔の持ち主だと、ヴェリスキーはいまあらためて思った。

ヴェリスキーは、暴力的な幻想をふり払い、肝心なことをきいた。「わたしに渡したいものとは、なんですか？」

クループキンが、まわりを見て、だれもいないことをたしかめてから、ウールのコートからなにかを出して、ヴェリスキーに渡した。

ヴェリスキーはそれを受け取った。「iPhone？」

クループキンがうなずいた。「携帯電話には使えないし、インターネットにも接続できない。追跡されないように電波発信機能も取り除いた。実質的に、唯一無二の特徴を備えたただの携帯用ハードディスクだ」

ヴェリスキーはいった。「仮想通貨が詰め込まれているんですね？　最近でも、ロシアから持ち出してわたしに渡すには、それが簡単なやりかたですね」

「仮想通貨ではない」クループキンはいった。

「では……なんですか？」

クループキンは、黙って長いあいだヴェリスキーの顔を見てから、煙草を揉《も》み消し、またワインを飲んだ。テーブルの向かいのヴェリスキーのほうを見ずにいった。「あんたはウクライナ人だな」

予想もしていなかったことだったので、ヴェリスキーは胃のなかで胆汁が燃えるような心地を味わった。テーブルの下で拳《こぶし》を固め、背すじをのばした。〈ターンブル＆アッサー〉のドレスシャツの生地が、前腕のところでぴんと張った。両手をさっとこすり合わせて、感情を押し殺し、かすれた声で答えた。「わたしは……ああ、そうだ」

クループキンが、すかさずロシア語に切り換えた。「スイスとの二重国籍なのは、わたしとおなじだが、あんたはウクライナ人、わたしはロシア人だ」

ヴェリスキーは近ごろ、ロシア語を使っていなかったが、ウクライナ語とおなじようにロシア語を操りながら成長してきた。ヴェリスキーはついロシア語で答えたが、今夜、それだけはやりたくなかった。「わたしの生まれた国が、どう関係しているんだ？」

クループキンがさえぎった。「あんたはウクライナ人だ」そういうのは三度目だった。「プライベートバンキングのデータと……秘密を要する……口座に詳しい。あんたの銀行きっての仮想通貨の専門家とおなじように。あんたはわたしが必要とすることに、うってつけなんだ。そのｉＰｈｏｎｅに保存されている情報をわたしが託すことができる人間は、スイスにはあんたしかいない」

「情報？」

クループキンは肩をすくめ、グラスにワインを注いでから、すばやくあたりを見た。「今夜、ここまで来られるかどうか、わかっていなかった。やつらはすでにわたしがやったことを知っているから、かなり近くまで追ってくるだろう」肩をそびやかしていった。

「あんたと会う前に捕らえられた場合のために、予防措置を講じなければならなかったので、それとまったくおなじiPhoneを、カリブ海のある弁護士に送った」クループキンは、なおもいった。「そいつは正直な男だと思う。正直すぎるのが気に入らないが、まあそれはどうでもいい。とにかく……そいつに欠けているふたつの特徴があんたには備わっているから、わたしはあんたをとても信頼している」太い指を、ヴェリスキーの胸の心臓があるあたりに突きつけた。

「信頼？　いったい何の――」

「そいつがアクセスできないものに、あんたはアクセスできるし、もうひとつ、そいつにはない特徴がある」

「それはなんだ？」

「動機だ。あんたはわたしがやってもらいたいことをやると信じている、アレックス」

「わたしのことを、ろくに知らないのに」

クループキンが、また周囲を見た。「あんたについて、ふたつのことを知っている。それでじゅうぶんだ。ひとつ目は、さっきもいったように、あんたがウクライナ人で、マリウポリのすぐ北のスタリー・クリムの出身だということだ」

ヴェリスキーの脈が速くなった。

クループキンが、身を乗り出した。「それから、ふたつ目は……全員、死んだことだ。四人とも」

スイス在住のウクライナ人のヴェリスキーが、目を閉じた。心痛が怒りに取って代わり、心痛が屈辱へと変わった。閉じたまぶたのあいだを、涙が流れた。

クループキンの声が、さらに物柔らかになった。「あんたの母親、父親、妹のオクサナ、幼い甥《おい》のディムトルス。みんな死んだ」

ヴェリスキーは、ゆっくりと目をあけた。涙のせいで、クループキンの顔がぼやけていた。どうしてこのくそ野郎のロシア人は、死んだ甥と死んだ妹の名前をわざわざ引き合いに出すのか？　ヴェリスキーはしゃべろうとしたが、言葉が出てこなかった。クループキンがなおもいったときには、泣き叫びそうになっていた。「言語に絶する犯罪だ」

ヴェリスキーは、雪が降る夜の闇を見た。通常のビジネスの会合のふりをする必要がなくなったので、態度が一変した。「いったいわたしになにをやらせたいんだ、クループキン？」

4

銀髪のロシア人は、気を悪くしたふうもなかった。「そのiPhoneのファイルをひらいてくれ。パスワードはDymtrus（ディムトルス〔男の名前〕）だ。二テラバイトのハードディスクで、ほとんどいっぱいになっている」

ヴェリスキーは、夜の闇を見つめながら、なおも汗をかいていた。「いっぱい……内容は？」

「秘密だ」また煙草《たばこ》に火をつけながら、クループキンはいった。

「秘密？」ヴェリスキーはとまどっていた。

クループキンは、あらたな煙を吐き出した。「国家の秘密。設計図。データの連鎖といってもいい。ロシアの国の富が、モスクワにいるひとりの男を介して、ロシア各地の数十のダミー会社に流れている。すべてあんたのために図示されている」言葉を切ってからいった。「この富がすべて、仮想通貨の送金でブルッカー・ゾーネに集められていることを、データが示している」

クループキンが手をのばし、煙草を持っている手でｉＰｈｏｎｅに触れた。「ロシアの情報機関が西側の口座に送っている金だ。そこから工作員、工作担当官、賄賂《わいろ》を受け取る人間に配られる。隠れ家、武器、私兵、弁護士事務所、腐敗した政府の役人、警察の買収といった費用をまかなう。情報を買うだけではなく、世界中のロシアの違法事業にも使われている」

ヴェリスキーは、唖然《あぜん》として口をぽかんとあけた。

驚くべきことだった。ロシアのオリガルヒ、ことに政府と密接に結びついているオリガルヒは、オフショアの富を隠すためにありとあらゆる手口を使っている。ロシアのもっとも悪辣《あくらつ》なオリガルヒや、政府上層部の人間や、国を食い物にして金を海外に隠しているマフィアの悪党どもの金をクループキンが扱っていることを、ヴェリスキーは知っていた。

この一年間、ウクライナを叩き潰そうとしてきたヴィタ－リー・ペスコフ大統領を権力の座に居座らせているのは、そういう輩《やから》だった。

だが、このデータを編集し、ロシアの情報機関との結びつきを明らかにして、外国に持ち出し、外国人の手に渡すのは――とてつもない企てだし、テーブルの向かいに座っているクループキンは、まちがいなく殺されるだろう。

ヴェリスキーの体のふるえが激しくなった。動揺しているのを気づかれたくなかったので、ワイングラスに手をのばすこともできなかった。ただ「なぜだ？」ときいた。

「その情報を利用しろ、アレックス。だれがロシアの情報機関から賄賂を受け取っているかを世界中に知らせるんだ。西側を攻撃しているのが何者か、示すんだ……攻撃されているのにも気づいていない西側に」

「わたしはバンカーだ、クループキンさん。ジャーナリストでも諜報員でもない――」

「ジャーナリストや情報機関は、そのｉＰｈｏｎｅのファイルをどうにもできない。あんたの銀行の取引にアクセスできる人間が必要なんだ。たしかに、わたしの情報は、ロシアの情報機関が口座に送金した金額を示しているし、サインされた書類をスキャンした画像データや、ブルッカー・ゾーネに送金を依頼した証拠の音声ファイルを含んでいるが、金がそこからどこへ行ったかは示されていない。あんたの銀行の内部の記録がないと、わたしの情報にはなんの価値もない。あんたはそれにアクセスできる。番号だけの口座を調べ、口座の所有者の名前を突き止め、わたしが渡した情報と結びつけることができる。あんたがそれを解明したら、クレムリンから外国の犯罪者に金が渡されるルートを克明に暴くことができる」

ヴェリスキーは、首をかしげた。「あんたはこういうことすべてを、どうやって知ったんだ？」

「この組織的活動の頂点にいるのは、ダニール・スパーノフだ。何者か、知っているだろう？」

知らないと、ヴェリスキーは正直にいった。

「ロシア連邦安全保障会議書記だ。元GRU（ロシア連邦軍参謀本部情報総局）長官。影の世界で働き、生きている男だが、ペスコフ大統領の右腕だ。わたしはダニール・スパーノフの下で専任として四年間、働いていた。世界中の外国人資産に払う金をロシアから持ち出すのが、おもな仕事だった。ロシアの情報機関とブルッカー・ゾーネの金融のパイプはわたしだけだし、金の大部分は、あんたの銀行を通っているんだよ、アレックス」

クループキンは、しばらく無言で煙草を吸ってからいった。「このすべてを阻止する力を、いまあんたは握ったんだ」

困惑と恐怖と、残っていた怒りが、ヴェリスキーの声にこめられていた。「あんたはどうしてこういうことをやるんだ？」

クループキンが、それをはじめて考えているような感じで、また煙草を吸った。ようやく口をひらいた。「あんたがわたしを見て、だいぶ齢だし、悪いことをさんざんやってきて、急に良心のとがめを感じたんだろうと思うようなら、そのとおりだというしかないだろう。しかし、ソ連が終わってから三十年以上のあいだにわたしの国が築いてきたすべてが、国を牛耳《ぎゅうじ》っている頭のいかれた男のためになにもかも台無しになり、いまのわたしには未来がないんだ」

口ごもってから、クループキンはいった。「未来はないが、功績《レガシー》を残すことはできる」

iPhoneを指さした。「それが残される」

ヴェリスキーは、ゆっくりと首をふった。「ちがう。ほかのなにかだ。あんたはこのために命を捨てようとしているし、それを承知している。べつの動機があるにちがいない」

クループキンが、ヴェリスキーの推理力に感心したらしく、もじゃもじゃの両眉をあげた。そして、眉毛の下の目がぼんやりした。たちまち涙があふれた。煙草を持っている手でワイングラスを持ち、小さくひと口飲んでからいった。「わたしの息子……ユーリーは、第11独立親衛空中強襲旅団の少佐だった。偵察大隊副大隊長だった。去年の春に、ウクライナに展開した」クループキンは手をふった。「マリウポリからは遠い。キエフ（キーウ）の西のマカリウだ」

このくそ野郎のくそったれ息子の死で話が終わるのを期待しながら、ヴェリスキーは無言でじっと座っていた。

「息子は負傷した」クループキンはいった。「重傷ではない。片脚の骨折と裂傷だ。迫撃砲の弾子によるものだと聞かされた。野戦病院へ運ばれ、そこで手当てを受けた。電話してきたとき、容態は安定しているようだった。ベラルーシに搬送されてから、飛行機でロシアの病院へ運ばれると、息子はわたしにいった。

四日間、新しい情報はなにもなく、そのあとで電話がかかってきた。負傷がもとで息子が死んだという」クループキンはつけくわえた。「ウクライナで。ロシアに帰るどころか、国境を越えてベラルーシにも行けなかった」

ヴェリスキーは、自分のグラスを取って、ワインをあおった。両手がふるえているのを見られてもかまわなかった。

「一カ月後に遺体が送られてきて、葬式をやり、母親は死にそうになった。わたしも激しい悲しみを味わったが、人生はつづいた。そのまま九カ月……九カ月のあいだ、なにも聞かされなかった。やがて、息子の部隊の大尉がメールをよこし、モスクワでいっしょにお茶を飲まないかときいた」クループキンは、ヴェリスキーを指さした。「そこで真実を聞いた」

「どんな真実を？」

「息子の傷を手当てした野戦病院は、一九八三年製造の薬と包帯を使っていた。アフガニスタン紛争時代の代物《しろもの》だ！　使用期限が何十年も前に切れていた抗生物質が使われ、包帯はアンドロポフ時代のものだった。息子の痛みを和らげるための鎮痛剤は、息子が生まれる前に製造されたものだった。

それだけではなく、その地域で負傷者を運ぶのに使われたトラックのタイヤは腐っていて、一〇〇キロも走らないうちにだめになったので、息子は息を引き取るまで野戦病院の車輪付き担架に寝かされていた」

ヴェリスキーは、残酷な笑いを漏らしそうになるのをこらえた。

クループキンは気づいたふうもなかった。「わたしは信じたくなかったが、大尉は息子の写真を撮っていた。手当てに使われた旧式の医療器具の写真もあった」クループキンは、肩をすくめた。「第11旅団の衛生部隊向け衣料品の購入も調べた。こんなことがあっていいのか？　軍事予算は年々増加している。わたしたちの将兵は、最高の手当てを受けるべきだ」

クループキンは、煙を吐き出してから咳き込んだ。ようやくいった。「汚職だ。毎年すこしずつ金が盗まれた。シロヴィキ（国防・治安関係省庁出身の有力者）、ペスコフ大統領の取り巻き、軍と情報機関の有力者たちがやったんだ。野戦病院に使われるはずの金が、ヨット、売春婦、イギリスの城館《カントリーハウス》、ニューヨークの摩天楼、ケンタッキーの競走馬、ドイツのフォーミュラ1のレーシングカーを買うのに使われた」

クループキンは、夜の闇に目を凝らした。「わたしの息子を殺したのは〝そいつら〟だといえる。そうだったんだ。しかし〝そいつら〟には大きな手助けがある」ヴェリスキーと目を合わせた。「わたしも手助けした。二十五年のあいだ、わたしは、国が軍や社会に不可欠な物事に割り当てていた金を、ロシアから持ち出すのを手伝っていた。だが、国の下っ端の役人が、その金を横取りしていた。わたしがユーリーを殺したんだ。息子の脚をずたずたに引き裂いた迫撃砲弾を発射器に落とし込んだウクライナ兵とおなじように」

ヴェリスキーは、なにをいえばいいのかわからなかったが、クループキンの動機は理解していた。

クループキンが、話をつづけた。「四年前、わたしはスパーノフのために働きはじめた。何十億ドルもの金、すべてがマルタ島やマイアミの不動産を買うためではないと、即座に気づいた……作戦の目的のために、西側へ移していたんだ」

ヴェリスキーは、諜報活動については無知だった。仮想通貨とプライベートバンキングのことしか知らない。それに、自分でも認めたくはなかったが、資金洗浄《マネー・ロンダリング》のやりかたも心得ていた。

ロシアは権力者が国の富を奪う収奪政治体制だが、それを幇助《ほうじょ》する外部の人間がいないと、その仕組みはうまく機能しない。アレックス・ヴェリスキーは、大学を出てからずっと、それを幇助してきた。それしか知らなかった。

　クループキンがいった。「二十年以上前に、わたしたちロシア人は安全保障のために自由を捨て、それがわたしたちとわたしたちを囲む世界にとてつもない災難をもたらした。わたしたちを囲む世界は我慢できなくなり、終わりが近づいている」はじめて、かすかな笑みを浮かべた。「わたしは沈没する船から跳びおりるネズミだが、船長の日誌を持ち出した。乗組員が被害者のふりをして救命艇で逃げ出すのを防ぐために」

　ヴェリスキーは、手にしたiPhoneをふった。「それで……今後は、この情報を握っているわたしが、ターゲットになるのか？」

「去年、あんたのマリウポリの家族がターゲットになったのとおなじだ」クループキンが煙草を吸い、煙を吐き出した。

　ヴェリスキーは、ふたたび目をぎゅっと閉じた。自分にとって唯一の暴力的なものである、アイスホッケーのことを想像した。氷の上を一気に滑っていって、このくそ野郎に体当たりし、顔面をボードに叩きつける。脅しつける声で、ヴェリスキーはいった。「家族のことを持ち出すのは、ぜったいにやめろ」

　クループキンが答えた。「すまない《イズビニーチェ》」それからいった。「ちがいは……あんたに勝ち目があることだ、アレックス」

ヴェリスキーは、ゆっくりと目をあけた。「なにをやればいいんだ?」

「なにをやらなければならないか、わかっているはずだ。その情報すべてを、オールトマンに渡せ」

ヴェリスキーが、顔を殴られたような感じで、座ったままのけぞった。「オールトマン? 冗談だろう?」

「エズラ・オールトマンは、制裁を受けているロシアの富の世界各地での送金を調査している、もっとも優秀な法廷会計士だ。オールトマンは、ブルッカー・ゾーネにも狙いをつけているし、これを暴く重要な手がかりのオフショア口座のデータベースを、独力で構築している」

「ああ」ヴェリスキーはいった。「それに、三年も前から、わたしがインターポールに逮捕されるのを望んでいる!」

「あんたが持っているものを渡せば、オールトマンはあんたに見向きもしなくなるだろう。これはあんたよりもずっとでかいことだからな。わたしよりもずっとでかいことだ。オールトマンのところへ、それを持っていけ」クループキンは、一本指を差しあげた。「じっさいに手渡しするんだ。そのiPhoneのデータは、コピーも送信もできない。

そういったことをやろうとしたら、なにもかも暗号化されてしまう。スパーノフやその配下といっしょに使うわたしの携帯電話とコンピューターは、GRUによってそういうふうに設定されている。わたしはそれらのあいだでデータを動かすだけで、ほかの場所へは動かせない。動かしたら、データは解読できない暗号になって消滅する。
その機器そのものを、ニューヨークのエズラ・オールトマンのところへ持っていかなければならないし、あんたが自分の銀行から盗むブルッカー・ゾーネのデータもいっしょに持参する必要がある」

そういったことすべてが意味することを思い、ヴェリスキーは頭がくらくらした。

クループキンが、話をつづけた。「だが、急いでやる必要がある。わたしはベオグラードへ行くことで追跡者を撒《ま》いたが、わたしがなにを持っていったか、やつらはもう知っているだろうし、ここへ来るということもじきに見抜くだろう」

ヴェリスキーは、かすかにうなずいた。

「それに、もうひとつある。来週、ニューヨークでサミットがあるのは知っているな？」

ヴェリスキーは、もちろんそのサミットのことを知っていた。ヴェリスキーは会話に巻き込まれないように気をつけていたが、オフィスではだれもがその話をしている。一年前に撤廃したロシアに対する最恵国待遇を回復するよう世界貿易機関《WTO》に歎願する協定に調印するために、十二カ国を超える西側諸国の首脳がニューヨークに集まることになっていた。先ごろのウクライナにおける停戦は不安定で、長つづきしないおそれがある。しかし、ロシアとの石油・天然ガスやその他の商品の貿易が途絶えていることで痛みを味わっていた各国は、それに乗じてすかさず関係改善を求めた。停戦は西側諸国がロシアとのビジネスを再開するための政治的な口実だと、ヴェリスキーは推察していた。ウクライナの苦しみなどどうでもいいのだ。

そう思うとむかついた。ロシアの戦争犯罪は、ウクライナの四分の一にあたる東部、ことにヴェリスキーの出身地のドネツク州でいまも行なわれている。ロシア外相やそのほかの世界各国の指導者たちがニューヨークで集まる高レベルのサミットは、ウクライナ国民の顔を殴り、ヴェリスキーの生身の体を打擲《ちょうちゃく》するにひとしかった。西側諸国の経済的利益のためにすべてを忘れ、すべてを許すことが予想されていた。これほど恥ずべき行為はほかにはないだろう。

ヴェリスキーは吐き気に襲われたが、クループキンが急に立ちあがったので、気を取り直し自分も立った。「あんたはどこへいく？」

クループキンは、ただまわりを見ただけだった。「どこへ行けるというんだ？　どこへも行けない」溜息をついた。「どうでもいい。ここが気に入った。ホテルを見つけて、遅い食事をして、やつらが来るのを待つ」首をかしげて、ヴェリスキーのほうを見た。「痛い目に遭うかな？」

ヴェリスキーは、この手のことをなにも知らなかったが、常識で考えても、GRUが追いついたら、クループキンはたしかにかなり痛い目に遭うだろう。

クループキンが手をのばし、ヴェリスキーの肩に手を置いた。ひどく優しいしぐさだったので、ヴェリスキーははっとした。クループキンがいった。「朝いちばんで出勤して、取引のコピーを作成しろ。番号だけの口座をすべてファイルにしろ。それを銀行から持ち出して身につけ、わたしが渡したiPhoneも持って、ニューヨークへ行け。オクサナとディムトルスのためにやれ。両親と自分のためにやれ」肩をすくめた。「わたしのユーリーのためにやってくれ。息子は悪い男ではなかった。くそろくでもない思想を信じていただけだ。わたしのような人間が、ナショナリズムの名において犯罪に目をつぶったのとおなじように」

クループキンはまた指さして、煙草をくわえたままで話をした。「わたしとおなじように、あんたは犯罪者の金を受け取ったことで汚れた。いいか、その汚れをすこしでも洗い落とせば、いい気分になる。自分の祖国のことは考えるな。いまでは自分の国のために働いているのではない」悲しげな笑みを浮かべていった。「自分の魂を救うために努力しているんだ」

だれかに聞かれているのを心配しているように、クループキンはまわりを見た。「ニューヨークで協定が調印されて、制裁が解除される前にやれ。この情報が国際社会に知らされれば、ロシアが正直なパートナーだという評判を回復しようとする企みを打ち砕くことができる」

「サミットは四日後だ」ヴェリスキーは低い声でいった。

「だから、早く行動したほうがいい。あんたの永遠の救いが懸《か》かっている。そういうものを信じているようなら」

ヴェリスキーはかつて、そういうものを信じていたが、信仰をずたずたに引き裂かれた。

クループキンが向きを変え、路地をひきかえしながら、大声でいった。「幸運を祈る、アレックス。抜け目なく、すばやく、容赦なくやれば、変革をもたらすことができる」

自分は抜け目ないと、ヴェリスキーは思っていた。クループキンがいったあとのふたつの素質があるかどうかは、定かでなかった。

やがて、クループキンの姿は見えなくなった。

ヴェリスキーはまた独りで座っていたが、いまはなにもかもがさきほどとはちがっていた。

情報と感情が怒濤《どとう》のように襲いかかって、頭脳がほとんど麻痺《まひ》し、一分間ためらってから、ヴェリスキーはｉＰｈｏｎｅをジャケットのポケットに入れ、ワインを飲み干して、ヒーターを消し、裏庭を出た。

一年前に家族を奪われたときに、ヴェリスキーの人生は終わっていた。それ以来、ほとんど抜け殻のような人間になっていた。しかし、人生がいま不意に二度目の転機を迎えた。幸せではなかった……二度と幸せにはなれないと思った。

だが、活気を取り戻していた。任務と、重大なことをやる機会に、元気づけられていた。ヴェリスキーは何年ものあいだ、自分の才能を駆使して、クレムリンとそこで働いている悪魔たちを手伝っていた。これからは、悪魔たちを討ち滅ぼすのに、そのおなじ才能を駆使するのだ。

5

全長一四メートルのケッチ（主として二本檣に縦帆を張った帆船。一九二〇年代ごろから典型的な小型ヨットの形になった）が、イギリス領ヴァージン諸島の大ぶりな島のひとつ、ヴァージン・ゴーダ島の西側の湾内でゆるやかに揺れていた。岸からは数百メートル離れている。その古びた船には格別な特徴はなく、この水域に多いおなじ大きさの単胴船とほとんど見分けがつかなかった。

そのケッチは一九七七年製で、そろそろ総点検すべき状態だったが、白い船体と帆のおかげで、まったく目立たない。〈晴朗《セレニティ》〉という船名も、私有ヨットではもっともありふれた登録名だった。

〈セレニティ〉の舳先《へさき》に立っていた男も、おなじように記憶に残らない風貌だった。コットンの半ズボン、鍔《つば》が広い白い帽子、サングラス、上半身は裸で、素足だった。どこにでもいるような三十代の白人そのものだったが、この船長は双眼鏡を構えて、後方で総帆を張っている全長二二メートルの双胴船《カタマラン》に向けていた。まだ四分の一海里離れているが、そのカタマランは急速に接近していた。

双眼鏡は三十秒間、カタマランに向けられていたが、やがて下におろされた。カタマランよりも小さなケッチの船長は、肉眼で全方位を監視した。ビーフ島の飛行場から暖かい空に向けて上昇する双発ターボプロップ機を眺め、岩や藪《やぶ》に覆《おお》われた北の海岸線と活気のない東のマリーナをじっくり見てから、機関を使ってセント・トーマス湾にはいってくるもうすこし小ぶりな双胴船二隻をすばやく品定めした。

だが、すぐに双眼鏡をまた目に当てて、接近する全長二二メートルのカタマランに注意を戻した。船長が舵輪を握り、女性ひとりがそばで腰かけていたが、ほかにはだれも見えなかった。

双眼鏡を持った男は、その大きさのカタマランなら完全装備の男二十人が下甲板《ビローデッキ》に隠れられると、すぐに見極めた。それに、投錨している小さなケッチに、かなりの速力で接近していることも、不安を感じている理由だった。

男は舵輪のほうへ数メートルさがったが、近づいている脅威から目を離さなかった。

大きなカタマランが速力を落とし、やがて右に舵を切った。南に向けて回頭を終えたとき、後部デッキに子供たちとビキニ姿の母親がいて、甲板員ひとりが飲み物を配っているのが、ケッチの船長に見えた。

そのカタマランは、脅威ではなかった。またしてもいわれのない警報だった。ケッチの船長――コートランド・ジェントリー――は、船尾方向から近づいていたカタマランに、CIA特殊活動センター地上班の軍補助工作員チームがぎっしり乗っていて、〈セレニティ〉に乗り込み、頭に銃弾を一発撃ち込もうとしているのではないと納得して、ようやく双眼鏡を下におろした。

ジェントリーは被害妄想に取り憑《つ》かれていたが、それにはもっともな理由があった。ジェントリーを殺したいと思っている人間が、世界中にいる。メキシコのカルテル、中国の諜報員、ドイツの民間軍事会社、独裁者、専制君主、人身売買組織。

それにCIA。つねにくそCIAに付け狙われている。

きょうの午後の脅威が本物だった場合、ジェントリーにはひとつの計画があった。何事にも計画があると思いたかった。カタマランが二〇〇メートル以内に接近したら、下の寝床に隠してある古いMP5Kサブマシンガンで武装し、三つある非常用バッグのひとつを胸に取り付ける。

距離一〇〇メートルで、交通艇として搭載している〈ファルコン〉複合艇《RHIB》を水面におろし、船外機を始動して、もっとも近い海岸線を目指す。

非常用バッグには、プリペイド式携帯電話、拳銃と弾薬、現金、服、救急キット、急場をしのげるパスポート二通にくわえ、必要とあれば、山野で何日も生き延びられるだけの食糧と浄水器を入れてある。こっそり脱出して水上で船を乗っ取らなければならなくなった場合のために、小さなフィン、シュノーケルとマスク一式もある。最終的に、ビーフ島のロード・タウンへ行く。燃料を満タンにしていつでも飛べるようにしてある小さな飛行艇がマリーナにある。それを使って逃亡する。

ジェントリーは、危険な事態に備えていた。二日前の晩にアンティグアで〈ライラ・ドラコス〉を爆沈したので、なおさら用心していたが、これまでのところは平穏だった。きょう、ジェントリーは雇い主からつぎのターゲットについての情報が届くのを待っていたが、無為に過ごしはしなかった。フリーダイビング（呼吸装置を使わないダイビング）を一度やり、ミノカサゴなどの食べられる魚を銛《もり》で獲った。デッキで腕立て伏せをやり、サルーンへの通路で上半身を鍛える筋トレをやり、メンスル（メインマストのいちばん下の帆）の円材《ブーム》を使って懸垂をやった。夜明けにはビーチを走り、午後にはヴァージン・ゴーダ島の海沿いの崖でロッククライミングをやった。

この島々は美しく、居心地がよく、見たところ安全のようだったが、ジェントリーは独りぼっちで、それがこれまでの人生よりもずっと重くのしかかっていた。

マリーナのバーへ行ってみようかと思ったが、それにはさまざまな危険が伴うので、孤独と精いっぱい戦い、規律正しく身の安全に注意を怠《おこた》らないようにしていた。被害妄想は、フルタイムの仕事よりもずっとたいへんなのだ。被害妄想のとりこになったら、片時も休まず夜も週末もそれに取り組まなければならない。

孤独を解決する方法がひとつある。とにかく、あると思いたかった。この地球上に、ジェントリーにとってかけがえがないといえる女性がひとりいる。だが、どこにいるのか、見当もつかない。いまのジェントリーの目的は、まず馬鹿なロシア人の船を沈めてから、ゾーヤ・ザハロワを見つけることだった。彼女の顔を見て、どうしてあんなに速く、遠くへ逃げなければならなかったのか説明して、許してほしいと頼む。

もう一度チャンスがほしいと。

ジェントリーは、時計を見てから、沈む夕陽に目を向けた。マリーナの桟橋《さんばし》沿いの静かなバーで食事をして一杯飲むことにした。そこではインターネットに確実に接続できるから、冷えたビールを前に携帯電話をいじり、ニュースやそのほかのオープンソースの情報で、ゾーヤの気配を探す。

それから、ダークウェブでも探す。

ジェントリーがアクセスできるそのサイトは、フリーランスの諜報員が仕事を引き受けることを提案し、そういう人材を必要とする人間が雇うことを提案する場だった。ジェントリーは工作員の仕事を引き受けるという提案を市場に出していなかったが、サイトに毎日アクセスして、おなじ分野の人間の売り込みをじっくり見て、暗号化された連絡情報を載せた人間がゾーヤ・ザハロワだということを示す手がかりを探した。

ゾーヤがおなじように金で雇われる資産《アセット》として働いているという情報はつかんでいなかったが、その可能性はあると思っていた。ゾーヤはジェントリーとおなじように逃亡中だから、ダークウェブをよく利用するろくでもない人間のために働いてがっぽり稼《かせ》ぎたいはずだ。

毎週やっているように、あらたな一覧に目を通すつもりだったが、きょうもおなじだろうとジェントリーは思っていた。

何人もの客に混じって食事をするとはいえ、桟橋沿いのバーへ行っても孤独を味わうことに変わりはなかった。それでも、〈セレニティ〉のデッキに寝そべって、いつもとおなじ夜空の星を見あげるよりも、ひとだかりに混じっているほうがましだった。

残照が消えるまで遠くからマリーナを監視することにした。それから小さなＲＨＩＢを水面におろす。

コート・ジェントリー――プロフェッショナルの破壊工作員、暗殺者、国際手配被疑者――は、双眼鏡をふたたび目に当てて、マリーナに視線を配った。

6

ミラノの中心部にある五階の簡素な狭いアパートメントには、ひとつの取り柄があった。巨大なゴシック建築の大聖堂がある大聖堂広場《ピアッツァ・デル・ドゥオーモ》から数ブロックしか離れていないし、何キロメートルにもわたる曲がりくねった道には商店がぎっしり並んでいる。だが、モリジ通りのアパートメントのたった独りの住人は、今夜、そういったミラノの便利さを利用してはいなかった。一月だったので、部屋のなかも外も寒く、床から天井までの汚れた窓には、おなじく床から天井までの埃《ほこり》まみれのカーテンがかけられ、小さな電気ヒーターの暖かさを多少なりとも保っていた。

リビングに安物のソファとプラスティックの椅子二脚があったが、アパートメントの住人の女性は、携帯電話を持って床に座り、悲しみと酒のせいでうつろな目つきだった。一階のレストランで買ったピザのボール紙の空き箱、氷が解け、ストローが突き出している発泡スチロールの空《から》コップ、ウォトカとワインの空き瓶数本が、そばのラミネート材のコーヒーテーブルに並んでいた。

アルコール依存症ではないとゾーヤ・ザハロワは思っていたが、よくよくそのことについて考えてみれば、この三日間、起きているあいだはずっと飲みつづけだったと認めざるをえない。

だが、どうでもよかった。ほとんどのことが、どうでもよくなっていた。テレビを見て、携帯電話を見て、眠り、飲み、デリバリーの食べ物を食べ、配達員に顔を見られないように、ドアの郵便差込口から代金を払った。

ひろげた両脚のあいだで床に置いてあるウォトカは、イタリアの〈コンタリ〉というブランドで、ゾーヤが好きなロシアの〈インペリア〉や〈ストリチナヤ・ゴールド〉とはまったくちがう味だった。だが、ゾーヤは利き酒をしているわけではなかった。ただ飲んでいた。それに、酔えるという点では、〈コンタリ〉もロシアのウォトカとほとんど変わらないようだった。

ゾーヤは、またラッパ飲みしてから、両脚のあいだにウォトカを戻した。

これは鬱病《うつびょう》だ。それがわかるくらいの自覚はあったが、対策を講じるつもりはなかった。目的はなく、任務もなく、達成すべき目標がない。フリーランスの情報資産《インテリジェンス・アセット》として働いているが、この数カ月のあいだに引き受けた仕事は味気なく、失望がつのるばかりだった。

犯罪者同士の争いで、ゾーヤは盗聴器を仕掛け、書類を盗み、ドイツで盗んだ高級車を満載してモルドヴァに運ぶトラックを乗っ取ることまでやった。正当な持ち主に返すためではなく、おなじように自動車を盗むのが専門の敵対するブカレストのギャングに届けるためだった。

ゾーヤが信じているような物事とはちがう。こんな仕事は、よく訓練されたサルでもできる、頭を使わないやっつけ仕事だと、ゾーヤは思っていた。

それなのに、そういう簡単な短期の仕事でも、ドジを踏むことがあった。

これまで数週間、ゾーヤの携帯電話は一度も鳴らなかった。電話がかかってきたときに、二度つづけて前後不覚でベッドに寝ていたせいだった。ブルサールという名前のフランス人調教師《ハンドラー》が、最後の電話で、そういう態度に嫌気がさしたと告げた。

責められなかった。ゾーヤは、自分にも嫌気がさしていた。

ゾーヤはコートのことを思った。血中のアルコール濃度が急上昇すると、いつもそうなる。彼のことを考える時間の半分は腹を立てていて、心の底を探ると、あとの半分では彼を愛していることを認めていた。

いまはコートへの思いはプラスに転じているが、そのためによけい悲しくなった。善良な男が突然、去っていった。自分が善良な女ではないからだという以外に、理由が見つからなかった。

それに、その仮説を裏付けるべつの証拠もある。

はっきりいうと、自分がロシア人だからだ。

ゾーヤは元SVR（ロシア対外情報庁）の将校で、嘘をついてそれを信じ込ませ、ひとを操り、盗み、殺す訓練を受けている。二年前に、ゾーヤはアメリカに亡命した。もうロシア政府とのつながりはないが、それはどうでもいいことだった。ロシア人であることに変わりはないし、ロシアはいま国際社会ののけ者になっている。

モスクワの幾多の行動に、ゾーヤほど激しい嫌悪を感じている人間はほかにはいない。この一年間に起きたことに、ゾーヤは吐き気をもよおしていた。

ゾーヤは偽のアカウントを使って、一日何時間もソーシャルメディアで不愉快な情報ばかりを読んでいた。近ごろは自分の身の安全などたいして気にしていなかったが、探知されないように、分散型の仮想秘密ネットワークで検索した。ツイッターで戦争についての話を読みふけり、恐ろしい動画を見た。ロシア軍の動きや情報活動から裏の事情を読み解き、ときどき知っている人間が当事者だと気づいた。

子供のころ、大尉として父親の部隊にいて、いまは将軍になっているゾーヤの尊敬する軍人が、ヘルソンで殺された。モスクワの訓練所で知っていたFSB（ロシア連邦保安庁）工作員が、ポーランドで捕らえられた。SVR将校だった何年ものあいだにときどき協力した特殊任務部隊《スペツナズ》A群《アルファ・グルッパ》の一部隊が、シリア人部隊を村々に送り込んで、一般市民が虐殺されるのを遠巻きに見ていたとして、戦争犯罪に問われているが、ありうる話だった。

なにもかもが常軌を逸していた。自分の生国《しょうこく》がこれほどの規模でこんな恐ろしいことをやるとは思ってもいなかった。やれるはずがないと思っていた。だから胸が悪くなり、士気が阻《そ》喪《そう》した。

それに、ロシアがそういう所業の罪を免《まぬが》れるだろうということを、あらゆる兆候が示している。それでゾーヤはいっそう落ち込んだ。アメリカでのサミットや、国連安全保障理事会やWTOでの採決は決まっていた筋書きだと、ゾーヤは見抜いていた。ロシアと西側がいつもどおりのビジネスを再開するための手段だ。

数百万人が故郷から追い出されて、圧制者に統治されることはいうまでもなく、ロシアが何万人もの男女と子供を組織的に殺したことなど、なかったかのようにされている。

重いまぶたを閉じると、ゾーヤの頬に涙がこぼれ落ちた。ゾーヤはソファの座面に頭をあずけて、携帯電話をそばの床に置き、ウォトカを手探りで取ろうとした。

そのとき、携帯電話が鳴った。

ゾーヤは目をあけた。セーターの袖《そで》で頬をぬぐい、携帯電話を床から取った。ゾーヤはロシア人だが、アメリカ中西部のなまりがかすかにある英語で出た。何日もしゃべっていなかったので、声がかすれていた。「はい？」

電話をかけてきた相手も英語で話したが、フランス語のような発音だった。一度も会ったことがなかったが、四十を過ぎているだろうと、ゾーヤは憶測していた。「輸送《トランサト》？」

調教師《ハンドラー》のブルサールだった。ゾーヤを暗号名で呼んだ。

「そうよ、トロンペット、わたしよ」ブルサールの暗号名は、フランス語で〝トランペット〟を意味する言葉だった。電話でそう呼びかけることで、ゾーヤの身許《みもと》が確認される。

「仕事はできるか？」ブルサールの声には、すこし疑いがこめられていた。

ゾーヤは、強い酒とファストフードのせいで胃がむかむかするのをこらえた。すこし間を置いてからいった。「もちろん。だいじょうぶよ」

「緊急事態《シチュエーション》が起きた」

「どこで？」

「チューリヒ」

ゾーヤは強く目をこすり、肩ごしに狭いキチネットの掛け時計に目の焦点を合わせようとしたが、よく見えなかった。「いつ？」

「いますぐそこへ行ってもらわないといけない。いますぐに」

ゾーヤは、立てるかどうかも自信がなかった。一時間ぐらい前にバスルームへ行ったが、そのあとでたぶん三杯以上、ストレートで飲んでいる。

電話の向こうの男がいった。「たぶん、二日か……三日の仕事だ。チューリヒの銀行で、きょうデータ漏洩《ろうえい》があった。ジュネーヴの銀行のクライアントが、チューリヒ支店から盗まれたデータを取り戻すよう求めている。チューリヒでデータファイルを盗んだ社員を見つけて、情報がだれかの手に渡らないように、そいつを子守するよう、われわれに依頼した。それだけだ」

ゾーヤは子守をする仕事を頼まれたことはなかったが、これまで依頼されたことよりおもしろそうだったし、ここに座ってツイッターを読み、何年も学んだことがなかった言語のテレビを見ているよりも、ずっと興味が持てそうだった。

この状態でチューリヒへ行って、その行員を捕らえ、保護することはおろか、どうやって立ちあがればいいのか、ゾーヤはまだわからなかったが、そのときブルサールがいった。

「こうしよう。やめる。熱意が感じられない。これをやれる男がフランクフルトにいる。きみのほうが近いが、彼のほうが信頼できる。眠れ。ひどい声だぞ」

「ブルサール！」ゾーヤは必死でどなった。「待って。だめ。わたしがそこへ行ける」

「どれくらいで行ける？」

車がある。４ドアのオペルだが、運転できる状態ではなかった。

「最初の列車に乗る。夜明け前に着く」

「どうして車を使わないんだ？」

「それは……話すと長くなる」言葉を切ってから、ゾーヤはいった。「酔っているのよ」

「ずいぶん短い話じゃないか？」

ゾーヤは鼻をすすり、両目をこすって、すこしは頭を働かせようとした。「わたしに、やれる……やる必要がある」

ブルサールがキーボードを叩く音が聞こえた。しばらくして、ブルサールがいった。

「二十六分後にミラノ中央駅を出る最終列車がある。チューリヒまで三時間二十分。その列車に乗らなかったら、フランクフルトに電話する」

ゾーヤは膝立《ひざだ》ちになり、急いでソファのほうへあとずさりして、腰かけた。目を大きくあけようとしながら、テーブルランプをつけた。この一週間ではじめて、テレビと携帯電話の光しかなかった部屋が照らし出された。

咳払いをしてから、ゾーヤはいった。「チューリヒで会うわ」

「会えないね。わたしは現場の仕事はやらない」

「わかった」酔っていなかったら、わかっていたはずのことだった。

仕事を頼むのを撤回したほうがいいだろうかと迷っているようすで、ブルサールがためらったが、やがていった。「指示を投函箱《ボックス》に送る。時間がない。走りながら着地しなければならない」つけくわえた。「この男とその情報を追っている人間が、ほかにもいる。あらゆることに備えろ」

ゾーヤは、備えなどまったくできていなかったが、了解したと答えて、電話を切った。両手で体を支えながらソファのうしろを移動して、転げ込むようにキチネットへ行った。食料品置場をあけて、奥のほうへ手をのばし、モップと箒《ほうき》の向こう側から、タオルがいっぱいはいっているゴミ袋を出した。それをうしろの床にほうり投げてから、食料品置場にはいって、隅に隠してあった黒いバックパックを持ちあげた。

よろけながらリビングに戻り、平衡感覚が危なっかしいのとバックパックの重さに苦労しながらコーヒーテーブルの前に戻って、バックパックをその横にどさりと置いた。

ゾーヤは自分にいい聞かせた。列車が出るまで二十六分。駅まで十五分。残り十一分。ホームまで駅のなかを五分歩く。残り六分。

念のため五分だとする。五分以内にアパートメントを出ないといけない。

バックパックを片方の肩から吊ってドアに向かうのではなく、ゾーヤは硬木《ハードウッド》の床に座り込んだ。

ゾーヤは、バックパックの上にある持ち手のそばに載せてあった小さなパウチのジッパーをあけて、プラスティックの薬瓶を出した。急いで蓋《ふた》を開け、中身を前のコーヒーテーブルにあけた。

詰まっている鼻腔《びこう》の通りがよくなるように、鼻を鳴らし、ファストフードの炭酸飲料のカップからストローを抜いて、飲み物が残らないように息を吹き込んだ。

ストローを使って、前のテーブルにひろがっている粉末を、二本のおなじ太さの線にした。

長い溜息をついてから、身をかがめ、ストローを右の鼻の穴に入れて、すばやく、無駄のないようにコカインの粉末を吸い込んだ。

あと三分。

灼《や》けるような感覚があり、目がうるんで、ゾーヤは泣き出した。

ストローを投げ捨て、バックパックの上のパウチのジッパーを閉めて、涙を流しながら、必死で立ちあがった。

数秒後にコカインが稲妻のように襲いかかった。エネルギーがあふれるどころか、不安が大きくなった。酔いは醒《さ》めなかったが、目が醒めたのはたしかだったし、そのあらたな感覚が強まると、ゾーヤは泣きやんだ。

キチネットで蛇口からコップに水を注いだ。衛生観念の強いイタリア人ならやらないことだが、ゾーヤはそれを飲み干した。流しに寄りかかって、二杯目を飲み、三杯目を飲んだ。

あと一分。

バスルームへ行き、急いで小用を足し、リビングを駆け抜けながら、厚手のダウンのコートをつかんだ。コートを着て、焦茶色《こげちゃ》の髪の上に黒いワッチキャップをかぶった。何カ月も化粧していなかったし、大きめのコートとヒールの高いブーツのせいで、遠くからは男のように見えるはずだった。

それでいいと思った。ゾーヤは変装の名人だし、チューリヒへ行く列車のなかで見かけを変えることができる。

ドアのそばに置いてあったハンドバッグと鍵束を持ち、外に出てドアを施錠した。

廊下を階段に向けて進むとき、このあとなにをやるよう求められるかわかっていないにせよ、こういうことをやれる状態ではないと、自分にいい聞かせた。それでも、北へ向かう列車に乗っているあいだに体調を回復できるという自信があった。

そうでなければならない。生気を取り戻し、ふたたび重要な人間になり、尊厳を回復する。

戦争、酒、コート・ジェントリーは、これまでゾーヤの精神に大きな負担を強《し》いてきた。チューリヒは救いにはならないだろうが、二、三日、モリジ通りのアパートメントから遠ざかることができる。家を出て自分の稼業に戻るのがなによりも重要だと、ゾーヤにはわかっていた。

7

ロシア人フィナンシャル・プランナーのイーゴリ・クループキンは、チューリヒ旧市街でひとりの男にiPhoneを渡してから二十四時間後に、チューリヒのすぐ北にあるエンブラハという町の馬運車《ホース・トレーラー》工場の冷たいコンクリートの床に、死体となって横たわっていた。

クループキンは下着だけにされて、打擲《ちょうちゃく》され、切り刻まれ、焼かれていた。五人の男のうち四人がまわりに立って見おろし、クループキンが死んだことでボスと揉《も》めるのではないかと心配していた。

工場の作業場に立っていた五人目の男は、四人とはちがって、なにも心配していなかった。

四人はロシアの民間軍事会社に雇われていて、冷酷非情で手が空いていたので呼ばれた。五人目もロシア人だったが、その男——ルカ・ルデンコは、契約戦闘員ではなかった。

まったく異なる身分だった。

四人は革ジャケットを着て、頭を剃《そ》りあげ、顎鬚《あごひげ》を生やして、腕はタトゥーに覆《おお》われていた。ルデンコは彼らとは対照的で、クリーム色のケーブル編みのセーター、〈トム・フォード〉のジーンズ、〈バーバリー〉のピーコートという服装だった。短いブロンドの髪は逆立ててあり、あとの四人よりも年上で、強健だった。ルデンコは四十を過ぎたばかりで、肩幅が広く、筋肉が盛りあがっていて、力ずくの勝負では相当手強《てごわ》そうだった。

ルデンコは、数分前に到着したばかりだった。暴行がはじまってからだいぶ時間がたっていて、致命傷を負っていたクループキンは息を引き取る寸前だった。

到着したとたんに、目の前の男が死ぬ前に情報を聞き出すのに数分しか残されていないことに、ルデンコは気づいた。そこで、シュタイヤーA2セミオートマティック・ピストルを抜き、長いサプレッサーを取り付けて、壁ぎわに積んであった馬運車用タイヤに狙いをつけ、六発放った。

近くにいたロシア人契約戦闘員たちが、びっくりして自分たちの拳銃をふりまわし、懸命に脅威を探すあいだに、ルデンコは高温になったサプレッサーをクループキンの頬に押しつけた。一分後に、シュタイヤーからさらに三発が放たれて、熱した鋼鉄が陰部を灼《や》くと、死にかけていたクループキンがしゃべりはじめた。破れた血管からの内出血のせいで息が苦しく、声がかすれていた。

クループキンはしゃべりつづけ、やがて告白が終わった。内出血が死因だというのが、ルデンコのプロフェッショナルとしての見立てだった。ほんの二分前に、クループキンの体から命が去った。ルデンコは表情を変えずにじっと立ち、いくらか年下の荒くれ男四人は、度肝を抜かれ、自分たちが暴行をくわえた男が死んだせいで厄介《やっかい》なことになるのではないかと思っていた。

そのとき、工場のドアがあき、あらたにひとりの男がはいってきた。荒れ果てた広い作業場を、男がゆっくりと近づいてきた。四十七、八で、髪は茶色だった。顔立ちが整っていて、健康そうに見えたが、右脚をかばい、杖の助けを借りて歩いていた。

あらたに現われたその男は、ロシア人契約戦闘員たちと死体をじっと見てから、ようやくルデンコに視線を向けた。英語でその男がいった。「ついてこい」

顎鬚を生やした契約戦闘員たちは、痛めつけろといわれただけなのに殴り殺してしまったことが心配で、まだ気を揉んでいたが、杖をついている男とルデンコは、十数メートル離れたところへ行った。そこでも男は、スイス人だと発音ではっきりわかる英語で話しつづけた。

「スパーノフが、あんたはずば抜けて優秀だとわたしに請け合った。だが、わたしが来るまであいつを生かしておけと、あんたは命令されたはずだ」

「おれが殺したんじゃない。あの馬鹿どもがやった。おれはヘルシンキから到着したばかりだ」

年上の男は、それを聞き流した。「あいつから肝心なことを聞き出したんだろうな」

ルデンコの返事は得意げではなく、満足しているふうもなかった。ただ冷静に伝えただけだった。「すべて聞き出した」

「説明しろ」

「クループキンは、ロシアの情報機関の金庫から銀行を使って西側に送金する仕組みをデータ化した」

「どうやって？」

ルデンコは肩をすくめた。「やつはロシアの情報機関の金融パイプだった。クレムリンの金を、ありきたりのオリガルヒの金に見せかけて、外国に送金していた」

年上の男が、馬鹿にするように鼻を鳴らした。「それでロシア連邦安全保障会議書記が、わたしに電話をかけてきて、自家用ジェット機を用意するから、アゾレス諸島からここに戻ってこいと頼んだんだな。好きなように金額を書き込める白紙小切手付きで」

ルデンコは黙っていた。

スイス人がうなずいた。「この問題をすばやく穏便に解決すれば、あんたも褒美《ほうび》がもらえるだろう」

ルデンコは、鼻を鳴らした。「白紙小切手はいらない。昇級したい」

「少佐だと聞いたが」

「そうだ。中佐になりたい」

杖をついている男は、首をかしげた。「それだけか？　なぜだ？」

「モスクワのおれの長官は最上階にいるが、おれはこのスイスにいて、軍隊からほうり出されたくそったれどもが男のきんたまを焼き切るのを見ている。これであんたの質問に答えたことにならないか？」

スイス人が、くすりと笑った。「ボスのデスクがほしいのか？」

ルカ・ルデンコは首をふり、工場の向こうの死体に目を向けた。「どんなデスクでもいい」

スイス人は、ルデンコの視線を追った。「わかった。クループキンはファイルをどうしたといった？」

「クループキンはきのう、暗号化されたデータを保存している携帯電話を、カリブ海のセントルシアという島にいる男に宛てて宅配便で発送した。現地時間できょうの夜に到着する」

「どういう男だ？」

「名前はエディソン・ジョン。弁護士らしい」

年上の男がうなずいた。「オフショア・バンキング専門の弁護士だ。ロシア人が何十億ドルもの資金を洗浄するのに手を貸している。オリガルヒが所有する資産を自分の名義にして、何十年も仲介役をつとめていたが、戦争がはじまるとやる気をなくした。もうロシア人の口座には手を出さない」つかのま考えてからいった。「ジョンはしっかり警護されているだろうが、近づくのは難しくない。まだあるだろう？」

「ああ。クループキンは、このチューリヒでも、べつの男に携帯電話を渡した」

「チューリヒのどういう男に？」

「アレクサンドル・ヴェリスキーというバンカーだ」

年上の男の目が鋭くなり、視線をそらした。知らない名前だということは明らかだった。

それに気づいたルデンコがいった。「スパーノフは、ここで知っていなければならない人間の名前を、あんたはすべて知ってるといっていた」

「そのつもりだったが、ヴェリスキーという男は知らない」

「クループキンがいうには、ブルッカー・ゾーネ・ホールディングスという投資銀行で、仮想通貨を担当してるそうだ」

「くそ」スイス人が悪態を漏らした。もっと小さな声でもう一度「くそ」とつぶやいた。

セバスティアン・ドレクスラは、スイスで知っていなければならない人間すべてを知っていることを誇っていたし、ルデンコがいった名前は知らなかったが、その男が勤めている銀行のことはもちろん知っていた。「くそ」ドレクスラはもう一度悪態をついた。「ヴェリスキーが電話を受け取ったのはいつだ？」

「昨夜」

「二十四時間前か」ドレクスラはにやりと笑ったが、うれしくはなかった。「たいへんな事態になるぞ。ロシアから持ち出されたデータは、ブルッカー・ゾーネの取引データとぴったり一致するだろう」どういう成り行きになるか、じっくり考えた。「それを知ったら、スパーノフは機嫌をそこねるだろう」

ルデンコは、ずばりといい切った。「そのデータを取り戻すためなら、スパーノフはチューリヒを焼き払うだろう」

ドレクスラがいった。「あんたがモスクワでデスクを手に入れるのは、先のことになりそうだ。ほかには？」

「ヴェリスキーは、旧市街のオベルドーフにあるフラットに住んでいる。こんどはそいつがターゲットだな？」

ドレクスラはいった。「ヴェリスキーが知恵のまわるやつなら、自宅にはいないだろうが、どこかで手がかりを見つけないといけない。あいつらを連れていって、調べろ」

ルデンコは、まだ死体のそばに立っている四人のほうを見た。「やつらは契約戦闘員だろう？」

「ストラヴィンスキー社」ドレクスラはそう答えた。「傭兵のたぐいだ。スパーノフがすぐにここへ派遣できたのは、あいつらだけだった。きょう呼び出したときに、あいつらはセルビアで働いていた」

「ストラヴィンスキーが雇っている連中は気に入らない。乱暴で規律がとれてない」

ドレクスラは、四人を見るために肩ごしに視線を投げもしなかった。「そうだな。あんたがいてくれてよかった。あいつらがはめをはずさないように目を光らせていてくれ」

髪を逆立てたロシア人は、それでも気が収まらないようだったので、ドレクスラはなおもいった。「ダニール・スパーノフは、あいつらを作戦統制下に置く権限をわたしにあたえた。つまり、わたしが命令したとおりにやらなかったときには、殺してもいいという意味だ」かすかな笑みを浮かべた。「いまのやつらには、わたしたちふたりとおなじくらい、作戦を成功させたいという動機がある」

ルデンコはいった。「口ではなんとでもいえる」ルデンコがロシア語でどなると、四人があとにつづいて工場のドアから出て、車二台にぞろぞろ乗り込んだ。

ドレクスラは、杖をついて自分のBMW5シリーズへ歩いていった。運転席にどさりと座った。痛みを和らげるために脚をちょっとさすってから、エンジンをかけたが、その膝《ひざ》のことが頭を離れなかった。

膝のことを考えずにはいられないのは、四六時中ずっと痛むからだった。

セバスティアン・ドレクスラは、金で雇われて難題を解決するフィクサーだった。おもにスイスの金融機関に依頼され、取り扱いにきわめて注意を要する問題を処理している。数年前にシリア政府のコンサルタントになったが、シリア大統領が暗殺され、大統領夫人がドレクスラの目の前で殺されるというとんでもない結果になった。ドレクスラ自身も、世界中でグレイマンとして知られているはぐれ者の暗殺者に、膝蓋骨《しつがいこつ》を撃ち抜かれた（『暗殺者の潜入』参照）。

しかし、膝に一生治らない傷を負いはしたが、ドレクスラは生き延びて脱出し、仕事に復帰した。そして今回は、モスクワで絶大な人脈を握っていたフィナンシャル・プランナーがばらまこうとしたデータを回収するという、重大な任務を引き受けた。そのデータが明るみに出れば、ロシア情報機関の金の動きが暴かれてしまう。

その情報通のフィナンシャル・プランナーは、ドレクスラの車のバックミラーに映っている工場の床に死体となって横たわっている。BMWで夜の闇を抜けながら、つぎの手立てについてドレクスラは考えた。

ドルダー・グランド・ホテルに泊まっていたクループキンを、ドレクスラはわずか二時間で見つけた。そして、スパーノフの配下のごろつきが、ドレクスラがあらかじめ街の北に確保してあった工場へクループキンを連れていった。

ドレクスラ自身は旧市街のホテル、シュトルヘン・チューリヒへ行き、技術者のチーム《アセット》との電話数台を操り、スパーノフと何度か電話で話をして、もうひとりの資産を現場に向かわせる手配をした。

スパーノフがすかさずそれを実行した。ルカ・ルデンコは四十一歳で、ロシア連邦軍の情報機関GRUの工作員だったが、べつの理由から特別な存在だった。両親が一九八〇年代にヘルシンキに移住し、ルデンコは十五歳になるまでフィンランドに住んでいた。

ルデンコはフィンランド人だといっても通用する。GRUに勤務するようになってからずっと、西欧での諜報活動中に精査を避けるのに、そのことを利用していた。

ルデンコがすばらしい技倆《ぎりょう》を備えていて、良心のかけらもないことを、ドレクスラは知っていた。荒っぽく統率のとれていない民間軍事会社の契約戦闘員から成る不完全な部隊を、ルデンコが強化してくれるのはありがたかった。

大量のデータが保存されているiPhone二台を回収するために、スパーノフが必要な公的資源をいくらでも注ぎ込むはずだということを、ドレクスラは知っていた。ロシアはギャングが経営するガソリンスタンドのようなものだし、大統領と側近集団を除けば、ダニール・スパーノフよりも強力な人間はいない。

クループキンがモスクワから盗んだ情報は、西側諸国でのロシアの諜報活動数百件を文字どおり麻痺《まひ》させるだろうし、ロシアの犯罪が全世界に暴かれることになる。それを防ぐために、ドレクスラはチューリヒにいるひとりの男からデータを取り戻し、カリブ海の男からおなじデータのコピーを奪わなければならない。

その男ふたりの身許《みもと》はわかったが、彼らがデータを入手してからかなり時間がたっている。

困難な任務になることはまちがいないが、すっきり片がつくような簡単な仕事のためにドレクスラを雇う人間は、どこにもいない。

自分のホテルに向けて車を走らせながらドレクスラは、市内のチームと協力し、違法金融の暗い影のなかで数十年活動するあいだにひろげた人脈に電話をかけて、夜通し働くことになるのを覚悟した。

8

コート・ジェントリーがヨットのサロンから出て、素足に半ズボンと無地の白いTシャツと野球帽という格好でデッキに出たとき、太陽が水平線に触れたところだった。髭《ひげ》をきちんと剃《そ》った顔は、イギリス領ヴァージン諸島の陽射しで日焼けし、茶色の目はまもなく必要ではなくなるサングラスに隠れていた。サンダルをはき、一ブロック内陸寄りのバー&グリルで食事をするために、小さな複合艇《RHIB》で岸を目指す前に、ヴァージン・ゴーダ島のマリーナ付近を最後にもう一度ゆっくり見ようとして、ジェントリーは双眼鏡を持ちあげた。

だが、目には当てなかった。ジェントリーの右、湾のだいぶ南のほうで、小さなボートのエンジン音が響いたので、ジェントリーはそちらを見ようとして向きを変えた。

木製のスキフ（舳先が尖っていて艫が平らな鎧張りの小舟。昔ながらの手漕ぎのボートの形）が、凪《な》いだ水面を船外機でのんびり航走し、ジェントリーのヨットに近づいてきた。艇首には農産物などの段ボール箱や木箱がびっしり積まれ、ビール、ソフトドリンク、酒のケースが、その艇尾寄りに積みあげてあった。

カリブ海のどこにでもいる物売り舟で、売り子兼船長が、食べ物、飲み物、雑貨などを、マリーナに係留しているレジャーボートに売り込む。陸地の店で買うよりも値段が高いが、物売り舟で買うのは便利だった。上陸して店を探すより、横付けされた舟からビールをケースごと買うか、袋入りの氷を買うほうが、ずっと簡単だ。

この舟に、ジェントリーはまったく脅威を感じなかった。艇尾のほうに乗っているふたりは、地元住民のようだったし、食料品も必需品も物売り舟に積んであるのが当然のものばかりだった。

「オーイ、あんた」陽気な若い船長が、片手で船外機を操り、反対の手をふりながら呼びかけた。半ズボンに上半身裸で、肉体労働にずっと携わっている男らしく、引き締まった筋肉質の体だった。

艇尾の船長の隣に、すこぶるつきの黒人の美女が座っていた。船長より十歳くらい年上のようで、色褪《いろあ》せたピンクのTシャツにオフホワイトのジーンズという服装だった。女が愛想よくほほえんで、手をふった。

ジェントリーはすぐさま、地元のビール、〈クーパー〉のアイランドドラガーをひとケース買うことにした。卵もあればひと箱買うつもりだった。

ジェントリーは財布を出して、デッキの端へ行った。船長がロープを投げたので、ジェントリーはそれを受けとめた。

「きょうはずいぶん晩《おそ》くまで働いているんだな」ロープをデッキの索止め《クリート》に巻きつけながら、ジェントリーはいった。

船長が地元のかなりなまりのある英語で答えてから、ジェントリーの手の財布に気づいた。「なにか買いたいんならよろこんで売るけど、きょうの仕事は終わりにしたんだ。これはタクシー業なんだよ」

ジェントリーは首をかしげた。タクシー業？

美女の黒人が、艇尾の座席から立ちあがった。「こんばんは」まちがえようのないアメリカ英語で、彼女がいった。「かまわないかしら……この殿方《とのがた》に乗せてきてもらったのよ。あなたのヨットに乗り移って、ヨットをチャーターする話をしたいんだけど」

ジェントリーは財布を半ズボンのポケットに戻して、女をじろじろ見た。腰のうしろに拳銃を差しているのは快適ではなかったが、急にそれがあることに安心した。

「チャーターはやらないんだ、マーム」

「けっして損はさせないわ。ちょっと話だけ聞いて。そのあとで断わってもいいから。十分だけちょうだい。そのあと、あなたのゴムボートで岸まで送ってくれればいいし」

そのとき、二十年近く工作員として働いてきたジェントリーが、一度も見たことがないしぐさを彼女は見せた。ジェントリーに向けてウィンクをしたのだ。誘いかけるふうはなく、調子を合わせてほしいとこっそり伝えるような感じだった。

ジェントリーは彼女からは危険を感じなかったが、それがまったくの思いちがいで、なんらかの脅威になるかもしれないということを、長年の経験から知っていた。

スキフの船長が、白人の男が気まずく思っているのを察して、ふたりを交互に眺めた。だが、ようやくジェントリーがいった。「ああ、それじゃどうぞ乗って、マーム」

女がポケットから札を二枚出して、スキフの船長に渡し、デッキから小さな革のバックパックを取って、片方の肩にかけた。

彼女が乗り込むあいだ、ジェントリーは数歩下がっていた。

女がジェントリーのヨットのデッキにあがり、スキフのロープが解かれると、船長がまた手をふりながら舷側を離れた。ジェントリーは、顔をあちこちに向けて、明らかな脅威が出現するかどうかをたしかめた。

女が口をひらきかけたが、ジェントリーは自分の口に一本指を当て、木製のスキフが遠ざかるのを見送った。スキフが五〇メートルくらい離れたところで、ジェントリーは女に注意を戻した。

女はジェントリーといっしょにデッキに立ち、くつろいだ落ち着いたようすだった。つじつまが合わない。彼女が仕事で来ているのは明らかだった。チャーターうんぬんは無関係だ。伝言か、脅しか、仕事の依頼を伝えるために、だれかがここによこしたのだと、ジェントリーは確信していた。だが、もしそうなら、ジェントリーについてすべて知っていて、とてつもなく危険な男だとわかっているはずだ。

女が手を差し出した。

「アンジェラ・レイシーです。どうぞよろしく」

ジェントリーは、彼女の手を握って、一度だけふった。「よろしく」それから、声をひそめた。「おたがいのことがわかったから、はっきりさせておこう。あんたがバックパックに手を入れたら、おれはその喉《のど》を切り裂く」

女が驚きと恐怖のあまり、目を丸くした。「なんですって？」

事情がまったくわからなかったので、ジェントリーは高度の防御態勢になった。女の手首をつかんでうしろ向きにすると、コクピットの低い風波除《ドジャー》けに彼女の顔を押しつけた。

ジェントリーは、〈ベンチメイド〉ナイフの刃を出し、左手で握って、首に押しつけた。

女の体がふるえはじめたが、「落ち着いて、あなた」といった。

ジェントリーは、バックパックを女から奪い、右手でジッパーをあけて、中身をデッキに落とした。

　携帯電話一台、充電器、口紅、その他もろもろ。武器はない。携帯電話を除けば、工作員が携帯する諜報技術《トレードクラフト》の道具一式はない。ただし、だれでもほんとうに必要なのは、携帯電話だけだ。

　ジェントリーがひとつずつ調べているあいだに、女がたどたどしくいった。「わたし……わたしは友だちよ」

　ジェントリーは目をあげなかった。「おれに友だちはいない」

　つぎに、頭のてっぺんから爪先《つまさき》まで、ボディチェックした。目につくものはなにも見つからなかったので、ジェントリーはいった。「サロンにおりていって、海図台《チャート・テーブル》に座れ」

　頼りない声で、女がいった。「それがなんなのかわからない」

「無線機の横のベンチだ」

　女が昇降口をおりていって、まだふるえながら、壁に埋め込まれた船舶用無線機と航法機器の横のベンチに腰かけた。ジェントリーは、女のバックパックの中身をデッキに残したままつづいたが、ヨットの外とサロンの女の両方を見張れるように、狭い昇降口の二段目にいた。

　ジェントリーはいった。「いまききたいのは、だれがなぜあんたをよこしたのかということだけだ」

女が声をふるわせた。ジェントリーの行動に完全に不意を衝かれたように見えた。「わたし……あなたと話をするために派遣された。わたし……どこへ行けばいいか、あなたが乗っている船がどれなのか、教えられただけで。なにも……あなたのことはなにも知らないし、わたしは脅威じゃない」つけくわえた。「わたしたちはおなじチームなのよ」

ジェントリーの目が鋭くなった。「教えてくれ、レイシー。おれたちはどのチームにいるんだ？」

「もちろん、会社《ザ・カンパニー》よ」

つまり、ＣＩＡだ。

ジェントリーは、腰のうしろの拳銃を抜いた。緊張が全身にひろがり、もう一度海を見渡した。アメリカ海軍のサイクロン級哨戒艇が突進してくるにちがいないと思った。全方位に目を配ったが、海軍の艦艇は影も形もなかった。

「6《シックス》」女が口にしたのは、ジェントリーがかつて特殊活動部にいたときのコールサインだった。「拳銃をおろして。お願い。どう思っているのか知らないけど、あなたは——」

「はっきりいって、だれがあんたをよこした？」

女が拳銃を見つめた。ジェントリーの脇で、銃口が下に向けられていた。「作《D》戦本部本《D》

部長付き特別補佐官」

「そいつの名前をいえ」

そんな質問をされたことにまごついたのか、女が眉根《まゆね》を寄せた。「スーザン・ブルーア」

くそ。スーザン・ブルーアは、ジェントリーがCIAの秘密部隊ポイズン・アップルの一員だったときの調教師《ハンドラー》だった。ジェントリーの知るかぎりでは、とにかく一年前にそのプログラムは廃止になったし、CIAに命を狙われていると確信する理由がいくつもある……それに、数々の理由から、ジェントリーはブルーアを信用していなかった。ブルーアがあなたの頭を撃とうとしたと、スコットランドでゾーヤ・ザハロワがいったことも、理由のひとつだった。それに関してゾーヤのいうことが正しいのか、それともまちがっているのか、ジェントリーにはわからなかった。だが、ブルーアがジェントリーを付け狙って抹殺しようとしている組織の幹部だというのは事実なので、現在、アンジェラ・レイシーを脅威ではないと見なすわけにはいかなかった。

いま起きていることに、レイシーは傍目《はため》にもわかるほど怯《おび》えていたが、咳払いをしていった。「あなたと話がしたいといってる」

「そうだろうな」

無線機のそばのベンチに座っていたレイシーが、わけがわからないという顔をした。

「わたしは、あなたが彼女の電話で話をするように仕向けて、そのあとは指示を待つようにといわれたの。それだけよ」

「あんたもD／Oなのか？」作戦本部《ディレクトレイト・オヴ・オペレーションズ》は、CIAの活動部門だった。ブルーアが作戦本部の幹部だとすると、レイシーもおなじ部門に属しているはずだと、ジェントリーは判断した。

「ええ、上級作戦担当官よ。前は工作担当官だった。あなたとおなじ」

ジェントリーは、工作担当官だったことは一度もない。特別プログラムの資産《アセット》としてCIAに雇われ、水平に移動して特殊活動部軍補助工作員になった。それに、何年ものあいだ、CIAの正規の活動には従事していない。ポイズン・アップルに所属して、上層部が関与を否定するような仕事を契約でやってきたが、そういう仕事のあいまにCIAはジェントリーを躍起《やっき》になって殺そうとしたことが何度もあった。だが、アンジェラ・レイシーは、そういったことをなにも知らないようだった。

殺されるおそれがあるここに、彼女をたった独りで来させる前に、ブルーアはいったいどんなでたらめを吹き込んだのだろうと、ジェントリーは思った。

その疑問をふり払って、ジェントリーはきいた。「どうやっておれを見つけた？」

レイシーが、首をかしげた。この事態そのものに、なにかつじつまが合わないところがあると思っているのが、その表情からも明らかだった。ようやくレイシーがいった。「あなたを見つける？　あなたの行方がわからなかったなんて……知らなかった」

「冗談だろう？」

レイシーが首をふってから、手首で目を片方ずつぬぐった。これまでは怖がっていたが、いまはただいらだっているだけのようだった。適切な情報をあたえられずにこういう状況に送り込まれたのだと気づいたのだし、そういう働きかたは性に合わないのだろう。「聞いて。わたしはけさマイアミにいたの……休暇で。ブルーアが電話してきて、さっさとヴァージン・ゴーダへ行って、待機しろといった。数時間後に、マリーナに行くようにとわたしに命じて、あなたの船の名前を教えた。接触し、彼女に電話をかけて、わたしの携帯電話をあなたに渡すよう指示された」いまでは腹を立てていた。「それだけよ！　わたしが現われたら、あなたはわたしを敵みたいに扱っている」

「ブルーアは、おれのいどころをどうやって知ったんだ？」

レイシーがあきれて目を剝《む》いた。「いったでしょう。ぜんぜん知らないって。あなたは非公式偽装《NOC》だし、6《シックス》と呼ぶようにといわれただけよ。あなたが組織を離れたか、行方不明か、身を隠しているかなどということは、なにも知らなかった」——船内を見まわした

――「なにをやっているんだか知らないけど、ここがその場所ね」

レイシーがいうことは事実に近かったが、ジェントリーはむっとした。「なにも知らないあんたを、どうしてよこしたんだ？」

レイシーがそれについてちょっと考え、口調を和らげていった。「わからない。たぶん、わたしが女だからじゃないの。あまり脅威に見えないから」

「そういう怖い女に会ったことがないみたいだな」ジェントリーは、声を殺していった。なにもかも、悪い報《しら》せだった。ブルーアにいどころを知られている。じっとしているわけにはいかない。だが、殺し屋のチームがまだ現われていないのは、なにかべつの事情があるからだろう。

「ブルーアと話をするが、ここではやらない。マリーナから離れて外海に出て、そこで話をする」ジェントリーはつけくわえた。「だれかが近づいてきたら見える場所で」

「ほんとうに被害妄想なのね？」

「おれを殺そうとする連中は、みんなそういうんだ」

この若いCIA局員に、頭がおかしいと思われているのは明らかだった。それに、たとえ電話で話をするだけだとしても、CIA幹部がどうしてこの男と結びつきがあるのか、さっぱりわからないようだった。

だが、アンジェラ・レイシーにどう思われようが、どうでもよかった。ジェントリーは超自然的ともいえる生存本能で動いていた。「操船に集中できるように、あんたを結束バンドで縛る」

レイシーが首をふった。「なんですって？　待って。そんな必要はないから」

「そうかもしれない」ジェントリーはいった。「でも、縛るよ」引き出しに手を入れて、結束バンドを何本か出した。レイシーがしぶしぶ両手を前に出した。

「ちがう」ジェントリーはいった。「うしろにまわせ」

「くそったれ」レイシーがいったが、ジェントリーが黙っていたので、とうとういわれたとおりにした。

手首に巻いたプラスティックの結束バンドを締めながら、ジェントリーはいった。「あんたが現われるまでは、おれは自分のことだけをやっていたくそったれだった。だれかに怒りをぶつけたいんなら、あんたをよこしたブルーアにぶつけるんだな」

レイシーがすかさず応じた。「わたしはふたりに同時に怒りをぶつけることができるのよ」

「まあいいさ」ジェントリーは答えて、レイシーの手首をしっかり縛ると、錨《いかり》をあげるためにデッキにあがっていった。

9

アレックス・ヴェリスキーは、夜の闇をついて走った。乳酸が全身にまわって脚の灼《や》けるような痛みがひどくなるとともに、胸のなかで心臓がふくれあがった。だが、ヴェリスキーは、四肢の痛みと心臓発作を起こしそうなのを無視して、両腕を激しくふり、速度をあげた。

疲れ果てていたが、いまは絶望にかられていることが、体力不足を補っていた。

ヴェリスキーはきょう出勤したが、帰宅するとすぐに仕事着を脱ぎ捨てた。〈ブリオーニ〉の青い格子縞のシルクウールのスーツを、色褪《いろあ》せた茶色のコーデュロイのズボンとニットの黒いセーターに着替え、〈ナイキ〉の千五百ドルのバスケットボール・シューズをはいた。そしていま、その靴底で水びたしの冷たい石畳《いしだたみ》をバタバタ叩き、旧市街を抜ける下り坂の横町をリマト川に向けて走っていた。

その速度で五〇メートル進んだところで、ヴェリスキーは速度を落とし、さっと横滑りして左に曲がってから、また速度をあげた。ガス灯の下で急な坂を下りながら、ドイツ語で悪態をついた。

「いったいなんということをしでかしたんだ《ヴァス・ツム・トイフェル・ハスト・ドゥー・デン・ゲマフト》、まぬけ《デップ》?」

男ふたりが、以前としてあとを跟《つ》けてくる。靴が石畳を叩く音が聞こえていたし、周囲の建物からの反響が大きくなっていたので、かなり近づいてきたのだとわかった。武器は見当たらず、アパートメントがあるビルを出たときに、狭く暗い通りの向かいに男ふたりが立っているのに気づいただけだった。そのあと、ヴェリスキーがそこを離れて歩きはじめると、男ふたりは寄りかかっていた壁から身を離し、ゆっくりと跟けてきた。

ヴェリスキーは、チョコレート菓子店のウィンドウに映るふたりの姿を見守った。ふたりは四〇メートルうしろにいて、両手をポケットに突っ込んでいたが、目的ありげな足どりで、注意を集中していた。男ふたりはずんぐりしていて、大柄で、顎鬚《あごひげ》を生やし、帽子をかぶって厚いコートを着ていた。凍れる大気を気にもせず、横町に並ぶガス灯の下を進んでいた。

ヴェリスキーは、監視を見抜く訓練を受けていなかったが、その男ふたりがまったく場違いなのは、専門家でなくてもわかった。

角に達したところで、ヴェリスキーはのんびりした大股でそこを曲がり、すぐさま駆け出した。

一ブロック進んだところで肩ごしにうしろを見ると、男ふたりが角を曲がり、走って近づいてくるのがわかった。何者なのかわからないが、なにがほしいのかは容易に想像がついた。

昨夜、イーゴリ・クループキンに渡されたiPhoneが目当てなのだ。

ヴェリスキーは走るのは得意ではないが、旧市街の下り坂を突っ走っていると、どういうわけか意欲が湧いてきた。

ヴェリスキーは、そのiPhoneを身につけていた。ジャケットのポケットにジッパーを締めて入れてある。逃げているあいだ、それが重荷になった。熱いジャガイモとおなじで、握りたくなかったが、かといって湖かゴミ容器に投げ捨てるわけにはいかない。

昨夜、クループキンと会ったあとで、ヴェリスキーはアパートメントに帰って、横になり、天井を見つめていた。外では雪が降っていた。なんらかの計画、死んだ家族が光栄に浴するような行動方針を組み立てようとした。

ヴェリスキーは、復讐を望んでいた。そして、復讐したいという思いに呑み込まれると、文字どおりほかのことはまったく考えられなくなった。

出社したヴェリスキーは、ランチの前に行動方針を固め、開始する準備をした。そして、ランチ直後に、それを実行した。ブルッカー・ゾーネ・ホールディングスの口座取引ファイルの貴重なデータを〈シーゲイト〉の外付けハードディスクにコピーした。ハードカヴァーの本くらいの大きさのハードディスクに、数百のダミー会社が送金する数十億ドルの秘密の金の動きを示す難解なデジタル記録が保存された。

ヴェリスキーは、クループキンがつかんでいた口座に関する情報には、まだ手をつけていなかった――それはｉＰｈｏｎｅに保存されたままで、まだアクセスしていなかった――ので、クループキンがブルッカー・ゾーネに金を移すのに使ったロシアのダークウェブ仮想通貨ＨｙｄｒａやＲｕＴｏｒも含めて、仮想通貨に関わるものをすべてかき集めた。ｉＰｈｏｎｅに保存してあるとクループキンがいったデータとは無関係な取引が数万件含まれているし、ロシアの情報機関が西側で支出している資金についてははっきりしたことをつかむには、専門家がロシアのデータとスイスのデータを照合しなければならないので、時間がかかる。

これまで従順で誠実なバンカーだったヴェリスキーは、ファイルをひそかにコピーすることに計り知れない不安を感じた。自分のオフィスで記録を引き出してハードディスクに移すのに、一時間十九分かかり、そのあいだずっと、電話がかかってくるか、ドアがいきなりあくのではないかと気を揉《も》んでいた。

ヴェリスキーは、ファイルをコピーしていた時点で、秘密扱いの記録にだれかがアクセスしているというリアルタイム警報をブルッカー・ゾーネのIT部門が受信することを承知していた。だが、ヴェリスキーのログイン資格証明を見れば、不審に思われることはないはずだった。システムのどこへでもアクセスできる人間が、行内には五、六人いるし、ヴェリスキーは十年のあいだ勤勉に働き、取り扱いに注意を要する作業で銀行に莫大な利益をもたらして、その権利を得ていた。

ヴェリスキーがウクライナ人で、両親と妹と生まれたばかりの甥《おい》を一年前に亡くしたことは、行内のだれもが知っていた。だが、その後もヴェリスキーがロシア人のクライアントとの仕事をつづけることに、だれひとりとして、一度たりとも、疑念を示したことはなかった。

銀行を司《つかさど》っているのは、国や国境ではなく、まして家族でもない。金がすべてを支配している。ヴェリスキーは優秀な行員として、ロシアから富を吸いあげてきたし、今後、優秀な働きバチであるのをやめる気配はまったくなかった。

アレックス・ヴェリスキーは、疑われることなくブルッカー・ゾーネのシステムのどこへでもアクセスすることができたが、だからといってやっていることがぜったいに発覚しないとはいい切れない。秘密保全部門はたいがい週明けにシステムチェックを行なう。ヴェリスキーのコンピューターから外部の機器にデータがダウンロードされたことがわかるだろうし、そうなったらヴェリスキーは地獄の炎にさらされる。

きょうは金曜日なので、行内の秘密保全手順のことを、ヴェリスキーはあまり心配していなかった。

ファイルを盗んだあと、ヴェリスキーは仕事を終えて帰宅し、豪華なアパートメントに立てこもった。食事をこしらえて、独りで食べ、着替えてから、自分のコンピューターの前に座った。

まず、ダークウェブに新しいウェブサイトを創った。正体不明のクライアントを相手にするときに極秘のデータを移すのに使う戦術だった。ハードディスクに保存してあるブルッカー・ゾーネ・ホールディングスのデータを、そのサイトにアップロードしてから、ハードディスクをハンマーで破壊し、破片を一階のリサイクル容器に持っていって、段ボール箱の下に突っ込んだ。

二十三桁《けた》の不規則な数字と文字と記号を知らない人間にはアクセスできないウェブサイトに保存することによって、犯罪の証拠になるデータを手放すことができた。適当にこしらえたアドレスは、紙切れに書きつけて、封筒に入れてあった。

最終目的地のニューヨークのホテル気付で、自分宛に郵送しようかと思った。

だが、結局やめることにした。クループキンのｉＰｈｏｎｅを探している何者かに捕らえられるかもしれない。そうなったら、ホテルに送ってもなんの役にも立たない。永久にそのままほうっておかれるだろう。だれかが開封したとしても、書いてあるものがなんなのかわかるはずがない。

午前一時ごろに、ヴェリスキーはこの葛藤の解決策を見つけた。エズラ・オールトマン宛に発送することにしたのだ。オールトマンはニューヨークにある法廷会計士事務所を運営し、スイスの銀行に対するホワイトカラー犯罪告発に取り組んでいる。数年前から、オールトマンはブルッカー・ゾーネに狙いを定めて、ロシアへの経済制裁に反抗して、ロシアの富を隠していることを調査していた。

オールトマンは、ヴェリスキーを悪党だと見なしているが、ヴェリスキーにとって頼みの綱はオールトマンだけだった。

ヴェリスキーは、オールトマンの事務所の住所を調べて、封筒に書き、自分の名前と住所も記した。

封をする前に、もう一枚紙片を出して書きつけた。

オールトマンさん、あなたがこれを受け取った直後に、わたしはパーヴェル・チルコフという変名で、相続した宝石をベルンの銀行から取り戻してほしいと偽って、あなたの事務所にじかに電話をかけます。この問題とわたしが持っているべつのものについてわたしと話し合う機会を設けていただきたい。わたしは独りで行きますし、あなたへの脅威にはなりません。この緊急の問題について話をする時間を割《さ》いていただきたいだけです。どうか、このことはだれにもいわないでください。わたしがアメリカに到着するころには、わたしは当事者に追われているはずですから。

数日後、この無難そうに見える短い手紙が着信箱にあるのを見たとたんに、エズラ・オールトマンは差出人の名前を見て、躍起《やっき》になって開封するはずだと、ヴェリスキーにはわかっていた。

ヴェリスキーがオールトマンの評判を知っているのとおなじように、オールトマンもヴェリスキーの評判を知っている。どうしてアメリカに来るのか、早く知りたいにちがいない。

そして、手紙を読んだオールトマンが、パーヴェル・チルコフに会うのに同意することを、ヴェリスキーは願っていた。名はヴェリスキーのアイスホッケーチームのゴールキーパー、姓はべつのアマチュアチームの贔屓《ひいき》にしているディフェンダーから取ったものだった。

封筒に必要なだけの切手を貼ると、ヴェリスキーは午前二時ごろに表に出て、通りを歩き、郵便ポストを探した。郵便集配人が来る前に自分が発見されて、追跡者が投函された郵便物を調べないともかぎらないので、ビルの郵便箱には入れなかった。

自分の会社のファイルを盗んだことや、昨夜ロシア人からデータが保存されているiPhoneを渡されたことで、だれかに付け狙われていると思うような根拠はなかったが、けさは早朝から、だれかに見張られ、一歩ごとに追跡されているという感覚をふり払うことができなかった。

そしていまは、たしかにそうだということが、疑いの余地なくわかっていた。追ってくる男たちは距離を詰めている。うしろに目を向けなくても、ウィンドウに映っているのを見て、それがわかった。まもなく追いつかれて、封筒とジャケットのポケットにはいっているiPhoneを奪われるだろう。ロシアへの脅威は、あっというまに消え去る。

足を滑らしてビルの角をまわると、正面のヴァイテ・ガセという路地の壁に鮮やかな黄色い郵便ポストが取り付けてあるのが見えた。ヴェリスキーは、ダークウェブのアドレスを記したメモを収めた封筒をジャケットから出しながら走り、金属製の郵便ポストで手を骨折しそうな勢いで、受け口に突っ込んだ。

ヴェリスキーがそのブロックを半分行ったとき、追跡してきた男ふたりがうしろで角を曲がって、ヴェリスキーに目を向けた。二〇メートルほどしか離れていなかったが、気づかれずに投函できたと、ヴェリスキーは確信していた。

こんどはiPhoneを捨てなければならないが、あとで見つけられるようにそうする方法がわからなかった。

一分後、ヴェリスキーは滑りながら歩道にあがり、劇場《テアター》通りを走った。酷使していた脚と肺が痛くてたまらなくなったとき、うしろから現われたらしい一台の車が横に来て、走っていたヴェリスキーとおなじ速度で並走した。

「アレックス！　アレックス！　急げ！　乗れ！」

フォルクスワーゲン・ゴルフの運転席から、中年の男が手をふった。英語でしゃべり、アメリカ人のようで、ヴェリスキーをいま追跡しているふたりとは、まったくちがう外見だった。

ゴルフは、ヴェリスキーの走る速さとおなじ速さで走り、運転席の男が懇願《こんがん》する目つきで見つめた。「車に乗れ！」

ヴェリスキーは走りつづけた。息が苦しく、突き刺されるような痛みに襲われていたが、ヴェリスキーはいった。「どうして？」

「あんたを守れる」

「あんたのことはなにも知らない」

「おれはアメリカ大使館の人間だ。あんたが助かるには、おれたちに頼るしかない」

「あいつらは……何者だ？」ヴェリスキーはきいたが、アメリカ人が答える前に、うしろで銃声が響いた。数メートル離れたガス灯の柱に弾丸が当たり、火花が四方に飛び散った。

「くそ《シャイセ》！」ヴェリスキーは叫び、ゴルフの前に走っていって、助手席側にまわった。アメリカ人はすでに手をのばしてドアをあけていたので、ヴェリスキーは走っているゴルフに跳び込んだ。


助手席側のバックミラーで見ると、男ふたりはゴルフが速度をあげて離れる前に、数メートルにまで近づいていた。ふたりとも拳銃の狙いをつけるために歩度をゆるめたが、運転していたアメリカ人がアクセルを踏みつけ、雪で滑りやすくなっている急カーブを高速で横滑りしながら曲がり、追ってくる男たちが撃つ前に射界を出た。

ヴェリスキーは、疲労とショックに呑み込まれてじっと座り、チューリヒ・オペラハウスの横をゴルフが突っ走るあいだ、しばし息を整えようとした。

運転していた男が、すぐに話をはじめた。「やつら、かなり本気だ。あんなに早く撃ちはじめるとは思ってなかった。あんたの家を見張ってるやつを四人見つけた。あんたが出てくるのを、徹夜で待ってたようだ」

「あいつらは何者だ？」ヴェリスキーはもう一度きいた。

アメリカ人が、こともなげにいった。「ロシア人。マフィアだと思うが、殺し屋かもしれない。たぶん、セルビア人だろうが、どうとでも考えられる」

ヴェリスキーが思っていたとおり、これはきょう盗んだファイルとは関係がない。狙いはクループキンのｉＰｈｏｎｅだ。ヴェリスキーは両手で顔をこすり、自分が置かれている窮地の重大さを、不意に受け入れられなくなった。

「あんたはだれだ？」ヴェリスキーは、運転している男にきいた。

「いっただろう。大使館――」

「そうじゃない。名前だ」

アメリカ人はいった。「デイルと呼んでくれ」

ヴェリスキーは、あえぎながらうなずいた。ふくらはぎが硬くなり、攣《つ》る寸前だった。

ゴルフは、深夜なのでほとんど往来のない通りを、南に向けて走っていた。「大使館。つまりＣＩＡかなにかの人間だな？」

「いまはそんなことはどうでもいい」

「イエスだと解釈する」ヴェリスキーはいい、また顔をこすった。悪い状況が毎秒ごとに悪化している。

デイルが、ヴェリスキーのほうを向いていった。「郵便ポストになにを入れた？」

そんなふうに、ヴェリスキーの窮状は急斜面から完全に離れ、崖っぷちから跳び出した。

10

「なんだって？」ヴェリスキーは、かすれ声の歯切れの悪い口調できき返した。

「あんたがそうするのを見た」リマト川東岸をゴルフで疾走しながら、ディルがいった。「集配人が来るのは朝になってからだから、あんたの身柄を確保したらすぐに、おれの同僚が郵便ポストを壁から引っぱがして、中身を調べる」肩をすくめた。「その前に、なにを突っ込んだか、おれに話したらどうだ」

ヴェリスキーは、フロントウィンドウの外を見た。くそ。だれを信用できるのかわからなかったが、アメリカの情報機関はぜったいに信用できない。クレムリンの極悪人に甚大な衝撃をあたえるようなことをやる前に、アメリカで投獄されるおそれがある。

ヴェリスキーが答えなかったので、ディルはいった。「いいか、あんた。あいつら四人は、あんたの前に立ちふさがってるでかい氷山の一角にすぎないんだ。やつらは、クループキンのデータをほしがってる。いまごろは何十人ものロシアのマフィアとスパイが、こっちに向かってるだろう。あんたは、持ってるのを見つけられたくなかった大事なものをポストに入れた。昨夜クループキンがあんたに渡したものと関係があるにちがいない」

あの手紙は、クループキンに渡されたものと直接のつながりはないが、計画を思いつくまで、ヴェリスキーはなにもいうつもりはなかった。

デイルがまた口をひらこうとしたとき、センターコンソールに置いてあった携帯電話が鳴った。デイルが携帯電話をつかんで、相手の話を聞き、悪態をついてから電話を切った。いままでとはちがう目つきで、ヴェリスキーをちらりと見た。「くそ、あんた。とんでもないドジを踏んだみたいだな」

「ドジ……いったい……どういうことだ?」

「ブルッカー・ゾーネもあんたを探してるのを、おれの仲間が知ったばかりだ。あんたは自分の銀行から秘密データをダウンロードした。それがクループキンのデータとおなじように野放しになってる。あんた、よっぽど殺されたいんだな?」

くそ。疲れ果て、失望して、ヴェリスキーはフロントウィンドウから外を見つめた。権力がある人間に真実を伝えて、愛する家族を殺したクレムリンを罰するという、この一日のあいだ抱いていた夢が、目の前で崩れた。

ヴェリスキーが口をひらく前に、デイルがいった。「よく聞け。自分がどんなくその嵐を引き起こしたか、あんたはわかってない。ブルッカー・ゾーネは、世界中を流れてる金のなかでもっとも汚い金を握ってる。あんたが奪ったものを、関係があるありとあらゆる悪党どもがほしがってる」

デイルは、ヴェリスキーをじっと見た。「おれにそのデータを渡したらどうだ？　持ってないほうが、ずっと安全だぞ」

クループキンのデータが保存されているｉＰｈｏｎｅはジャケットの右ポケットにはいっていたが、ヴェリスキーはそれを出そうとはしなかった。

ゴルフがまた角を曲がり、ベレリヴェ通りに出た。道路に目を配り、話をしながら、デイルがいっそう強くアクセルを踏みつけた。まだチューリヒ湖が右手にある。左手には湖岸の店舗、カフェ、駐車場が連なり、東に通じる細い道路がある。深夜なので車の往来はなく、ふたりは街を独占しているような感じだった。

デイルがいった。「クループキンのファイルは、あんたの銀行の口座に関係があるんだと思う。きょうあんたは口座の記録を手に入れた。そのふたつをこれから照合するつもりなんだろう。おれたちは協力できる。おれの政府が求めている情報なんだ。金がほしいんなら――」

「金が狙いではない。家族のためなんだ。わたしにとって大切なのは――」

ヴェリスキーは、急に話をやめた。ヴェリスキーは運転席のほうを向いて、フロントウィンドウの斜《なな》め前方を見ていた。そのため、左にある駐車場から跳び出して、猛スピードで突進してくるメルセデスの黒い4《フォー》ドアは、ヴェリスキーにしか見えなかった。なぜ黙り込んだのだろうと思って、デイルがヴェリスキーのほうを向いた。ヴェリスキーは叫んだ。「危ない！」

デイルが緊張したが、首をまわすひまはなく、突進してくるメルセデスが見えなかった。メルセデスのセダンが運転席側のドアに衝突した。ドアがへこんで押されたデイルが、ヴェリスキーに激突した。

すさまじい衝突のせいでフォルクスワーゲン・ゴルフのあちこちでエアバッグがふくらみ、ガラスが飛び散り、車体が横へずるずると滑った。道路をはずれ、チューリヒの地下鉄駅のコンクリート製エントランスに衝突してようやくとまった。

ヴェリスキーの周囲でさらにガラスがひび割れて落ちた。ラジエターがシューッという音をたてて湯気が噴き出し、エンジンから煙が出た。

ヴェリスキーは頭がくらくらして、ガラスやそのほかの破片が目にはいる感じがした。首をまわすと、額の左側が痛かった。なににぶつかったのかわからなかったが、頭をはっきりさせようとして首をふったとき、デイルがまだ生きているのが見えた。デイルは口と鼻から血を流し、曲がった金属のせいで体の一部をシートに挟まれているようだったが、ゆっくりと顔をあげて、あたりを見ていた。

ヴェリスキーはまだ茫然《ぼうぜん》としていて、見つめる以外のことはなにもできなかったが、デイルはボンネットの下から流れ出す湯気を通して、表のなにかを見たらしく、あわててジャケットの下に手を入れた。デイルが拳銃を抜いた――ヴェリスキーにはその理由がわからなかった――だが、デイルが拳銃を構える前に、くぐもった大きなドスッという音が、夜の闇のどこかで咆哮《ほうこう》し、メルセデスが横から衝突したせいでひび割れていたフロントウィンドウが、運転席の正面で内側に炸裂《さくれつ》した。

デイルは右頬骨を撃ち抜かれていた。ずたずたになっていたルーフの内張りとドアに脳の切れ端が飛び散り、身動きしないデイルの体とそれを覆《おお》っていたしぼんだエアバッグの上を流れ落ちた。

デイルの拳銃が両足のあいだのフロアボードに落ちてガタンという音をたて、つぎは自分が殺されるだろうと思ったヴェリスキーは悲鳴をあげた。

だが、もう銃撃はなかった。ブロンドの髪を短いスパイクにした男が、助手席側のサイドウィンドウから見えた。地下鉄のエントランスのコンクリートとぶつかったために曲がったドアを、その男がひっぱり、どうにかこじあけた。

男は、サプレッサー付きのステンレス製の拳銃を右手に持っていた。

ヴェリスキーが凍りついてじっと座っていると、男が空いている手を前からのばして、シートベルトをはずし、車の残骸《ざんがい》からひっぱり出して、よろけているヴェリスキーを損壊したメルセデスのほうへひきずっていった。

グレイのトヨタ・カムリが、事故現場のうしろでタイヤを鳴らしてとまり、男四人がいっせいにおりた。確信はなかったが、アパートメントから跟《つ》けてきたふたりがそのなかにいるようだと、ヴェリスキーは思った。ジャケットの襟《えり》をつかんでヴェリスキーを捕まえていた男に向かって、四人がロシア語でなにかを叫んだ。ブロンドの男が、ヴェリスキーをメルセデスから引き離して、トヨタのほうへ進ませた。

ヴェリスキーは助手席に押し込まれ、ブロンドの男はロシア人ひとりを押しのけて車首をまわり、運転席に乗った。男がギアを入れて、車二台の残骸をよけて南に向かい、ほどなく湖とは逆の西へとトヨタを走らせた。

脳震盪《のうしんとう》を起こしていることはまちがいなかったし、何者に捕らえられているのかわからなかったが、その男がアメリカのCIA局員を殺したことはわかっていた。ヴェリスキーは周章狼狽《しゅうしょうろうばい》し、吐き気をもよおした。過呼吸を起こしそうだったが、運転席の男はヴェリスキーのそういう状態も意に介さず、英語でいった。

「電話はどこだ？」ロシア人のような発音で、ヴェリスキーは殺されると確信した。

だが、答えなかった。

「おまえはしゃべる。クループキンとおなじように」男がヴェリスキーのほうを向いた。

「それから死ぬ。クループキンとおなじように」

ヴェリスキーは身ぶるいした。クループキンはすでに発見され、殺されたのだ。

「あんたはだれだ？」ヴェリスキーはきいた。

「例の電話が必要なんだよ」男はくりかえした。「まちがいなく例の電話でなけりゃだめだ」

ヴェリスキーは、眼鏡《めがね》の下で目をぬぐった。破片は徐々に目から出ていたが、まだチクチク傷んだ。「だれだときいているんだ？」

ハンドルを握っていた男が、拳銃をヴェリスキーの頭に向けた。ヴェリスキーの質問に対して答えた。「ひとつ数えたら、おまえを撃つ」

「わかった！　わかった！」

ヴェリスキーは、ジャケットに手を入れて、前の晩にクループキンから受け取ったｉＰｈｏｎｅを出して、男に渡した。

男がうなずいて受け取り、ポケットに入れたが、拳銃はなおもヴェリスキーの上半身に向けられていた。

ふたりとも黙り込んだ。ヴェリスキーは傷をいじり、男は前方を見ていた。トヨタは夜の闇を縫《ぬ》って走り、湖の近くで車二台が衝突したという通報を受けた警察の車両とすれちがった。

11

コート・ジェントリーが、大きなヴァージン・ゴーダ島のすぐ西にある岩の無人島グレート・ドッグ島のノース・ベイに投錨したのは、イギリス領ヴァージン諸島の現地時間で午後八時過ぎだった。視界にほかの船はなく、ジェントリーは檣《マスト》とデッキの灯火をすべて消していた。〈セレニティ〉はそこの暖かい夜気のなかで上下に揺れ、船体にそっと当たる波のリズミカルな打音だけが聞こえていた。

アンジェラ・レイシーは、結束バンドで縛られて、サロンのベンチに座っていた。錨泊《びょうはく》を終えたジェントリーは、サロンにおりていって、結束バンドを切り、アンジェラが自由に動けるようにした。

アンジェラが皮肉をこめていった。「信用していいの？　わたしの両手が必殺の武器《リーサル・ウエポン》じゃないって、いい切れるの？」

ジェントリーはTシャツをめくって、半ズボンのウェストバンドの腹のところに差してあるグロックのグリップエンドを見せた。「信用していない。だから、急な動きをしたら、きみの目を撃ち抜く」

「あなたは非公式偽装よね」アンジェラは、〝ノック〟と発音した。NOCとはCIAの非公式偽装工作員《ノンオフィシャル・カヴァー》のことだ。「ものすごく緊張しているNOCに何度も会ったことがあるけど、あなたみたいなひとはいなかった」

ジェントリーはその言葉には応じなかった。会話をしたり、友だちをこしらえたりするために、ここにいるのではない。あのスーザン・ブルーアがなにをやらせようとしているのかを突き止めるために、ここにいる。

ジェントリーは、携帯電話を回収して入れたアンジェラのバックパックを取り、それを渡してから、ベンチの向かいの小さなテーブルセットの椅子に腰かけた。

CIA上級作戦担当官のアンジェラが、腹立たしげにジェントリーを見てから、携帯電話を出し、ダイヤルして、スピーカーホン機能にした。

呼び出し音が二度鳴り、ジェントリーがよく知っている声が聞こえた。

「ブルーア」

「レイシーです。LLX4497A《リーマ・リーマ・エクスレイ・フォー・フォー・ナイン・セヴン・アルファ》」

「身許《みもと》を認証した」

「6《シックス》といっしょです」ジェントリーに視線を戻して、アンジェラがいった。

ブルーアが口をひらく前に、ジェントリーはアンジェラの手から携帯電話をひったくり、スピーカーホン機能を切った。アンジェラをサロンに残し、デッキに出た。オレンジ色の夕焼けに染まっている空の下を、三六〇度、見渡すことができる。

ヨットの左右の海にダイバーがいないことを確認してから、ジェントリーはささやき声で電話に向かって腹立たしげにいった。「あんた、どうかしているんじゃないのか？」

「なにがいいたいの？」

「あんたがよこした女は、おれがだれで、どういう人間か、まったく知らない。そうだろう？」

ブルーアは悔やむふうもなかった。「なにも知らず、怖がらない人間が必要だった。近づく前にあなたが警戒して逃げることがないような人間よ。だから、こうして話ができる」

ジェントリーは、階段の上に立って、サロンのアンジェラ・レイシーのほうをふりかえってから、話を聞かれないように向き直った。「あの女をよこしたのは、あんたがおれをろくでもないことに巻き込んだことについて、おれが非難できないような相手だからだ」

ブルーアがいった。「ここまでわたしの計画はものの見事に成功したのよ。そういってはいけないのかしら？」

ジェントリーは、それを聞いてむっとしたが、ブルーアのいうとおりだった。用心しながら近づいてくるような人間だったら、すぐさま怪しいと見抜いていたはずだ。アンジェラ・レイシーは、平凡な工作員に携帯電話を渡すために独りで行くよう命じられたと思っていたから、接近するのに成功したのだ。

ジェントリーは、ブルーアの言葉を聞き流してからきいた。「おれがここにいると、どうしてわかった？」

「わたしたちはずっと見張っていたのよ」

「嘘だ」ジェントリーは、自信満々でいい返した。「マストヘッドにカメラがある。四方のかなり遠くまで見える。だれにも跟《つ》けられていなかった」

「ワーオ。ヨットにカメラですって！」

「そうだよ」

「まあ、すごい。たいしたものだわ」間を置いてからいった。「当ててみて、天才さん。わたしはあなたの頭上に人工衛星をしこたま飛ばしているのよ」

ジェントリーは、夕暮れの空を思わず見あげた。

ブルーアがいった。「モルディヴであの船を沈めたのはあなただろうと、わたしたちは思った。そのあと、ドバイの事件で、あなたにちがいないと確信した。ウクライナ人オリガルヒのアンドリーイ・メリニクに雇われていることがわかっているから、メリニクの会計士が暴いたもう一隻を追跡すればいいだけだった。〈ライラ・ドラコス〉は、わたしたちが目をつけていたヨット四隻のうちの一隻だった。それが沈没したのを知らされたときに、その付近の水域の衛星画像を調べたのよ」

　そのあとのことは、ジェントリーにも想像がついた。

「コンスタンチン・パステルナークのそのメガヨットが沈没する二時間前に、小さなヨットが機走して湾を出て、北へ向かった。あなたがイギリス領ヴァージン諸島《BVIs》に到着する前に探知したので、どこに係留するか見届ける前に、レイシーを派遣したのよ」

「わかった。あんたはおれを見つけた。だからといって、おれがあんたのお使いの女を海に投げ込んで、さっさとここから逃げ出すのを、とめられるとはかぎらないだろう?」

「あなたのいどころは、一日半前に突き止めた。そのあいだに、地上班チームが何人、高高度降下低高度開傘《HALO》してあなたのちっちゃなスクーナーを急襲したかしら、ヴァイオレイター? ひとりもいなかったでしょう? それでなにかわかるんじゃないの?」

　ジェントリーのヨットはスクーナー（通常二本か三本マストで縦帆艤装の中型快速帆船）ではなくケッチだったが、それは指摘せずに答えた。

「なにがわかるのかな?」

「わたしたちがあなたを追っていないということよ」ひと呼吸置いてから、ブルーアはいった。「あなたが必要なのよ」

CIAに見つかったことで、危機に陥っているのはたしかだったが、こういうやりかたで接近されたのは、彼らに必要とされているからにちがいない。

ジェントリーが口をひらく前に、ブルーアがつけくわえた。「ところで、ムンバイではいい仕事をしたわね」

ジェントリーがインドでフリーランスの仕事をやってから、何カ月もたっていた。ブルーアの手を借りたといえなくもない。そのときは激しくやり合ったが、最後にはいい結果をもたらした。

「ムンバイは、あんたの出世にも役立ったんじゃないか」ジェントリーは、すくなからずいらだちをこめていった。ブルーアはその事件では主役でもなんでもなかったが、なにもやらなかったのにめいっぱい自分の手柄にしたはずだ。

ブルーアが答えた。「害にはならなかった。でも、昔の勝利の話をするために電話しているわけじゃないわ。あらたな問題が起きて、あなたはわたしたちを助けるのに完璧な位置にいるの」

「話を聞こう」

「セントルシアにいる男が、今夜、荷物を受け取った。ヨーロッパから宅配便で送られたものよ。それを手に入れたいの」

「荷物の中身は?」

「データが保存されている物体だけど、なにかはわからない。ハードディスク、USBメモリー、ノートパソコン、携帯電話のような物かもしれない。書類を詰め込んだスーツケースかもしれない。ロシアから送られた。西側とロシアの相互の送金の詳細。わたしたちにはそれしかわかっていない」

「送った人間は?」

「イーゴリ・クループキン。モスクワのフィナンシャル・プランナー」

「受取人は?」

「エディソン・ジョンという名前。弁護士で、カリブ海の闇金融に関わっている」

「こっちにいる工作担当官か、レイシーを派遣すればいい」

ブルーアが溜息をついた。「レイシーは何年も現場に出ていないし、あなたほどの経験がある人間は、そこにはいない。これはかなり難しい不法侵入作業《ブラック・バッグ》になる。エディソンの屋敷には、かなりの規模の警備部隊がいる」

ジェントリーの目が鋭くなった。「信用できない。危険の大きいブラック・バッグ作戦ができる人間は、おおぜいいるはずだ。おれが必要なのは、ほかに理由があるからだろう」

ブルーアが小さな溜息を漏らした。「この男に関して、局《エージェンシー》は手を汚すわけにはいかないのよ。彼はわたしたちの仕事もやっている。わたしたちがオフショア口座を持っているのは、知っているでしょう。ジョンは、わたしたちがダミー会社を設立するのに使った弁護士多数のうちのひとりなのよ。その関係はつづけなければならないし、局《エージェンシー》の人間がそこに派遣されてデータを盗んだら、わたしたちの関係によくない影響がある」

「そいつといっしょに仕事をやっているのなら、それをDCに送るよう頼んだらどうだ？」

「ファイルのデータに彼がアクセスしたら、わたしたちが彼に知られたくないデータがあるのに気づくかもしれない」

ジェントリーはいった。「データはロシア発だといったな？」

「ロシア国内での局《エージェンシー》の活動にじかに関わっているデータもあるのよ。モスクワから盗み出されたファイルには、わたしたちが知られたくないデータが含まれている可能性がある」ブルーアはいった。「それしかいえない」

ジェントリーはしばし考えた。「セントルシアに送られた情報は、ＣＩＡがロシアでいま行なっている作戦に害を及ぼしかねないんだな」

「わたしがきいた話では、〝害を及ぼす〟はあまり正確ではない。むしろ、〝破壊する〟というべきでしょうね」

「あんたたちは、そこでよっぽど汚いくそ仕事をやっているんだな」

ブルーアがすかさずいい返した。「わたしが局《エージェンシー》で関わったもっとも汚いくそ仕事は、もっぱらあなたが中心だったから、いま局《エージェンシー》が落ち込んでいる苦境について、あまり偉そうなことはいわないほうがいい」

ジェントリーは、それを聞いて淡い笑みを浮かべてから、真剣な口調でいった。「おれをロシアに派遣したらどうだ？　いまおれがのけ者にされて、メリニクの仕事をやり、船を沈めているのは、モスクワに潜入するのに必要な情報や支援組織がないからだ。おれがモスクワへ行けば、ちょっとは役に立つことができる」

〝役に立つことができる〟とは暗殺のことで、スーザン・ブルーアにもそれはわかっていた。

「ロシア政府高官をあなたが殺すのには、時機がよくない」

「ニュースを見ないのか？」ジェントリーはいった。「ロシア政府高官を殺すのによくない時機などないだろう」

「あなたこそニュースを見ないの？　ニューヨークでのサミットのことを知らないの？」

　ジェントリーは、サミットのことをなにも知らなかった。溜息をついた。「冗談だろう」

「ロシアの外相とアメリカの国務長官にくわえて、西側諸国の外務大臣がニューヨークで会うのよ。ロシアが現在の休戦を永続的なものにするのに合意し、ロシアの最恵国待遇のほとんどを復活することを世界貿易機関《WTO》が可決すれば、西側にとっては、戦争は事実上、終わったことになる」

「ウクライナに投票権はあるのか？」

「ないわ」

「つまり、ロシアは征服した領土を勝ち取る」ジェントリーはつぶやいた。

　ブルーアが、溜息をついた。「なにをいえっていうの？　もちろん馬鹿げている。でも、わたしはアメリカの外交政策や国際関係の顧問ではないし、わたしの知るかぎりでは、あなたもちがう。あなたにとって、アメリカの利益になり、ロシアの不利益になるような大仕事は、イーゴリ・クループキンのデータを手に入れて、わたしたちに渡すことしかないのよ。これをやって、ヴァイオレイター。局《エージェンシー》を護《まも》り、アメリカを護って」

　ジェントリーは、事情を聞かされて暗澹《あんたん》としたが、自分のＣＩＡとの立場も気になった。

「それで……おれがこの仕事をやったあと、あんたたちはまたおれを追いかけるんだろう?」

「あなたを追っていたわけではなかった。ヨットの沈没を調べていただけよ。そうしたら、そこにあなたがいた。聞いて。わたしたちのためにあなたがこれをやったら、また逃げてもいい。それとも逃げたくなかったら、どこかにいて、またときどきわたしの仕事をやってもいい」

「ポイズン・アップルはあんたが動かしているのか?」

「ポイズン・アップルはもうない。アンセムやロマンティックから、なんの連絡もない。顔認識で確認できる場所には、ふたりとも姿を現わしていない」ブルーアがつけくわえた。「ふたりがなにをやっているにせよ、世界中を飛びまわって二億ドルの船を爆破している元ポイズン・アップルの資産《アセット》よりもずっと目立たないようにしている」

〝ロマンティック〟は、ジェントリーの元チーム指揮官で同僚のザック・ハイタワーの暗号名だった。〝アンセム〟は、ジェントリーが愛していて、なんとか見つけたいと思っている女性、ゾーヤ・ザハロワの暗号名だった。ブルーアのいうことがほんとうで、CIAにも彼女の所在がわからないのなら、ジェントリーが見つけることができる確率は、恐れていたよりもずっと低い。

ジェントリーはその思いをふり払い、ブルーアがつづけた。「ポイズン・アップルが消滅したとしても、局《エージェンシー》と結びついていない資産《アセット》を使うのは有意義だと、わたしは思っているわ。セントルシアでのこの仕事もそうよ。このあともまだ仕事があるでしょうね。やるか、やらないか、ふたつにひとつよ。あなたが決めて」

ジェントリーは、スーザン・ブルーアが好きではなく、信用していなかったが、それでも、高潔だと思える仕事をやるために、好きではなく、信用できない人間に協力することに慣れていた。それに、ロシアにおけるCIAの作戦を危険にさらすようなデータを回収するのは、ヨットを沈めるよりも重要で影響が大きいと判断していた。

「わかった」ジェントリーはいった。「エディソン・ジョンと話をする」

「よかった。レイシーがセントルシアまで送る。急いで行動してもらう必要がある」

ジェントリーは首をふった。「あんたが握っている情報をすべておれに伝えたら、彼女には邪魔にならないように離れていてもらう。あとはおれひとりでやる」

「あなたがヨットでそこまで行くような時間は——」

「夜明けまでにターゲットに到着する。あんたの情報が役に立つようなら、ただちに行動する」

長い間があった。「あなたが逃げたんじゃないと、どうしてわかるの？　急な話だったかもしれないけど、あなたの姿を見失ったら、やるとあなたがいったことをやるのかどうか、信用できなくなる」

「あんただって信用できる人間だとはいえない、ブルーア」ジェントリーは海を眺めた。〈セレニティ〉が錨泊しているところの北で、一隻の帆船が西に向かっていた。「なあ、おれはあんたを信用していない——おれは馬鹿じゃない——でも、いま説明された任務は重要だと信じている。データを回収する。だが、おれのやりかたでやる」

ブルーアは、それを聞き流した。「わかった。レイシーは、あなたが彼女を必要になった場合のために、セントルシアにいさせる。でも、あなたの邪魔にはならないようにする。携帯電話を彼女に返したら、わたしが要旨説明《ブリーフィング》する」

「ブリーフィング？」ジェントリーはつぶやいた。「彼女はこういうことが、まったくわかっていないのに？」

「それを修正し、作戦に参加させる。遠くにいさせるけど、正直いって、すこしは汚れ仕事をやったほうが、彼女のためになる」

幹部が関与を否定するような作戦を実行するのは、ＣＩＡの仕事の一環だが、工作担当官や幹部のほとんどは、秘密活動に関与している証拠になるような物事にはいっさい触れずに勤めあげる。

だが、ブルーアは、自分の手を汚してきたような非合法作戦でアンジェラ・レイシーが汚れたほうがいいといっている。

ジェントリーは不愉快だった。サロンにいる女にはなにも含むところがなかったし、スーザン・ブルーアが部下をどう利用するかを、じかに見て知っていた。だが、それよりもずっと重要な任務がある。この任務でほんとうにCIA局員や工作員を護れるのであれば、中級幹部ひとりの出世よりもそのほうがはるかに重要だ。

ジェントリーはサロンに戻り、アンジェラに携帯電話を渡してから、揚錨《ようびょう》のために主《メイン・》甲板《デッキ》に戻った。それをやりながら、落日に映える海を眺めた。

美しい。

ここが好きだった。

ここが恋しくなるだろう。

イギリス領ヴァージン諸島滞在が終わったことを、心のなかでしばし嘆いてから、ジェントリーは船首の錨《いかり》を引きあげて、西へ一時間ほどの距離にあるビーフ島のマリーナに駐機してある自分の飛行艇に向けて機走する準備をした。

12

ヴェリスキーは、十分ほど前の激しい衝突のせいでまだズキズキ痛む頭を抱え、グレイのトヨタ・カムリの助手席に座っていた。吐き気がすこし収まっていたので、自分の置かれている状況をじっくり考えた。

横の運転席にはブロンドの髪のロシア人がいて、ヴェリスキーにいくつか質問をしたが、答が得られなかったので、情報を得るために拷問して殺すと、平静にいい放った。

やがて、男は道路とGPSに注意を集中するようになった。

ヴェリスキーには確実にわかっていることがほとんどなかったが、ひとつだけたしかなことがあった。拷問されるつもりはない。死ぬおそれが大きくても、猛スピードで走っているときに、車から跳び出す。

自分が勇敢な男だと思ったことは一度もなかったし、いまもそれは変わらなかった。ただ、走っている車から跳び出して首の骨を折ることよりも、拷問で味わうはずの苦痛のほうが恐ろしかった。

だが、急な動きをしようとするたびに、左のロシア人はそれを察するようだった。男は左手でハンドルを操りながら、右手で拳銃を構え、ヴェリスキーの膝《ひざ》に銃口を押しつけて、シートにきちんと座り直すよう促した。

撃たれずに車から跳び出す方法はなかったので、ドアから身を躍らせる機会が訪れることを祈りながら、ヴェリスキーはじっと座っていた。

ロシア人がチューリヒの地理に詳しくないことは明らかだった。市外へ逃げるつもりなら曲がるところを二度まちがえたし、十分のあいだ大きな円を描いて走っただけだった。ヴェリスキーはなにもいわなかったが、現場に向かうオレンジ色と白の警察のバンとまたすれちがったとき、ロシア人が悪態をついた。ロシア人が車をとめて、ヴェリスキーの膝に拳銃を向けたままで、カムリのナビゲーション・システムを操作した。チューリヒだけではなく、この車にもなじんでいないらしく、数分かかったが、ようやくまた走り出した。

ヴェリスキーはカムリのGPSの画面を見て、最終目的地がチューリヒの北のエンブラハという村だと知った。

十数分前の衝突のせいでぼんやりしている頭をふって、はっきりさせようとした。そのときはじめて、カムリのほかに一台の車が道路を走っていることに気づいた。白い大型バンが、前方でフォルヒ通りへ曲がってきて、北西へ向かうその道路の左車線を走っていた。ヴェリスキーが乗せられていたカムリは、右車線を走っていた。カムリを運転していたスパイクヘアのロシア人は、握っている拳銃をヴェリスキーの腹に向けたままで、内側車線のバンを追い越すために速度をあげた。

「エンブラハになにがある?」ヴェリスキーは鋭い口調できいたが、手強《てごわ》い感じのロシア人は答えなかった。

バンを追い抜いた瞬間に、ブロンドのロシア人は急に首をまわして左うしろを見た。バックミラーになにかが見えたにちがいない——そして、ハンドルを握っている左手に右手を添えるために、拳銃の狙いをヴェリスキーからそらした。

ヴェリスキーは、もう拳銃を突きつけられていないので、車から跳び出せるかもしれないと気づくと同時に、ロシア人が急にあわてている理由を察した。左にいたバンが、カムリが走っていた右車線に斜《なな》めに割り込んだ——ロシア人がよける前にバンがカムリの左後部に追突し、カムリが完全に制御を失って右に横滑りするのがわかった。

カムリが時速六〇キロメートルでスピンするあいだ、ヴェリスキーは身を縮めて頭を両手で覆《おお》った。またしても激しく狼狽《ろうばい》していたが、十数分のあいだに二度目の衝突を味わうかと思うと、度肝を抜かれていた。

カムリが横向きに縁石に激突して、車体が跳ねあがった。車内のあちこちでエアバッグがふくらみ、ガラスが割れ、運転していたロシア人はドア枠に頭をぶつけた。ヴェリスキーは、すでに怪我《けが》をしている頭を必死でかばった。

カムリがひっくりかえり、舗装面をボンネットが数メートルこすって激しい音をたててから、逆に半回転して車体の片側が下になった。一秒以上、動画が一時停止したようにそのままだったが、激しい勢いでもとどおりにタイヤ四本が着地した。

ヴェリスキーは、また気が遠くなっていた。カムリの横転、すさまじい騒音、金属が曲がり、ガラスが割れる音——そんな状況のなかでまだ生きているのが信じられなかった。

ロシア人運転手のようすを見ると、死んだか気を失っているようだった。首をがくんと垂れ、運転席側の割れたサイドウィンドウに血がついていた。

ヴェリスキーは、ボンネットの下から噴き出す湯気と煙を透かして、外を見た。車首が南——自分たちが来た方向——を向いているのがわかった。

目をこすり、まぶたの下にあらたにはいり込んだ土埃《つちぼこり》を払い落とそうとした。

そのとき気づいた。絶好の機会だ。車から出て、逃げなければならない。

だが、シートベルトをはずして、助手席側のサイドドアに手をのばしたとき、ドアがさっとあいて、ドアハンドルが手からもぎ取られた。

だれかが車の外にいる。

攻撃を受けとめようとして、ヴェリスキーは両手をあげたが、襲われることはなく、女の声が聞こえた。

「さあ！　早く！」

ヴェリスキーが両手をおろすと、煙と湯気のなかで女の姿が見えた。黒いジャケットを着て、黒いニットキャップをかぶり、眼鏡《めがね》をかけている。ヴェリスキーは目を凝らしてもっとよく見ようとした。やはり女で、手袋をはめた手に黒い拳銃を握っていた。銃口は、ヴェリスキーではなく、運転席で意識を失っている男のほうに向けられていた。

どういうことなのか見当もつかず、ヴェリスキーは女を見つめるばかりだった。

「アレクサンドル・ヴェリスキー？」女がきいた。アメリカ英語のように聞こえた。十数分前まで生きていたデイルとおなじように。

彼女もCIAなのか？

北から黒いアウディQ8が疾走してくるのが見えた。ヴェリスキーは割れたウィンドウからそのSUVを見た。衝突現場を目指しているのは明らかだった。ロシア人なのか、デイルが警告したそのほかの悪党どもなのか、ヴェリスキーにはわからなかった。

女が、今度はどなった。「アレックス？」

ヴェリスキーは、近づいてくるSUVから目を離して、また女のほうを見た。

「それを知りたがっているあんたは何者だ？」

「このあたりであなたを殺そうとしていないただひとりの人間よ」

ヴェリスキーはその言外の意味を察した。「わたしはアレックスだ」あわてて答えた。

アウディが、三〇メートル離れたところで横滑りして大破したカムリと直角に停止した。リアウィンドウがあくのをヴェリスキーは見た。

怪我をしているかどうかもきかずに、女がヴェリスキーを残骸《ざんがい》からひっぱり出し、ロシア人を撃とうとするような感じで拳銃を構えた。

だが、女が発砲する前に、いくつもの銃声が通りに響いた。Q8のリアウィンドウから男ひとりが撃ちはじめ、三人が出てきて散開し、遮掩《カヴァー》を探した。

女が身をかがめ、ヴェリスキーを地面に押し倒して、カムリに追突したバンのほうへひきずっていこうとした。

「待て！」ヴェリスキーはいった。「電話！　わたしの電話！」逃げることばかり考えていて、意識を失っている男からiPhoneを取り戻すことを思いつかなかったが、この現場にそれを残していくわけにはいかないと気づいた。

「電話なんかまた買えばいい」女が、蔑《さげす》むような口調でどなった。

ヴェリスキーはあらがい、バンへ向かうふたりの動きを鈍らせた。この窮地から生きて脱け出すにはこの女を信用するしかないと、ヴェリスキーは判断した。「ちがう！　この一件はすべてその電話が中心なんだ。そこに保存されている情報だ。あの運転手はわたしからそれを奪い、ジャケットのポケットに入れた」

なんの話かまったくわからないというような目つきで、女がヴェリスキーを見たが、すぐさま気を取り直し、ヴェリスキーをバンの助手席に急いで乗せてから、一本指を突きつけ、かなり凄《すご》みのきいた声でどなった。「ここを動くな！」

「わかりました《イエス、マーム》」

ゾーヤ・ザハロワは、できるだけ身を低くして、滑りやすい道路をカムリの運転席側に向けて走っていった。現場に現われた新手と自分のあいだでカムリができるだけ楯《たて》になるように、気を配っていた。

ゾーヤは、こういうことへの備えができていなかった。五時間かけて酔いを醒《さ》まし、頭の働きを鋭くしたが、正直なところ、その五時間ずっと、そんなに過酷でなければ、深夜のこの作戦を切り抜けることができるはずだと、自分にいい聞かせていた。いかがわしい銀行は、べつのいかがわしい銀行から盗まれた記録をほしがっている。そんなに大がかりな仕事だとは思わなかった。バンを盗み、拉致《らち》された被害者を追い、その男を救出して、現場に到着したら弾丸をくぐり抜ければ、それで済む。

だが、こういうことになった。ゾーヤは、銃を前に突き出して、車体がねじ曲がっているカムリの運転席側のドアをあけた。

ブロンドの髪の男の耳と首に血がついているのが見えた。目を閉じて、首ががくんと垂れている。死んでいるように見えた。

アウディのSUVから出てきた男四人が、ゾーヤのほうへ移動していた。近づいてくる男たちがどなり合っているのが聞こえた。だが、ゾーヤが運転席側のドアのところでしゃがんでいるのは見えないはずだった。

新手の四人に向けて撃つか、ブロンドの男を確実に殺すために撃てば、居場所を知られてしまう。それは避けたかったので、ブロンドの男の頭に拳銃を突きつけたまま、反対の手でジャケットをまさぐった。

携帯電話一台が見つかり、さらにもう一台あった。ゾーヤは両方ともポケットに入れた。ゾーヤがカムリから這《は》い出したとき、あらたな銃声が一度響き、ルーフに当たった。それが発射された位置から判断して、ひとりがカムリの後部を迂回してゾーヤの側方にまわったようだったが、その男は低い塀《へい》の蔭の暗がりにいた。

数十分前に盗んだ大型バンに向けて、ゾーヤは駆け出した。拳銃を持った手をうしろにのばし、数発放ちながら進んだ。

バンの前をまわったとき、また銃声が追いかけてきた。

追突の勢いで南に車首が向いていたバンの運転席に座ると、ゾーヤはギアをバックに入れて、アクセルを踏みつけた。そのまま北へ走るとアウディQ8の横を通ることになるが、乗っていた男たちはすべてこちらを探すためにおりていると仮定して、ゾーヤはそうすることにした。彼らはカムリの周囲を調べるはずだから、三〇メートル離れたアウディのそばにはだれも残っていないだろう。

敵の車の横をバックで通ったとき、銃声が数度響いて、バンの車体に当たり、ゾーヤとヴェリスキーのあいだを飛んだ一発が、フロントウィンドウに完璧な丸い穴をあけた。アウディのそばに敵が残っていたのだ。

それと同時に、ゾーヤは手をのばして撃ちはじめ、アウディに向けて十数発を放った。アウディのタイヤが二本パンクし、そのそばにしゃがんでいた男が脚をつかんで通りに倒れた。

ヴェリスキーは両耳を押さえて、わめきつづけていた。

弾倉が空《から》になると、ゾーヤは運転に集中し、ヘッドライトを消してから、住宅地の道路にバックで曲がり、加速して大型バンが敵から見えないところへ走らせた。角を曲がったあと、敵の射界を出ると、一八〇度方向転換し、高速でその道路を突っ走った。

バンの車内はしばらく静かだったが、それはつかのまだった。ブロンドのスパイクヘアの男から奪った携帯電話二台を、ゾーヤは掲げてみせた。

「どっち？」

ヴェリスキーには聞こえないようだった。

ゾーヤは精いっぱい大声を出した。「どっちなの？」

「あんたの左手のやつだ」ヴェリスキーがようやく答えた。

ゾーヤは、それをジャケットのポケットに入れ、加速するバンのサイドウィンドウからもう一台を投げ捨てた。

敵が自分たちの携帯電話を追跡して位置を知ることはできなくなった。

そのとき、ゾーヤはシートから腰を浮かせて、サイドウィンドウから首を突き出し、運転しながら盛大に吐いた。

アレックス・ヴェリスキーは、嘔吐《おうと》の発作が収まるまで女が夜の闇に車を走らせつづけるのを、恐れおののきながら黙って見ていた。やがて、吐くのをやめた女が、ヴェリスキーのほうを見ないで口と額をぬぐった。ヴェリスキーは、しばしそこに存在しないかのように扱われた。

ヴェリスキーはそのあいだに頭をふって聴覚を取り戻しながら、ロシア人に拉致されたときにもくろんだのとおなじように、車から跳びおりて逃げられるだろうかと思った。

女が窓から唾《つば》を吐いて、残っていた反吐《へど》を口から出すと、運転しながら空《から》の弾倉を片手で出し、グリップを上にして拳銃を膝に挟んだ。彼女が慣れたしぐさでジャケットからべつの弾倉を出してグリップに押し込み、右手でグリップを握り――ハンドルにひっかけることによって――片手でスライドを引くのを、ヴェリスキーは見守った。

拳銃をホルスターに収めるまで、女はアクセルをめいっぱい踏んでいた。

興奮し、わけがわからなくなっていたヴェリスキーは、精いっぱい知恵を絞った。衝撃のあまり考えがまとまらなかったが、口をひらいた。「あんたは……CIAか？」

驚いたことに、女は「ちがう」と答えた。

「銀行に……雇われているのか？」

ハンドルを握っている女は、前のフロントウィンドウに視線を据えていた。「銀行なんかに雇われているように見える？」

「そうは見えない」

女が肩をすくめた。「あなたを回収して、あなたをどうするか決めるまで保管しておくように、頼まれたのよ」

「わたしのことを、荷物のようにいうんだな」

女が肩をすくめた。「あなたはわたしの荷物よ。じっさいそうなのよ」

「どこへ行くのか、教えてもらえないか？」

「安全な場所」

「理由は？」

「あなたがあるひとたちと会えるように」

「どういう連中？」

「ジュネーヴの投資銀行がわたしを雇った。あなたが自分の銀行の最高機密資料を持って逃げたのを、そのひとたちは知っている。そのデータがほしいのよ」ヴェリスキーのｉＰｈｏｎｅを入れてあるポケットを叩いた。「わたしはそれを彼らに渡す」デザイナーブランドの眼鏡ごしに、大きな目でヴェリスキーをちらりと見た。「彼らが望めば、あなたも渡す」

彼女は、ブルッカー・ゾーネから持ち出したデータがそのｉＰｈｏｎｅに保存されていると思っているのだと、ヴェリスキーは気づいた。だが、そのデータはダークウェブのアドレスにアップロードしてある。iPhoneに保存されているのは、ロシアの海外での諜報活動の支出に関するクループキンの情報だが、彼女はクループキンやその情報についてはなにも知らないようだった。

「彼らはどうしてそのデータがほしいんだ？」ヴェリスキーはきいた。

女が、尾行されていないのを確認するために、バックミラーを見た。「産業スパイじゃないの？　あなたの産業はお金に関わっている。お金に関することを秘密にするために、人殺しをする人間はおおぜいいる」

ヴェリスキーは、ひとりごとをつぶやいた。「正気の沙汰じゃない」

女がいった。「あなたがどうして動揺しているのかわからない。わたしはあなたの命を救った。ジュネーヴの銀行は、奪ったデータを解釈するのをあなたが手伝ったら、大金をくれるはずよ」

ヴェリスキーは、はじめて女をどなりつけた。「これは金のためにやっているんじゃない！」

「まあいいわ、相棒。わたしはお金のために仕事をやっているし、あなたと話がしたいひとたちのところへあなたを連れていくのが仕事なのよ。あと二時間ぐらいで、隠れ家に到着する。警備に問題がなかったら、ジュネーヴのひとたちがきょうのうちに話をしにくる。ききたいことがあるのなら、そのひとたちにきけばいい」

「その連中と話をしたくないといったら？」

「話をしたくないといった男を、そこで撃ったことがある。あなたがわたしの仕事の邪魔をしたら、そういうことになる」

「わたしは家族のためにこれを――」

運転席の女が向き直り、ヴェリスキーに一本指を突きつけた。「やめて！　どんな理由だろうと、それに夢中になっているのはわかる。だけど、厳しい現実がある。わたしには関係ない。あなたと、あなたを動かしているものなんか、どうでもいい。よく聞いて、ヴェリスキー……自分のことをわたしにいわないほうが、おたがいのためになるのよ」

「しかし――」

「しばらく黙っていましょう」

「しかし、わたしには――」

女がジャケットの前をひらき、拳銃のグリップに手をかけた。「話し合って変わることではないのよ」

ヴェリスキーは、もうなにもいわなかった。

ヴェリスキーの目の前で、女の顔色が悪くなったように見え、また吐くのかと思えたが、女は胃の中身が出てくるのをなんとか抑えて、道路に視線を据えた。

十五分のあいだにアレックス・ヴェリスキーが乗り換えた三台目の車のバンは、東に向けて走りつづけた。警察車両が何台も西へ急行していた。今回は銃声も聞こえたと通報があった衝突現場を目指しているにちがいない。

13

午前六時の直前に、グレイのウールのジャケットを着て赤いニットキャップを耳の上まで引きおろしている男が、リマト川沿いにある高級ホテルのストルヒェン・チューリヒのロビーにはいっていった。フロント係に軽くうなずいてみせただけで、男はとがめられることなくエレベーターホールへ行った。

一分後、その男――ルカ・ルデンコ――は、冷酷な目つきの顎鬚《あごひげ》を生やした二十代のロシア人に案内されて最上階のスイートへ行き、真剣な表情の若い男ふたりのそばを通った。ひとりの首にはタトゥーがあり、山羊髭《やぎひげ》のもうひとりは念入りに髪を整えて、残忍な悪意を発散していた。ルデンコは、彼らには目もくれず、部屋を横切って、バルコニーのドアに向かった。

表は氷点下に近かったが、セバスティアン・ドレクスラは、茶色いフリースのプルオーヴァーにグレイのズボンという服装で、腰に両手を当て、独りでバルコニーに立っていた。

杖はそばにあったが、歩行が困難だというのを忘れているかのように、両脚に体重をかけていた。

ルデンコもバルコニーに出て、ドアを閉め、キャップを脱いだ。耳に包帯を巻いてあったが、白いテープとガーゼに血がにじんでいた。

ドレクスラは、同情するふうもなくルデンコを見て、こういった。「あんたと二時間も連絡がとれなかった」

「携帯電話を奪われた」ドレクスラが目を丸くしたので、どうでもいいというように、ルデンコは手をふった。「なにも保存されてない。どうせ捨てられただろう」

「クループキンの電話はどうした?」

ルデンコはいった。「クループキンの電話は手に入れた。ヴェリスキーも捕まえた。しかし、そのあとで襲われた」

ドレクスラは、ふたたび川の上から街の東側を眺めた。現場にいたロシア人から聞いて、そのことはすでに知っていた。「だれに襲われた?」

「見当もつかない」

ドレクスラはいった。「あんたを追っていたストラヴィンスキーの連中は、ひとりだったといっていた。阻止しようとしたが、間に合わなかったし、人相風体も見分けられなかった。契約戦闘員ひとりが撃たれた」

「知ってる」ルデンコのほうも、同情するふうはなかった。

「襲撃してきたやつを見たか？」ドレクスラはきいた。

ルデンコが、頭の横を指さした。血まみれの耳の斜《なな》め上、こめかみのところに青黒い痣《あざ》があった。「車が衝突したあと、なにも見てない。ストラヴィンスキーのやつら、GPSにまちがった住所を入力してた。やつらの車を使ってヴェリスキーを連れ出したあと、そのせいでおれは道に迷った。設定し直さなきゃならなかったから、襲撃者に準備する時間ができた。

ストラヴィンスキーのやつらが、おれをべつの車に乗せて、そこから運び出した。その馬鹿なやつらが、救急用品すら持ってなかったから、二十四時間営業の薬局へ行かなけりゃならなかった」

「そのあと、あんたは姿を消したそうだが」

「警察が捜査をはじめる前に、ヴェリスキーのアパートメントに行きたかったが、タトゥーを入れた傭兵どもといっしょに行くのは願い下げだったから分かれたんだよ」

ドレクスラが溜息をついていった。「気づいていないかもしれないが、あんたは今夜、CIA局員を殺した」

ルカ・ルデンコの反応は鈍かった。「これがはじめてじゃない」

「CIAはそのためにわれわれを必死で追うだろう」

ルデンコは、それにも動じなかった。「だったら、それも最後じゃないだろう」

ルデンコは認めなかったが、自分が撃った相手がCIA局員だとは知らなかった。ヴェリスキーを乗せた車の運転手が何者なのか知らなかったし、気にも留めていなかった。

ドレクスラが、川のほうへ視線を戻した。「冷静で有能だという評判だから、あんたを雇った。仕事をやりやすくするためだ。よけい難しくするのではなく」

ルデンコは、年配の男の不自由な脚を見おろした。「ぜんぶ自分でやったらどうだ。おれはいつでもヘルシンキに戻れる」

数秒のあいだ沈黙が流れ、やがてドレクスラがつぶやいた。「一本とられたな」話題を変えていった。「空港でボンバルディア・グローバル6000が待機している」

「セントルシアだな？」

「そうだ。九時間のフライトで、現地時間の午前十時に到着する。エディソン・ジョンの屋敷へ行ったら、できるだけ早く電話を回収しろ」

ルデンコは、しばし考えた。「セントルシアでは部下が必要になるが、ああいうやつらはほしくない」リビングにいるロシア人たちのほうを指さした。

「あいつらはここでヴェリスキーを探すのに使う」ドレクスラはいった。「カリブ海の人間を用意する。あんたが到着したときに、現地にいるようにする」

ルデンコが、首をかしげた。「どういう連中だ？」

「わたしはオフショア・バンキングに関わっている主要国にコネがある。心配するな、チームを集める。武器も用意する」

ルデンコが、馬鹿にするようにいった。「スパーノフには金がしこたまあるようだな」

ドレクスラは、ロシア人たちと話をするためにリビングに戻りかけていたが、足をとめた。「いまはたしかにある。データを取り戻さなかったら、金は乏しくなるだろうし、やつの命も長くはつづかない」

ルデンコがキャップをかぶって、傷を隠した。「大使館へ行って必要なものを取ってきてから、空港へ行く。一時間後に行くと、パイロットたちに伝えてくれ」

ロシア人の殺し屋ルデンコは、バルコニーをあとにして、傭兵たちにはひとこともいわずに、ドアに向かった。

セバスティアン・ドレクスラは、これからかけなければならない電話のことを恐れながら、そのあともしばらく寒いバルコニーに立っていた。作戦がまだ完了していないと聞いたら、ロシアの安全保障会議書記ダニール・スパーノフは怒り狂うだろうが、資金を出しているのはスパーノフだから、ごまかすわけにはいかない。

ドレクスラは携帯電話を出して、しぶしぶボタンをいくつか押した。

接続されると、ドレクスラは英語でいった。「スパーノフ書記、あいにく昨夜は期待したとおりにはなりませんでした」

スパーノフが、重々しい声でいった。「細大漏らさず報告しろ」

「クループキンの機器を持っている人間はわかっています。ふたりいて、いずれもいまわたしたちは押さえていませんが、ふたりを捕捉するために努力しています」

「情報を回収し、秘密漏洩《ろうえい》を取り除くのがいかに重要であるか、明確にしたはずだ。ちがうか?」

「重々承知しています」

スパーノフの怒りは収まらなかった。「これを確実にやるのが、きみの仕事だ」

「仕事はやっています。それをやる道具がもうすこし必要です」

スパーノフが毒気のこもった息を電話に向けて吐いてからいった。「いったいなにがいいたいのだ?」

ドレクスラはずばりといった。「人間がもっと必要です。きのうセルビアから送られてきたような傭兵よりも、もっと質のいい人間が」

「具体的にいえ」

「ルデンコのような資産《アセット》です。けさはああいう事態になりましたが、ルデンコはかなり優秀だと思います。ルデンコのような人間、まったくおなじ質の人間がほしい」ドレクスラはいった。「それも、かなりの人数」

間は短かった。「それは手配できる。いつ必要になる？」

「カリブ海で必要な資源はすべてあるので、このチューリヒで必要です。そのものたちをきょうわたしのところへよこし、きのうよこしてくれた連中を引き揚げてください。二十四時間後には、電話を二台とも手に入れると約束します」

長い間があり、ダニール・スパーノフがようやくいった。「GRUの29155のことは知っているな？」

もちろん、ドレクスラはよく知っていた。

「はい」

「電話を一本かけて、今日中にあと九人を支援に行かせる」

ルデンコがロシア軍の諜報機関の海外暗殺部隊29155に属していることを、それまでドレクスラは知らなかった。すでに任務に就いているひとりを、練度の高い暗殺者九人で増強するとスパーノフが提案していることに気づき、ドレクスラは一瞬息を呑んだ。GRUがこのために最精鋭の襲撃班一個をそっくりそのままチューリヒに派遣するのは、これがダニール・スパーノフにとってきわめて重要であるからだ。

ドレクスラは、そこに付け入ろうとした。「これらの資産をわたしの指揮下に置く必要があります。わたしが任務を割りふるたびに、彼らが本部の許可を求めるようでは困るので」

スパーノフが答えた。「彼らはルデンコの指揮下に置く。ルデンコがもっとも階級が高い。しかし、ルデンコはきみの直接指揮下にあるから、適切に使えばいい」スパーノフが、また毒気のこもった息を吐いてからいった。「わたしがこのことを悔やむような事態をもたらすな、ドレクスラ。いまわたしはやけっぱちになっているし、そういう人間は爆発しやすい」

「わかっています」ドレクスラはいった。「資産を用意してくれれば、結果を出します」

電話が切れ、ドレクスラはそこに立って、凍てつく夜明けを眺めた。

信じられなかった。ロシアのきわめて優秀な軍事情報《ミリタリー・インテリジェンス》資産《アセット》を、ヨーロッパの街で動かすことになる。そう思うと、胸がふるえるような期待とともに恐怖がこみあげたが、自分に正直になるなら、期待のほうがはるかに大きかった。

14

波立つカリブ海の三〇〇フィート上空で、白一色の小さなプログレッシヴ・エアロダイン・シーレイ飛行艇が、雨量はたいしたことがないが執拗《しつよう》な雨に揉《も》まれながら、西インド諸島のセントルシア島の西岸を目指し、南東に向けて飛んでいた。シーレイは二人乗りで、スーツケースをいくつか積める大きさだが、乗っていたのはコート・ジェントリーだけで、荷物は副操縦士席に置いたミディアムサイズのグリーンのバックパックだけだった。

それに、シーレイは水面と陸地の両方から飛び立ち、おりることができるが、長距離の飛行には向いていない。イギリス領ヴァージン諸島とセントルシア島の距離は約三五〇海里で、小さな飛行艇の航続距離ぎりぎりだとわかっていたので、夜中に四時間飛ぶあいだに、どこかで給油のために着陸しなければならなくなり、朝まで離陸できないかもしれないと、ジェントリーは心配していた。

だが、午前五時前にまだ真っ暗闇のなかを飛行しているときに、燃料がほとんど切れかかっていることが燃料計の表示でわかったが、GPSによれば五分以内に到着するはずだった。飛び立つ前にターゲットの位置の周囲を調べて、静かな湾を最終中継点に設定してあった。

そこまで行く燃料はあるが、実行後にシーレイで逃げる分の燃料はない。

セントルシア島から脱出する方法は、まだわからなかった。この作戦には未知の要素が大量にあるが、ターゲットの屋敷に侵入してターゲットに会えると、ジェントリーは確信していた。警備員、カメラ、電気フェンスなど、エディソン・ジョンは侵入防止手段を講じているだろうが、はいり込む方法はあるはずだった。

明るいときに侵入しなければならないのはありがたくなかったが、選択の余地はなかった。このいかがわしい弁護士がデータを握っている時間が長ければ長いほど、そいつがデータにアクセスし、共有し、それを好きなように利用できる時間も長くなる。それは避けるようにと、スーザン・ブルーアに厳命されている。

ノイズキャンセリング・ヘッドセットの下に、ジェントリーはイヤホンをつけていた。着陸チェックリストを終えかけたときに、衛星携帯電話に接続されているそのイヤホンから着信音が聞こえた。いま電話を受けるのはすこし都合が悪いが、任務に関する最後の情報が伝えられることを願って、電話に出た。

「ああ」

「ブルーアよ」

「ちょっとやりかけていることがある」

「なんだか知らないけど、これほど重大ではないはずよ」

ジェントリーは、カリブ海の黒い海の二〇〇フィート上を六〇ノットで飛行し、どんどん降下していた。かなり重大な瞬間だったが、ブルーアがその切羽《せっぱ》詰《つ》まった状況をしのぐ話をするのを待った。

ブルーアがいった。「チューリヒ支局の工作担当官が、昨夜殺された。あなたがセントルシアでやっていることと関係があると、わたしたちは考えている」

「どうして？」

「あなたが回収することになっているデータの複製がある。それがチューリヒのバンカーに渡され、その男が自分の銀行の口座記録を盗んだ。そのバンカーは、ロシアに流れ込む資金の流れを追跡して、西側のどこが資金源かを突き止めるつもりだったのだと思う。あなたにもわかっているとおり、ロシアに注ぎ込まれている局《エージェンシー》の闇資金口座と結びつけられたら、諜報活動や工作員多数が危険にさらされる」

「それじゃ、銀行の情報を盗んだ男が、それを取り戻すために局員を殺したのか？」

「くそ」ジェントリーはいった。

「ちがう。データを盗んだバンカーは行方不明よ。いま捜しているけど、殺したのはその男ではないと、わたしたちは思っている」

「わかった」ジェントリーはいった。エンジンを微速《アイドル》に落とした。凪《な》いでいるが雨に打たれている水面まで二〇フィート以内に降下していた。ジェントリーは、電話と着水に、集中力を二分していた。

ブルーアがいった。「ルカ・イリイチ・ルデンコというGRUの資産《アセット》を憶えているでしょう？」

「知らない名前だ」

「暗号名闘牛士《マタドール》」

飛行艇の機首をあげると同時に、ジェントリーは両眉をあげた。「29155だな？おれが局の現役資産だったときは、大尉だった」

ブルーアがいった。「いまは少佐よ。南米、アジア、中東、アフリカで活動してきた。あらゆる場所で。あなたのように」溜息をついた。「何年も追跡したけど、捕まえることができなかった」

「おれのように」ジェントリーはいった。あと五フィートで着水する。

「笑えるわね」

ジェントリーはいった。「で、チューリヒで工作担当官を殺したのは、マタドールだったのか？」

凪いだ水面に飛行艇が着水し、ジェントリーは計器を見つづけた。

「事件の三十分後に、彼が二十四時間営業のドラッグストアで救急用品を買っているのを、防犯カメラが捉えた。頭から血を流していた。工作担当官が殺された現場から数キロ離れたところで、二度目の衝突事故があった。大破したトヨタに弾痕があり、そのほかの車二台が現場を離れた証拠が残っていた。すべて工作担当官殺しと関係があると、わたしたちは考えている」

「データを手に入れるために、GRUがマタドールを派遣したんだな？」

「そう推定している。でも、あなたにマタドールのことを教えたのは、エディソン・ジョンからデータを手に入れるために、そっちに向かっていると思われるからよ」

ジェントリーは、目を丸くした。「独りで？」

「それも未詳よ。レイシーがチューリヒの防犯カメラの画像を調べて、状況をもっとはっきり把握しようとしている。マタドールがチューリヒの空港の格納庫に独りで現われたのをカメラが捉えた。現地時間の午前六時三十分頃に自家用ジェット機に乗ったらしい。登録の詳細は胡散《うさん》くさいし、飛行計画は提出されていない。応答機《トランスポンダー》は切られている。地中海に向けて南西に飛行しているのを探知した。グローバル6000だから、セントルシアは航続距離内よ。マタドールが乗っていて、ロシアから持ち出されたデータのべつのコピーを狙っているという前提で、わたしたちは作戦を進めている。つまり、マタドールはあなたがいまいるところを目指している」

「着陸はいつになるんだ？」

「現地時間で午前十時を過ぎるでしょうね。空港からジョンの屋敷まで車で四十五分。つまり、十時四十五分以降の到着になる」

ジェントリーはしばらく考えた。「局《エージェンシー》はやつが死ぬのを望んでいるのか？」

「わたしたちがほしいのはデータよ。それが最優先。マタドールを消すのは第二目標だけど、そのために第一目標を危険にさらさないで」

「わかった」狭い砂浜に向けてシーレイで航走しながら、ジェントリーはいった。「もう行かないといけない」

「なにか情報があれば、レイシーが伝える」

ジェントリーは電話を切り、海岸線での地上走行《タキシング》に注意を集中した。機体から車輪を出し、スロットルレバーをすこし押した。

スーザン・ブルーアから聞いた情報によって、この作戦はかなり困難になったが、ジェントリーの利益になる可能性もあった。CIA局員を殺した男を仕留めれば、CIA本部《ラングレー》の好意を勝ち取るのに役立つかもしれない。ブルーアとの関係は改善されない――彼女は変わらないだろう――しかし、CIA長官の考えは変わるかもしれない。

セントルシアでこの仕事を成し遂げたら、局《エージェンシー》と政府《ワシントンDC》で重要な盟友だと認められ、自分への暗殺指令が撤回されるかもしれないと、ジェントリーは考えていた。

この計画には数多くの願望が含まれている――海から出たシーレイがビーチを登るあいだ、それは否めないとジェントリーは思った。だが、計画にはちがいないし、ジェントリーはときどき楽観的になる。

ジェントリーはエンジンの回転をあげて、高さ三メートルの大岩に囲まれた波風を避けられる場所に飛行艇を進めた。その隠し場所に満足すると、エンジンを切った。

三十分後、雨はあがったが、ジェントリーは飛行艇を隠した場所から二〇〇メートルしか離れていなかった。海岸線の火山岩の岩場を、南に向けて慎重にゆっくり進んでいた。この速度では、ターゲットの位置まであと二時間かかるが、海岸線から登っていって、上の平地に出れば、そこに急傾斜の踏み分け道があるはずだった。

最初は、スクーバダイビングで海岸沿いの屋敷の裏から侵入しようかと思ったが、グーグルマップをじっくり眺めて、やめることにした。屋敷は逆巻く波を見おろす高さ三〇メートルの崖の縁にある。火山岩の崖を三〇メートル登るのは簡単だが、潮流がかなり激しそうなので、崖までダイビングで接近するのは容易ではなさそうだった。

陸地で潜入し、フェンスを越えて、エディソン・ジョンの母屋《おもや》に北から近づくのが、最善の行動方針のようだった。海のそばを慎重に進み、ときどき潮飛沫《しおしぶき》を浴びながら、岩の上を歩いたり登ったりしていると、イヤホンからまた着信音が聞こえた。

ジェントリーは歩度をゆるめて電話に出た。「ああ」

「レイシーよ」

「なにがあった？」

「セントルシアの地上の状況を、数時間前からずっと見ていたの。通常は本部のだれかが手伝ってくれるんだけど、自分だけでやれとブルーアにいわれている」間を置いた。「奇妙な感じよね」

ジェントリーは、前方の岩場に目を配り、安全な場所を探した。

「なにが奇妙なのか、おれはもうわからなくなっている」

ちょっと考えていたらしく、やがてアンジェラ・レイシーがいった。「屋敷の設計図、屋内の写真、警備態勢などがわかった」

「つかんだ情報を送ってくれ」

「いまメールする」

「よし。マタドールといっしょにいる人間の情報は？」

アンジェラがいった。「チューリヒの空港のカメラを調べたかぎりでは、ボンバルディアの乗客は彼ひとりよ。乗員は機長と副操縦士だけ。装備がすこし積んである。ハードケースがいくつか。そこの島に応援がいるかどうかわからないし、チューリヒ以外のところから応援が来るのかどうかもわからない。独りでやるのかどうかもわからない」

「おれはグーグルマップで屋敷を上から見た」ジェントリーはいった。「独りでやるのは馬鹿だ」

「それじゃ、あなたは馬鹿なの？」

多孔性の黒く尖《とが》った火山岩で手や脚を切らないように用心しながら、ジェントリーは大きな岩山の側面を登りながらいった。「いいか、仲間がいれば、おれといっしょにここに来ているはずだ。ブルーアは局《エージエンシー》があおりをくらわないようにこれを片づけたいんだ。だから、おれは独りで作戦をやるしかない」

「わかった。でも、わたしがいるのを忘れないで」

「忘れるわけがないだろう」ジェントリーは、皮肉をこめていった。「悪く思わないでほしいが、きみはこれについておれの助けにはならない。なにかつかんだら、こっちから連絡する」

「わたしはもう島にいて、あなたが厄介《やっかい》なことになった場合に備えている。なんなら待機し――」

「離れているんだ、アンジェラ。おたがいのために、そのほうがいい」アンジェラ・レイシーはスーザン・ブルーアの指示を受けているので、たとえなにが起きているのか知らずにこの作戦に参加しているのだとしても、ジェントリーは彼女を信用できなかった。アンジェラはブルーアの部下だから、危険な存在なのだ。

ジェントリーはいった。「ほかには?」

アンジェラがむっとして答えた。「なにもない」それからいった。「幸運を祈るわ」

ジェントリーは電話を切った。

十分後、ジェントリーは斜面のずっと上のほうの生い茂った藪《やぶ》のなかで座っていた。海と水ぎわの岩山の一部が見える。暗号化アプリを使い、アンジェラが送ってきた屋敷に関する情報をiPadで見た。エディソン・ジョンの屋敷は、ジェントリーがいるところから南に一・五キロメートルほどしか離れていない。

ジェントリーはときどき潮飛沫をスクリーンからぬぐい、海のほうを眺めて悪天候になるかどうか見定めようとした。かなり遠くまで見通しがきくくらい、空が明るくなっていた。あと一時間くらいは、雲がまぶしい暁光《ぎょうこう》を防いでくれるだろうと、ジェントリーは判断した。

アンジェラが得た情報によれば、エディソン・ジョンの屋敷には警備員が七人常駐し、周囲はフェンスに囲まれている。母屋はおよそ九三〇平方メートル——二階建てで、半地下がある——グーグルマップでジェントリーが見た崖の縁に向けて、裏庭が下っている。

アンジェラは、エディソン・ジョンが四年前に買う前の室内の画像も送信していた。ジェントリーは画像をすばやく切り換えながら、出入口、照準線、隘路《あいろ》になりそうな場所を記憶した。

なおも室内の画像を見つづけたが、十二枚目の画像で停止した。その部屋は内装を改造中で、厚い鋼鉄のドアの奥に、幅三メートル、奥行き五メートルほどの、監房のようながらんとしたコンクリートのスペースがあった。ハリケーンの最中にこもるのにうってつけのように思えたが、パニックルーム(緊急避難用シェルター)としてもかなり役立ちそうだった。

ジェントリーはアンジェラが送ってきたそのほかの画像も調べて、そのシェルターが二階の寝室のそばにあるらしいことを知った。自分かマタドールによる危難の気配があったときには、エディソン・ジョンは真っ先にそこへ行くにちがいないと思った。

マタドールが到着する前に早く仕事を片づけなければならないと思い、ジェントリーはｉＰａｄをしまって立ちあがり、早朝のひんやりした雨模様のなかで、藪《やぶ》に覆《おお》われた岩場の斜面を登りはじめた。

15

ゾーヤ・ザハロワは、カーテンごしに窓から外を見た。見えるのは雪をかぶった松と、長い私設車道に区切られた雪原だった。黒い帯のような私設車道は、山の斜面にひっそりと建つスキー用山小屋《シャレー》に向けてくねくねと登っていた。気温は氷点よりもかなり低かったが、雲ひとつなく晴れていた。ゾーヤはまだ頭が痛く、まぶしい光に耐えられなかったので、あたりの地形を見るのに、偏光のミラーサングラスをかけていた。

この放置されていた山小屋は、インターラーケンから山地を抜けて車で十五分のところにあるウェンゲンという町のすぐ北にある。四〇メートルしか離れていない林の縁で、小さなアカシカの群れがくるぶしまである雪にはまって、のんびりと食べられる植物を探していることからも、かなり人里から離れているとわかる。

午後の早い時間で、ゾーヤとアレックス・ヴェリスキーは、何時間も前からここにいる。小屋の暖房は壊れていたので、ゾーヤは一階の二カ所の暖炉で火をおこし、ヴェリスキーゾーヤは二階の小さな暖炉でも火をおこした。ゾーヤは、バックパックに入れてあった携帯口糧《こうりょう》を食べた。ヴェリスキーは、勧められたものをがつがつ食べて、片手をベッドの支柱に手錠でつながれたまま、眠り込んだ。

ヴェリスキーを発見し、解放するために戦った興奮から醒《さ》めると、ゾーヤはどっと疲れが出た。それに、一日半、まったく眠っていない。

それに、酒が飲みたかった。活動したせいで明るくなると体が痛みはじめたし、十五時間もアルコールを摂取しないのは、ほんとうに久しぶりだった。

すばやくエネルギーがほしいときのためのコカインは、バックパックに何本か残っている。長い午後に警備をつづけるために、一回分、吸引するべきかもしれないと、ゾーヤは思った。

そのとき携帯電話が鳴り、その考えは消滅した。〈ノースフェイス〉の黒いダウンジャケットから携帯電話を出して、送られてきたメールを見た。

［いま山を登っている］

ゾーヤは返信した。［入口から二五メートル離れたところで、わたしのバンの隣にとめて。近づくのはひとりずつにして］。ドアのそばのテーブルに置いてあったウージ・サブマシンガンをつかみ、負い紐《ひも》を首にかけて、折り畳《たた》み銃床をのばした。

物事が予定どおりに進まず、急いでここを離れなければならなくなった場合に備えて、バックパックも背負った。

まもなくシカの群れが急いで逃げ出し、曲がりくねっている私設車道を一台の黒いSUVが登ってくるのが見えた。その旧型のレンジローバーは、木造の山小屋の前で、ゾーヤが指示したとおり、バンの横にとまった。

ゾーヤは、屋根のあるフロントポーチに出た。午後のまぶしい陽射しを避けてそこに立ち、いつでも発砲できるように、首から吊っているウージの銃口を下に向けて、グリップとフォアグリップを左右の手で握っていた。

男三人がSUVから出てきた。ゾーヤを見てから、周囲を見まわした。ほどなく、スキージャケットの前をあけている顎鬚《あごひげ》の男が山小屋に近づき、あとのふたりはそのまま立っていた。

数メートルに近づいたところで、男がいった。「トランサト？」

ゾーヤはうなずいた。

「おれはブラウンベーア」

ゾーヤはすこしドイツ語が話せるので、男の暗号名は羆《ブラウン・ベア》なのだとわかった。

男がジャケットの前をもっと広くあけて、腰の前まで吊るしているHK・MP7を見せた。

「着装武器《サイドアーム》はバックパックのなかだ」片方の肩にかけている茶色のバックパックを示した。装備がずっしりはいっているように見えた。

「わかった」ゾーヤはそういって、男がはいれるように脇にどいた。

男がゾーヤのそばを通り、敷地全体を見まわした。「広すぎて、おれたち四人が効果的に見張るのは難しそうだ」

そのとおりだと、ゾーヤにはわかっていた。夜明けごろにこの六五〇平方メートルの二階建てに到着したときに、おなじことを考えた。「わたしが選んだんじゃない。トロンペットが決めたのよ」ブラウンベーアはうなずいただけで、つぎの男を招き寄せた。

ポーチにあがってきたふたり目の男は黒人で、小柄だが引き締まった体つきだった。三十五歳くらいで、十代にどうだったかはともかく、成人してからずっと軍隊か準軍事組織にいたことが、その目つきからわかった。

驚いたように笑みを浮かべたので、この男たちは女といっしょに働くとは思っていなかったのだと、ゾーヤは察した。男がいった。「おれはアイファだ」

アフリカのなまりがあった。東海岸のソマリア、エチオピア、エリトリアかもしれないが、ゾーヤにははっきりわからなかった。アイファがどういうたぐいの暗号名なのかもわからないが、それはどうでもよかった。

「どうぞよろしく」アイファが握手を求めたので、ゾーヤはぎこちなく片手をウージから離した。「フランス語でしゃべれますか《パルレ・ヴー・フランセ》？」

「ウイ」ゾーヤは答えた。

「よかった《ボン》」アイファがフランス語でつづけた。「おれ、英語はあまりできないんで」ジャケットの前をあけて、二点負い紐《ツーポイント・スリング》（銃の二カ所に接続した負い紐に体を通すもの）で吊っている折り畳み銃床のベネリ戦術ショットガンを見せた。

「はいって」ゾーヤがいうと、アイファが横を通ってなかにはいった。

三人目はもっと大柄ですこし年配だった。男らしさを強調して威張る感じだと、ゾーヤは即座に察した。レストランでデザートのワゴンを品定めするような目を向けたので、ゾーヤは眉根《まゆね》を寄せた。

「おれはベッロだ」男がいった。

「ベッロ」ゾーヤはくりかえした。イタリア語で〝美男〟の意味なので、あきれて目を剝《む》きそうになるのをこらえた。ベッロがジャケットの前をあけた。ベレッタAR70／90アサルトライフルが吊るされていた。高性能の〈ルーポルド〉望遠照準器《スコープ》が機関部の上のレールに取り付けてある。ここを襲撃から護《まも》らなければならなくなった場合のために、強力な武器があるのはありがたいと、ゾーヤは思った。AR70／90はイタリア陸軍が制式採用している武器で、ブラウンベーアのHK、ゾーヤのウージ、アイファのショットガンよりも射程がはるかに長く、精確な射撃ができる。

ベッロが手を差し出したので、ゾーヤはアイファのときとおなじように握ったが、そのとき、ベッロがゾーヤの手を持ちあげた。ベッロはお辞儀《じぎ》をして顔を下げ、ゾーヤの手の甲にキスをした。

ゾーヤはベッロがそうするのをほうっておいたが、優しさで応じはしなかった。ベッロが背をのばして笑みを浮かべ、ゾーヤを見つめたまま、そばを通った。

馬鹿なバンカーたちがやってきて、馬鹿なバンカーを連れていくまで、そのバンカーを護る任務の最中なのに、仲間のひとりは女を口説《くど》くのを任務だと思っているように見える。

ゾーヤは、ドアを閉めてロックし、閂《かんぬき》をかけてから、出入口の戸締まりをわずかなりとも厳重にするために、木の椅子を掛け金の下に支《か》った。

ブラウンベーアが、出入口近くのテーブルの前でジャケットと帽子を脱ごうとしていた。

ゾーヤは注意した。「暖房が壊れているのよ。暖炉しかない」

ブラウンベーアは溜息をついて、ジャケットを着たままにした。

アイファがすぐにリビングの暖炉へ行き、炉端に転がっていた丸太をつかんで、炎に投げ込んだ。「寒いのは嫌いだ」低い声でいった。

ベッロがつぶやいた。「トロンペットの馬鹿野郎」

調教師《ハンドラー》を弁護しようとして、ゾーヤはいった。「トロンペットは、チューリヒとジュネーヴのあいだにある場所を、急いで見つけなければならなかったのよ。ジュネーヴの銀行が采配《さいはい》をふっている。ここは完璧じゃないけど、何時間か使うだけよ。夜にはここを出る」

ブラウンベーアが、またまわりを見た。「〝荷物〟はどこだ？」

「二階。眠ってると思う」

「薬を打ったのか？」

「そうするつもりだった。必要なかった。二日ぐらい眠っていなかったみたい。手首をベッドの支柱に手錠でつないである。扱いやすい。まだショックから醒めていないんだと思う」

ブラウンベーアがいった。「手錠をはずすのは簡単だぞ」

「この男にはできない」私設車道に面している正面の木のブラインドから覗《のぞ》きながら、ゾーヤはうわの空でいった。

アイファが、両手をこすり合わせながら、暖炉から向き直った。「逃げようとすると思わないのか？」

ゾーヤは肩をすくめた。「彼は自分が持っていたiPhoneから離れたくないみたい。それにデータが保存されているといっている。わたしがそれを持っているから、逃げないと思う」肩をすくめた。「でも……周辺だけじゃなくて、彼も監視する必要がある」

携帯電話が鳴り、ゾーヤはイヤホンで受けた。ブルサールからだったので、キッチンへ行った。

ゾーヤは応答した。「トランサト」

ブルサールがいった。「男たちは着いたか？」

「着いた。すべて順調よ」

「よし《ボン》。ブラウンベーアはきみにいったか？」

ゾーヤは首をかしげた。「わたしに？　なにを？」

「きみは彼に直属する。ブラウンベーアが指揮をとる」

ゾーヤはきわめて不愉快だった。これはゾーヤの作戦だし、男三人は応援にすぎないのだ。「警護の支援要員をよこすという話だった。わたしがこれを動かしている」

「いわれたとおりにやれ。自分が危なっかしい状態なのは、わたしよりもよくわかっているはずだ。何時間もバーに行けないから、そのうちにひどい状態になるに決まっている。

きみが早朝になんとかしてやってのけたすばらしい仕事の報酬を払って、いますぐに帰らせたいところだが、バンカーたちがそこへ行くのは一九〇〇時だし、彼らがヴェリスキーを受け取ってジュネーヴに連れていくまで、きみが持ちこたえることを願っている」

腹は立ったが、ゾーヤはいくぶんほっとしていた。運がよければ、インターラーケンのホテルに午後八時までに行ける。八時二分には、レモンのツイストを入れたウォトカの最初の一杯をバーのそばのロビーで飲み、そのあともたてつづけに飲める。

だが、それを調教師《ハンドラー》のブルサールに打ち明けるつもりはなかった。

「ひどすぎる」

「きみはいい仕事をやった。そこの仕事を終えて、ブラウンベーアの指揮下を離れたら、どこかへ行って、まともな状態に戻れ。またきみが必要になるはずだから」

ゾーヤは、それを聞き流した。「午後七時に迎えにくる。まちがいないわね？」

「そうだ。バンカーたちは、暗くなってからヴェリスキーをジュネーヴまで車で運びたいと考えている。すべて制御されていると、彼らに請け合った。〝荷物〟の状態は？」

「制御されている」ゾーヤはにべもなく答えた。

「結構。盗まれたデータが保存されている電話を、ブラウンベーアに渡せ」

「ひどすぎる」ゾーヤはまたつぶやき、電話を切って、ジャケットに手を入れ、ヴェリスキーのｉＰｈｏｎｅを出した。リビングに戻り、ひとこともいわずにｉＰｈｏｎｅをブラウンベーアに渡した。

ドイツ人傭兵のブラウンベーアがｉＰｈｏｎｅをポケットに入れ、バックパックから携帯無線機を出して、三人に配った。それからゾーヤを見た。「あんたの作戦を引き継ぐのは、おれが要求したからじゃない。ボスからの命令だ」

「どうでもいい」ゾーヤはそういってから、ブラウンベーアを見た。「午後四時には雲が来る。五時には暗くなる。二階にふたり、ここにふたり、配置したほうがいい。見張るのに――」

ブラウンベーアが、ゾーヤから顔をそむけた。「アイファ、おまえとトランサトは二階へ行け。ひとりが北の窓、もうひとりが南の窓から見張る。〝荷物〟を交互に確認しろ……十五分ごとに。ベッロとおれはここにいる」

ベッロがいった。「コーヒーを持ってきた。おれがいれる」

ブラウンベーアがうなずき、ゾーヤのほうを顔で示した。「最初の一杯は彼女に渡せ」

どう解釈していいのか、ゾーヤにはわからなかった。ブルサールから体調のことを教えられたのか、それとも具合が悪そうに見えるからなのか。たぶんその両方だろう。

それとも、女性に親切なのか。

ゾーヤは黙ってうなずき、コーヒーができるのを待とうと、自分にいい聞かせながら、階段に向かった。しかし、あと四時間、窓から木立と雪を眺めなければならないとしたら、コカインを一服する必要があるかもしれない。

16

ジェントリーがセントルシア島の弁護士エディソン・ジョンの屋敷の北側周辺防御フェンスに着いたとき、頭上の雲が消えて、まぶしい朝陽の幅がグリーンの大海原《や》を照らした。ジェントリーは斜面の生い茂った植物に巧みに隠れていた。ざっと周囲を見て、フェンスを乗り越える必要はなく、敷地の北西の角へ行って、崖のまぎわにある最後のフェンスポストにしがみつけばいいとわかった。崖沿いにはフェンスがないので、ブランコのように体をふれば、敷地内におりられる。

そのあと、裏庭から母屋《おもや》まで約五〇メートル進まなければならないが、敷地の端と母屋のあいだの急斜面には、かなり凝った造園がほどこされているので、警備員や監視カメラを避けるのは容易だった。

警備をくぐり抜けてまっすぐターゲットを目指すというのが、ジェントリーの計画だった。土曜日の朝なので、ターゲットは自宅にいるはずだし、話をするには家族と引き離さなければならないとわかっていた。

そして、エディソン・ジョンとふたりきりになったら、ロシア人のデータを持っているあいだに彼が出遭うだれよりも優しくすると約束しつつ、精いっぱい脅しつける。

二十分後、ジェントリーは、斜面の上にある半地下に通じるドア二カ所を視界に捉えていた。その上にメインフロアがあり、裏のデッキに退屈顔の警備員が立っているが、いまは視界の外だった。ジェントリーは警備員の前方に視線を配り、脅威と好機の両方を探した。

半地下の出入口二カ所まで、まだ一五メートルほど離れていたが、裏庭か二カ所のドアの手前のパティオで動くものがあれば探知できるように、監視カメラ一台が設置されていることに、ジェントリーは気づいた。そこで、ジェントリーは腹這《はらば》いになり、カメラの視界を避けて、造園の花壇の列のあいだを這っていった。

ジェントリーと半地下のあいだにある低い草木の向こう側は、屋根付きのパティオだった。テーブルと椅子がいくつかあり、湯船から滝状の噴水が壁に向けてほとばしっていた。屋外シャワーもあった。

だが、半地下のドアまで行く最後の一〇メートルほどは、カメラのレンズを避けることができない。

うつぶせのままジェントリーはバックパックをおろして、サイドポケットのジッパーをあけ、小さな黒い装置を出した。

バックパックのなかに手を突っ込み、高さ一八センチの伸縮式三脚を出し、四角い装置をねじって固定し、角度をすこし調節した。

密生したフランジパニが黄色い花をつけているパティオの端の花壇を這って抜けながら、ジェントリーはその装置を前に突き出し、壁の上のほうの監視カメラの視界にはいるようにした。そして、パティオを見おろしているカメラが見えるように、空いている手で花をどかした。装置のスイッチを片手ではじくと、明るいグリーンのレーザーのドットが、監視カメラの数十センチ左下に現われた。

ジェントリーは三脚を片手で調整して、レーザー光線がカメラのレンズのどまんなかに当たるようにして、うしろ向きに花壇を出ると、視界にだれもいないことをたしかめ、立ちあがった。

レーザーポインターは瞬時に監視カメラが機能しないようにした。リアルタイムで画像を見ているだれかが調べにくるにちがいないが、屋内にはいり、位置について、警備陣を制圧するための一分を稼《かせ》ぐことができると、ジェントリーは考えていた。

ジェントリーがパティオに沿って進むあいだ、ハチドリが周囲の鮮やかな花のあいだを飛びまわっていた。ジェントリーは、滝状の噴水があって泡立っている湯船のそばを通り、屋外シャワーまで行ったところで、スモークを貼ったガラス戸の前で立ちどまった。

このドアは屋内シャワーかじかにバスルームに通じているのだと、ジェントリーは判断した。だとすると、ロックされているにちがいない。バックパックに手を入れて、ピッキングの道具を取り出したが、そのあとでノブをまわすと、ドアはあいた。

ジェントリーは、ピッキングの道具をしまい、グロック19を抜いて、音をたてないようにドアをあけた。そこは派手な装飾のシャワールームで、大人が五、六人はいれそうだった。隣のバスルームから音が聞こえなかったので、そっとなかにはいった。

頭上のスピーカーからカントリーミュージックが流れていたので、びっくりした。地元の人間がギンギン響くカントリーを聞くとは、思ってもいなかった。だが、西インド諸島とそこの風習についてなにも知らないことはたしかだった。

バスルームを出て、半地下の寝室にはいったとたんに、そこは客用のスペースだと察しがついた。バスルームはずっと使われていないようだったし、ベッドメイクされたままで、服や身のまわり品も散らばっていない。

片手でグロックを低く構えて、寝室のドアを細目にあけると、廊下があり、右はキッチン、左は階段に通じていた。

キッチンはゲストルームとおなじでがらんとしていたが、カウンターのコーヒーメーカーが、ポットの半分まではいっていて、空《から》のカップと汚れた皿が流しにあった。グロックを右手に持ち替えると、パティオと裏庭と大海原のすばらしい眺望が見える多目的室《デン》が目にはいった。高級なAV機器が壁に並び、十人が座れそうな大きさのラップアラウンドソファがあった。

巨大なテレビの上に大きな十字架が飾られ、キッチンとの境にあるテーブルは、礼拝用の蠟燭《ろうそく》で覆《おお》われていた。

ジェントリーがそれについて考える前に、家のなかで流れているカントリーミュージックに重なってあらたな音が聞こえた。左のほうで椅子がきしんだので、ジェントリーはキッチンとは逆の方向に、グロックをさっと向けた。廊下のなかごろにあいた戸口があり、忍び足でそこまで行って覗《のぞ》くと、狭い警備室だとわかった。デスクが一台あり、大型モニターが置いてあった。屋敷のあちこちのカメラからの画像が、スクリーンに映っていた。ジェントリーに背を向けて座っている男がいて、デスクに肘《ひじ》をついて顎《あご》を掌《てのひら》に乗せ、反対の手でiPhoneを持って、自分の仕事よりも興味があることに熱中していた。半地下の監視カメラの画像は、モニターの右上の端で真っ白になっていたが、その警備員はそれにも気づいていないようだった。

その警備員を捕らえなければならない。監視機器も壊そうかと思ったが、考え直した。CIAがマタドールと呼んでいるGRU将校が来るのは、約一時間半後だが、すでに仲間と連絡をとっている可能性もあるので、屋敷を防御しなければならなくなるかもしれない。敷地周辺の画像が必要になった場合のために、監視システムは破壊しないで電源を切るほうが賢明だと、ジェントリーはすぐさま判断した。

数歩さがって、拳銃をホルスターにしまい、黒いバックパックをおろして、紐《ひも》と粘着テープを出した。バックパックを半地下のキッチンの床に置き、ふたたび前進した。

退屈していた警備員は、もう退屈していられない。

エディソン・ジョンは、真っ黒なリンカーン・ナヴィゲーターを運転して、急傾斜で曲がりくねっているアンス・ラ・レイ・ロードを走り、屋敷に向かっていた。スフリエール福音教会からの帰り道だった。空には雲がほとんどなく、美しい島がきょうも見事なまでに美しい一日になるだろうとわかった。

この完璧な土曜日に、オフィスでずっと過ごさなければならないのはあいにくだと思った。

エディソンには、九カ月から十四歳まで、四人の子供がいる。四人とも後部に乗り、それぞれ騒々しい物音をたてている。齢《とし》が上の男の子ふたりは、携帯電話をやりとりしてTikTokをやり、もうじき八歳になる娘は、まもなく行なわれるバースデーパーティのことをリアシートから母親に話をしていた。九カ月の女児は、ラジオから流れているクレオールミュージックをやかましく口まねしていた。

ナヴィゲーターは乗り心地のいい車だが、セントルシア島西部の曲がりくねった狭い道を走るのには適していない。シートの数は完璧だし、六人家族で移動するための車はその一台しかなかったが、大きくて動きが鈍いので、エディソンが運転したいと思う車のトップ5にも含まれていなかった。

エディソンには、合計すると七百万ドルを超える車のコレクションがある。独りか妻とふたりで島中をゆっくり走るのが好きだった。ここで高級車を所有することには、ひとつだけマイナスの面があった。屋敷の近くの公道ではスピードを出すことができず、加速してもすぐに、急坂やヘアピンカーブを登り下りするために、シフトダウンしなければならない。

それでも、エディソンはたいがいフェラーリで朝に出勤し、ときどきマクラーレン720Sスパイダーか、プラグインハイブリッド車のBMWi8か、二台あるポルシェのうちの一台を運転する。

だが、土曜日に若者の集まりや聖歌隊の練習で教会に家族で行くときや、日曜日の礼拝に行くときには、つねにこの大きな黒いリンカーンを使う。

エディソンは、敷地のエントランスへリンカーンを近づけた。四エーカーの見事に造園された斜面が、海を見おろす崖までつづいている。ゲート前でエディソンはリンカーンをとめた。いつもなら監視カメラを見守っている警備員が一秒か二秒後にボタンを押して、ゲートがあくはずだったが、辛抱強く三十秒待っても、まだゲートはあかなかった。

エディソンはすこし腹を立て、サイドウィンドウをあけて、ゲートをあける暗証番号をボックスに打ち込んだ。

そのあいだに、妻のミカエラが、エディソンのほうに身を乗り出していった。「なんのために給料を払っているのかしら？」

エディソンはうなずき、肩をすくめた。「ルイスとトヨンとトヨンの弟だからな。Aチームとはいえない」

ミカエラが、くすくす笑った。

ゲートがあき、エディソンはすぐに大型SUVのセレクターレバーをドライブに入れて、ゲートはあけたままで、母屋《おもや》の南にある巨大な別棟のガレージを目指した。

エディソンがリンカーンをとめると、ミカエラがリアシートから九カ月のエリシャを抱きあげた。ウィリアムとマイケルは、フロントドアに向けて跳び出し、アイシャはなおも母親とパーティの話をつづけた。

エディソン・ジョンは、家族のあとから何台もの高級車の横を通り、ガレージを出て、母屋の正面玄関へ歩いていった。男の子ふたりとその妹は、二階の自分たちの部屋へ走っていき、ミカエラは一階の奥まった部屋にあるベビーサークルに、おとなしくしていたエリシャを入れた。

家の主《あるじ》のエディソンは、二階へ行ってスーツを脱いでから、オフィスで数時間、仕事をすることにした。ミカエラは一階のキッチンで、ランチの支度《したく》をはじめた。

エディソンが階段に向かうと、ミカエラがうしろから呼んだ。「エディー? トヨンがバルコニーにいないのよ」

二階へ上がりながら、エディソンは手をふった。「連中は哨舎のテレビでまたオーストラリアのクリケットを見ているんだろう」

「まったくもう」ミカエラはつぶやき、「なんのために給料を払っているのよ?」とくりかえした。

エディソンは、たいして気にしていなかった。「土曜日だからな」と答えた。

階段の上に出ると、長い廊下を進み、子供四人のそれぞれの寝室の前を通って、主寝室にはいった。そこでネクタイをゆるめ、ウォークインクロゼットへ歩いていった。

エディソン・ジョンのクロゼットは、並みの住宅の主寝室よりも広かったし、ミカエラにはバスルームの反対側におなじ広さのクロゼットがあるので、共用する必要もなかった。パニックルームの隠された入口は、そのバスルームの横にある。スーツ、カジュアルな服、靴、釣り道具までもが、エディソン専用のワードローブの壁にずらりと並んでいた。奥の窓は海とは反対側にあって、正面の庭と屋敷の前の公道に面していた。座る場所がいくつもあり、壁にはずっと鏡が張りめぐらしてあった。

エディソンは、クロゼットにはいり、向きを変えて、壁ぎわのラヴシートにスーツのジャケットを置こうとした。

だが、その動作のなかばで凍りついた。

白人の男が、ラヴシートに座っていた。片方の肩にバックパックをかけ、黒いTシャツにダークブラウンのコットンとナイロンの混紡のズボンという服装で、髭《ひげ》を剃《そ》った顔にのんきな表情を浮かべ、エディソンを見あげた。

エディソンが、叫ぼうとして大きく息を吸ったが、見知らぬ男は自分の口に一本指を当てて黙らせた。

そのとき、エディソンは下に目を向け、拳銃を見た。男の手が、膝《ひざ》の上で黒い拳銃を握っていた。

エディソンが口をひらく前に、白人がアメリカ英語でいった。「おい、あんたのクロゼットは、おれが前に住んでいたアパートメントよりも広いな」

エディソンが、かすれた声できいた。「これは……どういうことだ？」

男が拳銃をポインター代わりに使い、寝室との境のあいたドアを示した。「邪魔がはいらないように、あそこを閉めろ」

エディソンはうしろに手をのばして、ふるえる手でクロゼットのドアを閉めた。そうしながらいった。「うちには……武装した警備員がいる」

「武装解除された警備員がな」

エディソンが目をしばたたいた。もう一度、びっくりしたようにまばたきした。「死んだのか？」

白人は首をふった。「縛って屋根裏に入れてある。音をたてたら顔を撃つといっておいた。おとなしく従ったようだ」

「あんたは……何者だ？」

「それはそっちしだいだ。あんたの一日に迷惑をかけるかもしれない……」男は間を置いた。「あるいは、もっとちがうことになるかもしれない」

「なにがほしい？」

答はわかりきっているというように、男がエディソンを見た。「きのうの夜、この住所に宅配便で荷物が届いた。それがほしい。おれがほしいのはそれだけだ。それを渡せば、おれは消える」

エディソンは、ネクタイをはずしかけ、両脇で手をふるわせて、じっと立っていた。秀《ひい》でた額に汗がにじんだ。口をひらくと、こういった。「子供たちや女房が……みんなここにいる」

「知っている」男は強調するように、さりげなく銃をエディソンに向けた。「あんたは家族の安全を守ることができる」

エディソンが目を丸くして、急に泣きそうになり、首の筋肉に力がはいった。「わたしの家族に危害をくわえるのか？」

「それをやるのは、おれじゃない」アメリカ人はいった。すこし間を置いてから、つけくわえた。「おれは悲運をもたらさないが、悲運の先触れだ」

「それはいったいどういう意味だ？」

17

ジェントリーは、ふたたび拳銃を使って、ラヴシートの向かいの布張りのスツールを示した。「話をしよう」

エディソンが、スツールのほうへ行って、腰をおろした。

「武器は持っているか？」

「持っていない。警備員が持っている。いや、持っていた。でも、わたしは銃を信用しない」

ジェントリーは低い声で笑ってから、膝《ひざ》の上の銃を向かいの男に向けた。「あんたがこれを信用することは、ほんとうに重要なんだ。わかるか？」

エディソンがうなずき、銃身を見おろした。「わかった」

ジェントリーは満足してうなずき、拳銃をTシャツの下にしまって、身を乗り出し、両方の前腕を膝に置いた。「そうは見えないかもしれないが、きょう荷物をくれといいにくる連中のなかで、おれはもっとも友好的で好感が持てる男なんだ」

エディソンがいった。「そうは見えない」

こういう状況に置かれているわりにはエディソンが落ち着いていることに、ジェントリーは感心した。もっとも、目にはまだ恐怖が宿り、首の筋肉は緊張していた。ジェントリーはそのことから読み取った。この男は、戦うか逃げるか、どちらかを選ぼうとしている。

エディソンがやけを起こさないように、ジェントリーはゆっくり穏やかにいった。「まず、屋敷にいる警備員の数は？」

「三人」

ジェントリーはうなずき、エディソンが嘘をつこうとしなかったことに満足した。そしてきいた。「どうして三人しかいないんだ？」

「増やす必要があるか？　あんたが来るのは知らなかったし」

「ロシアから荷物が届いたから、警備をゆるめないで強化するべきだった」

エディソンは、わけがわからないという顔をした。「どうして？　そんな特別な電話なのか？」

荷物が電話だということを、ジェントリーは知らなかったが、驚きを顔には出さなかった。「まだデータを見ていないのか？」

エディソン・ジョンが、黙って首をふった。

ジェントリーはエディソンの言葉を信じ、朗報だと思った。データの内容をエディソンが知らないのなら、本人と家族は生き延びられる。とはいえ、エディソンが無事であるように気にかけるためにここに来たのではない。荷物を回収するのが目的なのだ。

「おおぜいがその情報をほしがっている」ジェントリーはいった。

「でも、それをよこせと脅しにきたのは、いまのところひとりだけだ」

ジェントリーは溜息をついて、腕時計を見た。「おれだけじゃない。おれは最初のひとりだ。スイスから来るやつがいる。仲間を引き連れてくることはまちがいない」

「どうしてスイスなんだ？」

「知らない。彼らはおれに知らせなかった」

「その連中は、あんたになにもかも教えるんじゃないのか？」

「ほとんど教えない。だが、その男が早ければここに十時四十五分に到着するといっていた。もう十時だ。あんたが受け取った電話を渡してくれれば、あんたと家族をパニックルームに避難させ、警備員を解放する」

「どうしてわたしの――」

ジェントリーは、質問を最後まで聞かなかった。「そのあとで地元警察に電話して、助けが来るのを待てばいい。急げば、こっちへ向かっている男に対処せずにすむかもしれない。おれを信じろ……それがあんたにとって最善の筋書きだ」

エディソンは、信じていないようだった。クロゼットのなかで殺されるおそれがなくなると、質問で攻めたてた。「あんたは何者だ？」

ジェントリーは嘘をついた。「銀行の人間だ」

「どの銀行？」

「アメリカの銀行で、そのデータの確保に利害関係がある」

「クループキンは、どうしてわたしのところへそれを送ったんだ？」

ジェントリーは、すこし困惑した表情を見せた。「送った理由は、あんたが知っているはずだろう」

「クループキンとは、もう二年も話をしていない。戦争がはじまってからずっと、ロシアでのビジネスには関わっていない。クループキンから荷物が届いて驚いたし、ただの携帯電話だったので、よけい驚いた」

ジェントリーはいった。「あんたもおれもその電話のことをなにも知らないが、それを奪いにくるやつが一時間とたたないうちに来て、そのためにあんたを殺すはずだとわかっている。だから、こうやって話をするのは時間の無駄だ」

エディソンはきわめて頭のいい男にちがいなかったし、武装した侵入者と向き合っていても、それに反論した。「電話にどういうデータがあるか知らないのに、ここに来るはずがない」

ジェントリーはいった。「ロシアを出入りする金の送金記録だ。おれはそれしか知らない」

「つじつまが合わない。わたしはクループキンのためにカリブ海にオフショア会社を点々と設立した。彼がクライアントの金を隠すのを手伝った。西インド諸島でクループキンの配下として働いていた。

しかし……戦争がはじまると、わたしがもう連中の血に染まった金には触《さわ》らないことを、クループキンも含めて、だれもが知った」まわりを指さして、自分の屋敷についてこういった。「彼らからだいぶ儲《もう》けさせてもらった……しかし……あいつらはあまりにも残虐だ」

ジェントリーは、ロシア人がすべて残虐だとは思わなかった。ひとりのロシア人と恋に落ちている。だが、その話をするつもりはなかった。

ジェントリーはいった。「推理はあとにしよう。早く電話を渡せ」

突然、寝室のドアの向こうからエディソンの妻の声が聞こえた。「エディー？　ランチの用意ができたわよ」

ジェントリーは、エディソンを目で脅しつけた。エディソンがうなずいて、寝室のほうに聞こえるような大声で答えた。「ありがたい。いま着替えている。すぐにおりていく」

ジェントリーはいった。「いかがわしいオフショア・バンキングの弁護士をやめて、家族のことを考える潮時かもしれない」

エディソン・ジョンが、首をかしげた。「わたしのことを、なにも知らないんじゃないのか？」

ジェントリーはいらいらしはじめていた。立ちあがり、エディソンを見おろした。「おれが知っていることをいおう。あんたはロシア人が西側に富を隠すのを手伝っている邪《よこしま》なろくでなしだ。おれは電話を受け取らないかぎり、ここを出ていかない。あんたはおれと、これから来るやつのことを恐れていない」拳銃のグリップに手をかけた。「それを是正する必要がある」

だが、拳銃を抜く前に、ジェントリーは目の隅で異変を捉えた。窓の外で光が閃《ひらめ》いた。ジェントリーは拳銃を抜き、スツールに座っているエディソンのほうに向けながら、通りのようすを見にいった。

ジョンと家族が帰ってくるまで、ジェントリーはここで二十分待ち、そのあいだに付近を念入りに調べた。北と南の公道は五〇メートルほど先までよく見えていて、南のほうではなにも動きがなかった。いまは作業用トラックが二台、エディソンの屋敷の正面ではないが、私設車道から四〇メートルほど離れた公道の坂の上にとまっていた。

さきほど目に留まったのは、ドアが閉まるときにサイドウィンドウから反射した陽光だった。いま、ジェントリーはその車に目の焦点を合わせた。車体にロゴが描いてある。ジェントリーは、それを見分けるために、グロックを片手で握ったまま、バックパックのなかに手を入れて、双眼鏡を出した。すぐさま質問した。「L－U－C－E－L－E－Cとはなんだ？」

「LUCELEC」エディソンがその略語を発音した。「ルシア・エレクトリック。この島の公共サービスだ。なぜきく？」

Tシャツの上に高視認性ベストを着て、作業ヘルメットをかぶり、工具バッグを持った男たちが、トラックのまわりに立っていた。

ジェントリーは、エディソンに双眼鏡を渡した。「見ろ」

エディソンが立ちあがって、双眼鏡を受け取り、いちばん近い窓から覗《のぞ》いて、肩をすくめた。「ただの作業員だ」

「あんたが帰ってきたときにはいなかった」

「いま着いたんだろう」

ジェントリーは双眼鏡を取り戻して、男たちをじっくり観察した。五人以上いるようだった。二十代と三十代の黒人で、地元の公共事業の作業員のように見える。「ああいう連中は、週末でも働くのか？」

「西インド諸島だからな。しじゅう停電がある。どこかで停電が起きると、連中が来る……すぐにではないが」

ジェントリーはいった。「いいか、エディソン。おれはあんたのスピーカーから流れるろくでもないカントリーミュージックを聞いている。停電しているわけがないだろう」

エディソンが、首をかしげた。怖がってはいなかったが、不審に思っているようだった。

「ああ……そうだな」また外を見た。「しかし、あの男たちは……セントルシアの人間だ」

ジェントリーはいった。「電話を狙っているやつらには金と伝手《つて》があるから、こっちで悪党どもを雇える」

トラック一台の反対側に、さらに三人が現われた。八人いると、ジェントリーは気づいた。「電気工事にしては多すぎる」

エディソンは黙っていた。

数秒後にジェントリーは双眼鏡をおろして、エディソンの肩に片手を置いた。「あいつらだ。早く来た。家族をここへ連れてこい。おれはあんたの警備員を解放する。裏切ったら、あの連中がここに来てあんたを叩きのめす前に、おれがあんたを叩きのめす」

男たちが屋敷に侵入する前に妻と幼児の娘とそのほかの家族を二階のパニックルームに入れるために、エディソンが急いでクロゼットのドアから出ていった。

18

ジェントリーは、公道の作業員たちを、ふたたび双眼鏡で観察した。私設車道の入口からいまも四〇メートルほど離れているが、エディソンの屋敷をじろじろ見ていることは明らかだった。

そのとき、男たちが私設車道の方角に向けて、いっせいに坂を下りはじめた。銃は見えなかったが、男たちは肩に工具バッグをかついでいたので、それに武器が突っ込んであることは想像するまでもなくはっきりしていた。

ポケットで携帯電話が鳴ったので、ジェントリーはイヤホンを叩いて応答した。

「どうぞ」

アンジェラからだった。「いい報《しら》せよ。マタドールはしばらくそっちに行かない」

「説明しろ」

「空港からあなたのいるところまで、車で四十五分かかるし、五分前に着陸する予定だった。でも、マタドールの飛行機は西にバンクをかけて、空港から遠ざかり、まだ飛んでいる」

アンジェラは朗報を伝えていると思っていたが、ジェントリーは急にひどく悪い予感がした。

「いまどこを飛んでいる」

ややあって、アンジェラがいった。「島の沿岸に沿って北に飛びつづけている。いま、東にバンクをかけている。北から空港に着陸するんでしょう」

ジェントリーは、声を大きくしていった。「この屋敷との位置関係は？」

また間があり、まごついたようにアンジェラが答えた。「変ね。あなたの真上に向かって飛んでいる」

くそ、ジェントリーは心のなかで毒づいた。アンジェラが理解していないことをすべて、不意に悟ったからだった。

ルカ・ルデンコ少佐は、食べていた最後のタンジェリンを食べ終えて、布のナプキンで手を拭き、前のオレンジジュースのグラスを取って、飲み干した。ボンバルディア・グローバル6000の窓から、わずか七〇〇〇フィート下の大海原を眺めているところは、高級ビジネスジェット機の優雅なキャビンに独りで乗っている退屈した乗客のようだった。

ルデンコは、左耳の包帯をぼんやりといじった。その傷はすこしちくちくしたし、額の左側のひどい痣《あざ》は、丸一日のあいだに深く、濃くなっていた。それでも、きょうの作戦のために鋭敏でいたかったので、痛み止めは飲まなかった。もっとも、スイスで遭遇したような厄介《やっかい》な問題が、このセントルシアで起きるとは思っていなかった。

ルデンコは十年以上、現場に出ていて、置かれている環境になじんでいたが、現場を離れたかった。豪華な自家用ジェット機のキャビンに座ってカリブ海に行くような仕事ばかりではない。それどころか、GRUの最精鋭チームの将校として、不快な状況のもとでたえず危険にさらされ、将来は不確かだった。じっさいに工作を行なうGRUの資産《アセット》は、いまもウクライナ東部へ送り込まれている。そこはロシア軍の支配地域ではあるが、係争はつづいているし、残忍な抵抗勢力がいるので、どこの道路を走っても必殺の遭遇戦に巻き込まれるおそれがある。

この一年のあいだに、ルデンコの同僚が何十人も死んでいた。

ルカ・ルデンコはきわめて優秀な暗殺者だが、長年、軍務を果たしてきたので、自分の働きの成果がほしかった。

GRU少佐は、シロヴィキの序列では下っ端だった。国の富は通常、大佐かそれ以上の階級の人間に配られる。だが、少佐から中佐に昇級するだけでも、ロシアの基本構造になっている不正利益を得るチャンスが増える。ウォトカを飲み、キャビアを食べることができる。脱出計画のために金を貯め込むことができる。十億は無理だが、百万か二百万は確実に貯められる――まずまずの眺望の湖のほとりに中くらいの別荘《ダーチャ》を所有し、いま住んでいるモスクワの北の郊外ヒムキにある自宅との行き来に使っているヒュンダイ・ソラリスではなく、新車のＢＭＷを手に入れる。

そして、モスクワでデスクワークに就く。国のために尽くして現場で働けば、まちがいなく死ぬから、その前に脱け出す。

目の前の皿に置かれたクロワッサンをつまみながら、ルデンコは長期計画から思いを戻した。はじめて目をあげて、キャビンにいたもうひとりの男を見た。機首寄りの非常口のそばで副操縦士が立ちあがり、不安げにルデンコを見返した。

副操縦士の白い制服の腋《わき》が汗で濡れていた。副操縦士はワイヤレス・ヘッドセットをかけて、ナイロンの細いロープを腰に巻いていた。ロープのいっぽうの端は、機首近くの狭い調理室《ギャレー》の金属製の手《て》摺《すり》に結びつけてある。

このジェット機の乗員は、マケドニア人だったが、副操縦士はたった独りの乗客に英語で話しかけた。明らかに不安のにじむ声で、副操縦士はいった。「その……くどいようで申しわけないですが……準備しないといけません。もう一分を切りました」

ルデンコは答えなかった。クロワッサンを食べ終えると、キャビンの座席からおもむろに立ちあがった。サプレッサー付きのシュタイヤーＳ９‐Ａ１九ミリ・セミオートマティック・ピストルを腰のリテンションホルスター（素材のテンションのみで銃を保持するタイプのホルスター）に収め、長いナイフを左太腿《ふともも》に固定してあった。

ボンバルディアの通路に立ったルデンコは、キャビンの非常口のそばの副操縦士のほうを見て、そっけなくうなずいた。「はじめよう」

副操縦士が首をかしげた。「パ……パラシュートは？」

ルデンコは、にやりと笑った。副操縦士をからかっていたのだ。ルデンコは右に手をのばして、９セル型（スクエア型パラシュートの空気を受けてふくらむ円筒形の部分で、二本でひとつのセルをなす）のエアロダイン・ズールー・パラシュート一式をつかみ、脚を入れてバックルを留めた。二十秒もかからなかった。だが、副操縦士の不安は収まる気配がなかった。

「非常口をあけないといけません」

「だったら早くあけろ」ルデンコは、小さな黒いバックパックを取って胸に吊り、伸縮性のカマーバンドを、パラシュートのすぐ下で背中に巻きつけて前にまわし、〈ベルクロ〉でパラシュートパックと体を締めつけて、さらにしっかり固定した。

機内の与圧が落とされ、ボンバルディアは一一〇ノットに減速していた。それでも、副操縦士が非常口を引きあけたときには、殺到する風の音とジェットエンジンの咆哮《ほうこう》はすさまじく、キャビン内でも耳を聾《ろう》するほどだった。

ルデンコはゴーグルをかけて、あいている非常口に向けて進んだ。

「あと十秒」副操縦士が叫び、うしろの隔壁に背中を押しつけ、膝《ひざ》に力をこめて、体をつないでいるロープを片手で握った。

ルデンコはあいた非常口のところで、副操縦士のそばでしゃがみ、恐怖にかられているその男のほうを見て、ちょっとウィンクしてから、暖かい晴れた空に跳び出した。時速一九〇キロメートル以上の風に叩かれながら、最大速度で地球に向けて落ちていった。

エディソンは、まず子供三人を廊下に出してから、「ミカエラ？　ミカエラ？」と妻の名前を呼びながら、一階へ駆けおりていった。

ミカエラは、ダイニングルームのテーブルにランチを用意していた。すぐさま手をとめてきいた。「なにか起きたの？」

エディソンは、ベビーサークルの床からエリシャを抱きあげて、ミカエラに向かって叫んだ。「パニックルームに行け！　急げ！　説明している時間はない！」

ミカエラが階段を昇りかけたが、立ちどまった。「子供たち！」

「三人とも二階だ。行け！」

ジェントリーがなおもアンジェラ・レイシーに情報を要求していると、正面の芝生で男たちが工具バッグから拳銃を出し、よけいなものをすべて投げ捨てているのが見えた。それと同時に、LUCELECのトラック二台が、屋敷に向けて走り出した。「マタドールの高度は？」

「えー……」アンジェラが口ごもった。「七〇〇〇フィート。あなたの真上」

「与圧を下げているんだ」ジェントリーはいった。チューリヒ発のジェット機が、ターゲットの真上でそんな高度で飛ぶのは、マタドールがターゲットに直接、パラシュート降下するつもりだからにちがいない。

そして、マタドールがいま屋敷に向けて空から近づいているのだとすると、屋敷を護《まも》っている側の勝ち目はほとんどなくなる。このロシア人暗殺者の評判からして、彼独りだけでも、地元の悪党八人をしのぐか、それとおなじくらい大きな危険要因になる。

アンジェラが、ようやく自分の頭で情報をまとめあげた。「待って……まさかマタドールがパラシュートで――」

ジェントリーは電話を切り、ポケットから折り畳《たた》みナイフを出して、刃をひらいた。急いでクロゼットから出て、寝室から駆け出した。子供三人がまごついて立っている階段の方向とは逆の右へ廊下を進み、そこの階段室のドアをあけた。ドアの裏側の階段に、両手をうしろで縛られ、テープで体をつなぎ合わされ、ダクトテープの猿轡《さるぐつわ》をかまされた警備員三人がいた。

三人が恐怖にかられてジェントリーを見た。彼らにとってほんとうに大きな危険は、まもなく階段を昇ってくる男たちなのだと思いながら、ジェントリーはナイフで三人のいましめを切りはじめた。

ルデンコは、海面の七〇〇メートル上で手動曳索《リップ・コード》のハンドルを引いた。高度五〇〇メートルで傘体《キャノピー》がひらくと、正面の崖の上にある屋敷に向かうようにコントロール・ラインを操作した。

着陸地域《ランディング・ゾーン》には、よく手入れされている裏の芝生を選んでいた。独りでやるか、あるいはドレクスラが手配したチームのだれかと連繋《れんけい》して行動できるのであれば、テラコッタの屋根におりて、二階の窓から侵入することにしただろう。

とはいえ、ブロンドの男がパラシュート降下することは、地元のチームに知らせてあるが、到着したことを彼らに連絡せずに邸内で姿を現わすのは避けたかった。彼らとの衝突を回避するには、裏手から屋敷に接近し、下の階からひそかに侵入して、自分がいることを物陰から教えるしかない。

ルデンコは、手入れが行き届いている裏の芝生で見事に着地し、ひとつの動きでハーネスをはずしてから、拳銃を抜き、正面のパティオにあるドアに向けて走った。半地下から昇っていって、一階と二階での攻撃のうしろを用心深く進むつもりだった。うまくすると、重労働はドレクスラが雇った男たちがやり、自分は電話を奪って、それを受け取った男を殺し、その男たちに空港まで送ってもらうだけですむかもしれない。

ジェントリーは、警備員三人を解放しながら、低い声ですばやくいった。テープの猿轡ははずさなかったので、まだ捕虜のようなものだった。「よく聞け。おれはおまえたちの味方だ。男八人が一階からやってくる。どこかにもうひとりいる。全員、武装していて、おまえたちが応戦してもしなくても、おまえたちとジョン一家を殺すだろう」手を動かしながら、肩をすくめた。「おれはおまえたちのことをよく知らないが、下へ行って戦ったほうがいい」

警備員たちは怯《おび》えていたが、ジェントリーがてきぱきと手首や腕に巻いたテープを切り、口から引きはがすと、ひとりがいった。「どういうことなんだ？」

「おまえたちのボスには敵がいる。この仕事を引き受けたときから、それは知っていたはずだ。いま警察を呼んだら、どれくらいで到着する？」

警備員が答えた。「二十分か、三十分」

「だったら、警察には頼れない」

「おれたちの銃はどこだ？」口からテープをはがされたふたり目がいった。

ジェントリーは、三人目の手を自由にしてからいった。「おまえたちが全員、味方だとわかったら返す。これから家族をパニックルームに入れる。おまえたちは二階のバルコニーに陣取って攻撃を撃退しろ。おれが呼んだら、パニックルームにはいれ」


ミカエラとエディソンが幼児を抱いて二階に戻り、まごついている子供たちといっしょに立っているところへ、ジェントリーと警備員三人が廊下を走ってきた。

警備員のひとりでもほんとうの脅威が近づいているという警告を無視した場合に備えて、ジェントリーは拳銃を低く構え、エディソンのそばへ行った。「おれのいうとおりにするよう、この連中に命じてくれ」

エディソンが、警備員と家族に目を向けた。「この男がやれといったとおりにやれ、わたしたちはみんな危険にさらされている」

一階で正面ドアが蹴りあけられる音が、その言葉を完璧に裏付けた。

ジェントリーは、右にあるクロゼットをあけて、警備員から奪った拳銃が床に転がっているのを見せた。襲撃者たちが階段に来る前に急いで中二階へ行こうとして、警備員三人が拳銃に跳びついた。ジェントリーは、主寝室に戻り、エディソンと家族の先に立って奥へ行った。

中二階で警備員たちが、昇ってくる男たちに向けて撃ちはじめ、敵が拳銃やポンプアクションのショットガンで応射した。ジェントリーは、エディソン以外の家族をパニックルームに入れた。幅三メートル、奥行き五メートルで、鋼鉄にくるまれている。固定電話、ボトルドウォーター、ケミカルトイレがあり、右と左の壁ぎわにはベンチがあった。年上の子供三人がいっぽうのベンチに腰かけた。男の子はエディソンとおなじようにネクタイをはずしていたが、全員が教会へ行くときの服装だった。

エディソンの妻が、この場面を牛耳《ぎゆうじ》っているらしい男に疑いの目を向け、エディソンを呼んだ。

「エディー、早くはいって」

「すまない」ジェントリーはいった。「あんたのご主人とおれは、その前に用事がある。

待ってくれ」ドアを閉めた。内側で閂《かんぬき》をかけないとロックされないが、鋼鉄のドアが厚いので、表で話をしても聞こえないし、流れ弾からも保護される。

ドアが閉まると、エディソンが主寝室のドアのほうを不安そうに見た。銃撃は激しくなるいっぽうだった。

「こんどはなんだ?」エディソンがきいた。

「電話」

禿頭《とくとう》のエディソンの顔を、汗が滴《したた》った。「渡せない」

「前にデータを手放そうとしなかった男は、チューリヒの霊安室にいる。一時間後にあんたも霊安室の台に載りたいのか?」

エディソンが眼鏡《めがね》をはずして、目に流れ込む汗をぬぐった。「ちがう……ここにないから渡せないという意味だ。ここにあれば渡す」

「どこにある」

「カストリーズにある」

「カストリーズとは?」

「町だ。北に三十分のところで、わたしのオフィスがある」

「嘘だ」ジェントリーはいった。「荷物はここに配達された。オフィスではなかった。きのうの夜に」

「その電話は信用できなかった。罠かもしれないと思った」

「罠?」

「ああ、わたしのシステムに侵入するマルウェアが仕込んであるかもしれない。前にもそういうことがあった。ことにロシア人がやる。クレムリンは一年前からわたしを狙っている」信じられないというように首をふった。「家内にいわれて護衛を雇ったんだが、まさかここまでやってきて騒ぎを起こすとは思っていなかった」

エディソンはなおもいった。「イーゴリ・クループキンが、要求されてもいない通信機器を送ってくるか? ありえない。届けられた直後にオフィスへ行って、ネットワークと接続されていない金庫に入れた。無線電波もなかには届かない」

銃声のあいまに、階段のほうから叫び声が聞こえた。どちらが優勢なのか、判断できなかったが、防御側の三人を攻撃側の八人がまもなく圧倒するにちがいないと、ジェントリーは判断した。

「クループキンがなにを送ってきたのか、興味があったが、わたしは馬鹿ではない。それをどうするか決めるために、きょうオフィスへ行くつもりだった。湾に投げ込もうかと、真剣に考えた」

エディソンは正直に打ち明けていると、ジェントリーは判断した。「住所と金庫の組み合わせ番号を教えろ」

19

ルカ・ルデンコは、広い屋敷の半地下に侵入し、拳銃ですばやく敵影がないことを確認した。ビリヤード台がある多目的室《デン》、キッチン、ソファがあり、ビデオゲームのコンソールや子供のおもちゃが床に散らばっていた。その奥は廊下で、左右にいくつものドアがあった。

廊下の突き当たりに階段があるはずだと考えて、ルデンコは先へ進んだが、上からさかんに銃声が聞こえるので、不安をつのらせた。地元の連中が警備員に遭遇するのは予想していたが、屋敷を護《まも》っている人間は、反撃の準備ができていたような感じだった。ロシアから荷物が届いたので、厄介《やっかい》なことが起きるとエディソン・ジョンが予測しても不思議はないが、それでも……ルデンコの熟練した耳には、屋敷の警備員が防御に適した位置から発砲し、襲撃側がそれに打ち勝つのに苦労しているように聞こえた。

自分も上に行って銃撃に参加し、ドレクスラが雇った地元の人間との衝突を回避しつつ、エディソン・ジョンの警備員を撃破するしかないと、ルデンコはあきらめをつけた。

それをやる備えはあった。腰のシュタイヤーのほかに、バックパックに破片手榴弾二発、発煙弾二発、拳銃の予備弾倉数本がはいっている。

ルデンコは階段に向けて廊下を進みはじめたが、エディソンがこの階にいないことをたしかめるために、ドアをひとつひとつ細目にあけた。

左側のドアを確認したとき、そこが狭い警備室だということを知った。デスクが一台、モニターが数台あるが、すべてなんらかの理由で電源が切ってあった。

ルデンコはすばやくその部屋にはいり、デスクに向かって腰かけ、タップコンセントのスイッチを入れて、電源を入れた。

数秒後に、ルデンコの前のモニターに、屋敷のあちこちの監視カメラの動画が表示された。

ルデンコはマウスに手をのばし、小さなスクリーンをつぎからつぎへとクリックし、拡大して、味方と敵の位置と配置を正確につかもうとした。

警備員ふたりがファミリールームの上の中二階で、襲撃者数人に向けて撃っているのが見えた。階段に死体がいくつか転がっていた。敵か味方かを判断する手間はかけず、ルデンコはなおもクリックしつづけて、全体像を把握しようとした。

やがて、二階の主寝室の動画を拡大したところで、クリックするのをやめた。白いドレスシャツとブルーのズボンの黒人の男が、ベッドのそばに立ち、動揺しているようだったが、動かずに、Tシャツを着て片方の肩にバックパックをかけ、グロックを握っている白人の男と話をしていた。

黒人はエディソン・ジョンだと、ルデンコはすぐに気づいたが、もうひとりが何者なのか、見当もつかなかった。平均的な身長で、濃い茶色の髪、スポーツマンのような体つきだが、とりたてて筋肉隆々ではない。雇われた警備員のようには見えなかったし、どういう人間なのかわからなかったが、近くで銃撃戦が行なわれているのに、その男はエディソン・ジョンの注意を完全に捉えていた。

ルデンコはその動画を三十秒ほど巻き戻し、ボリュームのノブに手をのばした。銃撃戦から一五メートルしか離れていないところで話をしているのだから、よほど重要なことが話し合われているにちがいない。

ルデンコが動画を見て、音声を聞いていると、イーゴリ・クループキンが送った電話がカストリーズのエディソンのオフィスにあることをアメリカ人らしき男に伝え、ネットワークと遮断されている金庫の場所と組み合わせ番号を教えたことを知った。まだデータを見ていないと、エディソンがいっていた。

ものすごく簡単になったと思いながら、ルデンコはボールペンと封筒を見つけて、すべての情報をそれに書きつけた。

動画を見つづけて、エディソンのオフィスへ行く車を探すために、そこを出ようとしたとき、二階のアメリカ人が車を使いたいとエディソンに要求するのが聞こえた。ありがたいことに、母屋《おもや》の南のガレージに何台も車があると、エディソンが答えた。キーはすべて壁のロックボックスに入れてあり、暗証番号は3－3－3－4だと、エディソンが教えた。

ルデンコは、大きな顔に満足げな笑みを浮かべて、半地下の狭い警備室を出た。銃撃戦を避けるために、侵入した経路を逆にたどり、外に出るとすぐさま左に折れて、駆け出した。

ジェントリーとエディソンが主寝室に立って話をしていると、銃声が不意に静まった。悪党どもがすぐに迫ってくるはずだと、ジェントリーは判断した。最初は、エディソンの家族をパニックルームに入れて、エディソンといっしょにオフィスへ行こうと思ったが、屋敷から無事に連れ出せるとは思えなかった。ジェントリーには計画があったが、訓練を受けていない相棒を連れていかなくても、それを実行するのは、かなり難しいはずだった。

ジェントリーは、パニックルームのドアをあけて、エディソンを入れた。エディソンが両腕で妻と子供たちを抱き、腰をおろした。家族全員が抱き合って泣いた。ジェントリーは彼らに向かってどなった。

「ドアをロックしろ！」

銃撃が完全に熄《や》み、警備員三人が制圧されたとわかると、ジェントリーはウォークインクロゼットとそこの窓を目指した。だが、一歩踏み出したときに、主寝室のドアがあいた。

ジェントリーはグロックを持ちあげたが、すぐにおろした。警備員ひとりが腹を押さえて、よろよろとはいってきた。撃たれていて、指のあいだから血が流れていたが、まだ立っていた。

警備員は反対の手に拳銃を握っていたが、弾倉が空《から》になったため、スライドが後退したままになっていた。「やつらが来る」警備員がうめいた。

エディソンがまだドアをロックしていなかったので、警備員がよろけながら歩くあいだ、ジェントリーはドアを押さえた。「残っているのはおまえだけか？」ジェントリーがきくと、横を通りながら警備員が黙ってうなずいた。

エディソン・ジョンが目を丸くして、ジェントリーを最後に一瞥《いちべつ》してから、ドアを閉め、頑丈な閂《かんぬき》をかけた。

中二階に味方はひとりも生き残っていないと警備員がいったので、ジェントリーは壁ごしに廊下へ銃弾を送り込みながら、エディソンのウォークインクロゼットに向けて駆け出した。数発放ち、クロゼットのドアを閉めたとき、真向かいで主寝室のドアが破られた。ジェントリーは、弾倉を交換して、熱くなっている拳銃をホルスターに収め、窓へ行ってあけると、エディソンの家のよく手入れされている灌木《かんぼく》の茂みの四・五メートル上で、窓枠によじ登って、そこに立った。

すばやくしゃがんで、窓の縁をつかみ、横に移動して、体をのばしたまま一秒ぶらさがってから、灌木の茂みの横の地面に着地した。

母屋《おもや》とは離れて建っている巨大なガレージは、母屋のほうを向いていたジェントリーの約四〇メートル左にあり、すぐに見分けがついた。ジェントリーは駆け出し、まず庭を横切り、それからガレージと公道のあいだの曲がりくねった私設車道を走った。

ガレージには扉が四カ所にあり、一カ所があいていた。ジェントリーは全力疾走で近づきながら、奥の暗がりを覗《のぞ》いた。

そのとき、ジェントリーが目を向けていた場所でヘッドライトがつき、強烈な光芒《こうぼう》がジェントリーを照らした。

エンジンの回転があがり、一秒後に赤いスポーツカーがガレージから跳び出して、ジェントリーめがけて突進してきた。

ジェントリーはふたたび拳銃を抜いて、狙いをつけようとしたが、突進してくる車の速さに対応できなかった。銃身をあげながら一発放ち、ボンネットに当たったが、水平に構えてフロントウィンドウを撃つ前に、逃げないと轢《ひ》かれると気づいた。とっさに左に身を躍らせて、私設車道をそれ、棘《とげ》の多い灌木の藪《やぶ》を跳び越えた。宙を跳ぶあいだにジェントリーは、車がフェラーリで、ブロンドの髪に角張った顎《あご》の白人が運転していることを見てとった。マタドールという暗号名で呼ばれているロシアのGRU工作員にちがいないと、即座に断定した。マタドールは冷酷な殺し屋だし、きのうスイスでCIA局員を殺している。ここでジェントリーを轢き殺すことができるようなら、容赦なくそうするにちがいない。

ジェントリーは、藪の向こう側の芝生に着地したが、マタドールの車からできるだけ遠ざかるほうがいいという勘が働き、三度横転して、起きあがったときにはかがみ撃ち《クラウチング・ポジション》の体勢になっていた。

赤いフェラーリが、すぐ横の藪を突き破り、一二〇センチほどの差でジェントリーにはぶつからなかったが、速度は落とさなかった。左に横滑りして、土と草をジェントリーの上に撒《ま》き散らし、私設車道に戻って、タイヤを鳴らしながら左に曲がり、空いているゲートから出ていった。

左は北だ。北の町にエディソンのオフィスがある。

ジェントリーはガレージに向けて必死で走りながら、携帯電話を出した。番号をいくつか打ち込み、ポケットに携帯電話を戻し、拳銃をホルスターに収めて、走ることに集中した。

アンジェラ・レイシーが最初の呼び出し音で出た。イヤホンから声が聞こえた。

ジェントリーは息を切らして命令を早口でいった。「住所を教える。そこへ誘導してくれ。いまターゲットの屋敷にいる。マタドールがカストリーズにあるエディソンのオフィスへ行く前に、そこへ行かないといけない」つけくわえた。「やつは六十秒先んじている」

「迎えにいったほうがいい？　わたしはあなたの南のスフリエールにいるから――」

「おれが頼んだことをやれ！　弁護士事務所へ誘導しろ。ブリッジ通り４９《フォーティ・ナイン》だ」

アンジェラが急いでいった。「カストリーズ、ブリッジ、４９。ルートを教える。ちょっと待って」

ジェントリーは、壁のロックボックスが空いているのを見て、目にはいった最初のキー一式をつかんだ。ボタンを押し、ビーッという音が聞こえたほうを向くと、美しいシルヴァーのポルシェ９１１ターボのライトがジェントリーにウィンクした。

「あれならうまくいく」ジェントリーはつぶやいて、また駆け出した。

タルガトップをオープンにしてあるロードスターの助手席にバックパックを投げ込み、ドアの上から運転席に跳び込んだ。一九九〇年代半ばの旧車のようだったが、エンジンは瞬時に始動し、アクセルを踏み込むとライオンのように咆哮《ほうこう》した。ジェントリーがギアをローに入れて、ポルシェがガクンと動き出すと、特殊なコーティングがほどこされているガレージの床でタイヤが甲高《かんだか》く鳴った。

ミサイル発射のような勢いで私設車道に跳び出すと、LUCELECのトラック一台がゲートからはいってきて、ポルシェとゲートのあいだで私設車道に近づき、行く手をさえぎろうとしているのが目にはいった。

ジェントリーはとっさにハンドルを右にまわして、ルデンコが突き破った藪を押し潰し、作業トラックの横を通り抜けた。

車輪を私設車道に戻すのに苦労し、最初は修正が大きすぎて、反対側の造園された箇所にぶつかったが、ゲートに着く前にジェントリーはポルシェの姿勢を立て直して、ゲートを抜けるとブレーキをかけて左に横滑りさせ、公道を北へ向かった。

「アンジェラ、ルートを教えろ。早く！」

「敷地を出て左！」アンジェラがすぐさま答えた。

「やった！　つぎは？」セカンドにギアチェンジしながら、ジェントリーはきいた。

「ただ走りつづけて。その道を一五キロメートルくらい走ったら、カストリーズに着く。マタドールはどこ？」

「おれの前方でフェラーリに乗っている。おれはポルシェに乗っている。どっちが速いかわからない」ジェントリーは目にはいる汗をぬぐい、小さな2《ツー》ドアのフロントウィンドウから前方に目を凝らした。

「待って」アンジェラがいった。「ポルシェとフェラーリでカーチェイスをやっているの？」

「やつを追いかけているんじゃない。電話を手に入れるのが目的だ。どうにかして先にオフィスに行かなければならない」

「いいたくないけど、あなたは彼を追いかけているのよ。マタドールがあなたに先んじているとしたら、おなじ道を走っているでしょうね。先に着くには、追い抜くしかない」

「くそ。わかった」

「なにか手伝えることはある？」

　ジェントリーは、前方をずっと見つづけていた。曲がりくねった狭い道で四〇〇馬力の車を制御するのに集中していた。ヘアピンカーブを曲がったときに、フェラーリのタイヤの煙がまだ空中に漂っていたので、距離を詰めていることがわかった。マタドールが車を操るのに長《た》けていて、強力な車の性能を限界まで引き出していることを、黒いスリップの跡が物語っていた。

「この方向を進みつづける。町に近づいたら電話する」

ルデンコは、二〇〇八年型のキャンディアップル・レッドのフェラーリF430スクーデリアで下り坂のカーブを曲がるとき、パドルシフトでローに落とし、いやいやブレーキを軽く踏んだが、すぐにカーブを出て、短い直線が前方に現われた。アクセルを踏み、ギアをセカンドに入れ、サードへとシフトアップしたが、そのときに一〇〇メートルほど前方のガソリンスタンドから小さなクーペが出てきたので、またシフトダウンしなければならなかった。

まもなくべつのスポーツカーが追ってくるにちがいないと思い、ルデンコはバックミラーを見た。ターゲットの屋敷にいた未詳のアメリカ人は、轢《ひ》かれるのを避けるためにとてつもない速さで反応し、そのあとも、芝生でフェラーリに激突されないようにすばやく移動した。拳銃を抜くのも速く、監視カメラの画像と音声から、おなじ電話が目当てだとわかっている。

ルデンコは、自分がこれから行く場所のことをよく知らなかったので、速度を落とし、携帯電話のマップアプリにエディソンのオフィスの住所を打ち込んでから、片手で携帯電話を持ち、反対の手でハンドルを握って、クーペを追い抜き、加速した。ルートを設定すると、エディソンのオフィスまで二十四分だとアプリが告げたが、当然ながら、最高出力が五〇〇馬力に近い車を走らせていることをアプリは知る由《よし》もない。十五分以内に着くだろうと、ルデンコは判断した。

もう一度バックミラーを見て、ルデンコは溜息をついた。

シルヴァーのポルシェが、猛スピードでうしろのカーブをまわってきた。エディソンのガレージで見ていなかったとしても、電話を狙っているアメリカ人が運転していることはわかっていた。

ポルシェは二〇〇メートルほど離れていたが、ルデンコが追い抜いたクーペの横を通り過ぎて、対向車線のバン型タクシーをよけるために、すこし横滑りしてから、登り坂でフェラーリめがけて加速していた。

ルデンコはギアをフォーに入れていたが、逆方向へのヘアピンカーブですぐにブレーキを踏まなければならなかった。海ぎわの溶岩の岩山を巻いているヘアピンカーブの上を走っているポルシェと下を走っているフェラーリが、ほとんど正対するような位置関係になった。

ヘアピンカーブでシルヴァーのポルシェが減速し、タイヤから煙が出た。地味な外見の男が、ある程度、車の運転の訓練を受けていることがわかった。

ルデンコは、片手でハンドルを操りながら、ドレクスラに電話をかけた。

電話がつながるまで、二十秒かかった。カーブを曲がるたびにアクセルとブレーキを交互に踏み、速度を落としてくねくねと走るあいだずっと、片手でハンドルを握ってなんなくパドルシフトでギアを切り替えられるのがありがたかった。

待つあいだにバックミラーを見ると、そこに映っているポルシェがどんどん大きくなっていた。

「ウイ？」ドレクスラが出た。

「電話はジョンのオフィスにある。あと十分で到着するが、最初の現場にいたアメリカ人が追ってくる。そいつも電話が狙いだ。おれを追い抜こうとしてる」

「何者だ？」

「あんたが教えてくれ」

「見当もつかない」ドレクスラがいった。「ジョンの屋敷の男たちから、たったいま連絡があった。四人は生き残っている。つまり、ジョンと家族は逃げたようだ」

「そいつらは二階のパニックルームにいる。ほうっておけ。ジョンは電話にアクセスしてないから、なにが保存されてるか知らない。あんたが雇った連中は、カストリーズに行かせろ。ブリッジ通り49だ。おれが先に行くはずだが、そのあとでこのアメリカ人が現われたら、始末すればいい」

それ以上ひとこともいわずに、ルデンコは電話を切った。西側に流れ込んでいるクレムリンの金に関する盗まれたデータを取り戻す作戦全体は、ルデンコではなくスイス人のドレクスラが指揮しているが、いま現場で采配《さいはい》をふっているのはルデンコだった。目的を果たすまで、ルデンコは現地の資産《アセット》として、ドレクスラに指示を下すつもりだった。

また急カーブがあり、今回は海岸線から遠ざかる九十九折《つづらおり》を登っていた。その先で直線の坂を登りはじめたとき、行く手に茶色い山羊《やぎ》一頭が出てきた。退屈そうな山羊は、レーシングカーなみのフェラーリにも動じたようすがなく、道の端をのろのろ歩いていた。舗装面は狭く、山羊をよけて通ることはできなかったし、フェラーリのアルミのボディは華奢《きゃしゃ》なので、体重九〇キロの山羊をどかすために激突したら、ボディが損壊するおそれがあった。そこで、ルデンコはブレーキを踏み、ローにシフトダウンするしかなかった。

山羊はのろのろと行く手からそれはじめ、待つあいだにルデンコがバックミラーを見ると、ポルシェがドリフトをかけてカーブから出てくるのが見えた。タイヤが煙をあげ、やがて直進になって、登りはじめ、いまでは一〇〇メートル以内に近づいていた。

ルデンコの拳銃は腰のリテンションホルスターに収めてあり、すぐに手が届くので、それを抜いて真っ赤なフェラーリのうしろに向けて撃とうかと思った。だが、そうはせず、山羊がもうすこし動くまで一秒待ってから、アクセルを踏みつけた。右側の山羊のすぐそばを通り、急な坂道でまたたくまに、ほとんどとまっていたような速度から時速八〇キロメートルに加速した。

だが、うしろのポルシェはもとから速度が出ていて有利だったので、悠々《ゆうゆう》と接近し、ふたたび北へ向かうカーブに近づいたとき、二台とも速度を落とした。依然として、ジャングルと火山岩のあいだの曲がりくねった登り坂だった。北へ向かっているときには海が左にあり、南に曲がると海が右になる。つぎのヘアピンカーブをまわったあと、狭い登り坂がつづいていることに、ルデンコは気づいた。植物に覆《おお》われている高さ二〇〇メートルほどの切り立った崖が左にあり、右は黒い岩壁だった。ふたたび折り返すと、その上を通ることになる。

ポルシェは二五メートルほどに迫っていた。監視カメラで見たとき、男は拳銃を握っていたので、何者かわからないこの敵が武装していることがわかっていた。

うしろのポルシェと拳銃が、攻撃を仕掛けられる距離に近づいていることも、ルデンコにはわかっていた。だが、それに関して、自分のほうがはるかに有利だということにも気づいていた。ポルシェはかなり旧式なので、運転席と助手席のあいだのシフトレバーでギアチェンジしなければならないはずだ。いっぽう、ルデンコはハンドルのパドルシフトを操作すればいい。この曲がりくねった狭い道路で、アメリカ人は両手を使って運転しなければならない。いっぽう、ルデンコは、多少厄介《やっかい》でも片手で運転できる。

ルデンコは、助手席のバックパックのジッパーをあけて、なかに手を入れ、凄《すご》みのある笑みを浮かべた。

20

ジェントリーは、左方向への巧みなドリフトでヘアピンカーブを抜け、そのあいだずっと、ゴムがはがれ落ちるような無理な機動でポルシェのタイヤが裂けるのではないかと心配していた。フェラーリは三〇メートルほど前方だったので、ジェントリーはセカンドにシフトアップし、さらにサードに入れて、急坂で追いすがろうとした。

すさまじい速度でポルシェを走らせながら、ジェントリーは十種類以上の異なる物事について気を揉《も》み、マタドールはオフィスの金庫の組み合わせ番号を知っているのだろうか、知っているとすると、どうやって知ったのだろうと、首をひねっていた。マタドールがエディソン・ジョンの屋敷にいたのは、ほんの数分で、そのあと、カストリーズのオフィスへ行くために急いでフェラーリを手に入れた。だとすると、エディソンと寝室で話をしたのを、どうにかして聞いていたにちがいないという、不愉快な結論が出た。

それが起きた原因を、ジェントリーはほどなく思いついた。

警備室だ。マタドールはコンピューターの電源を入れて、主寝室の画像と音声を捉えているカメラを見つけたのだ。

自分の寝室にカメラを取り付ける馬鹿がどこにいると思ったが、ジェントリーは目前の問題に意識を戻した。

電話を手に入れるのが第一の目標だということはわかっていたが、このとんでもなく狭い九十九《つづら》折《おり》でルデンコを追い抜くのは無理だと思った。それに、カストリーズのオフィスへ電話を手に入れるために行かせる人的資源がマタドールにあるかどうかもわからない。先にオフィスへ行かなければならない。そうするには、文字どおり、比喩的にも、マタドールをどかさなければならない。

ポルシェのマニュアル・トランスミッションのギアチェンジをやらなければならないので、拳銃を抜くことができない。フェラーリを道路から押し出すほかに方法はない。走行《PIT》停止阻止技術《マヌーヴァー》を開始する位置にジェントリーはすこし近づいたが、そのとき、マタドールの手と腕が運転席側のサイドウィンドウから出てくるのが見えた。マタドールはなにかを持っていて、それを手から離した。野球のボールの大きさの装置がフェラーリとポルシェのあいだの路面ではずんだ。

高速で走っていても、ジェントリーはそれを破片手榴弾だと見分けた。

ジェントリーは右に急ハンドルを切ってから、直進に戻し、アクセルをめいっぱい踏んで、速度を落としていたフェラーリに迫った。

バックミラーに閃光《せんこう》が映り、つづいて黒い煙が見えて、つぎの瞬間に破片が炸裂《さくれつ》する音が聞こえた。

ちくしょう、とジェントリーは思ったが、二十五年前の型のポルシェを運転しながら拳銃を抜いて撃つのは無理だった。

この任務にマタドールが持ってきた手榴弾が一発しかないことを願いながら、ジェントリーは接近しつづけた。つぎのカーブでフェラーリがスピンし、道路から跳び出すように、真っ赤なフェラーリのボディの右後部にポルシェをぶつけるつもりだった。

衝突に身構えながら、ジェントリーは自分にいい聞かせた。望んでいる効果をあげるためには、激しく衝突しなければならないが、ポルシェが損壊したり、道路から跳び出して、椰子《やし》の林か灌木《かんぼく》に突っ込んだり、崖から落ちたりしない程度の勢いでなければならない。

右カーブでフェラーリが速度を落とし、ジェントリーはアクセルを踏みつづけたが、あと四・五メートルで衝突するところまで近づいたとき、エンジン音よりひときわ高く銃声が響いた。

フェラーリのリアウィンドウに蜘蛛《くも》の巣状のひびがはいり、ジェントリーのポルシェのフロントウィンドウに二発がつづけざまに当たった。ジェントリーは急ブレーキを踏んで、身をかがめなければならなかった。

ポルシェはカーブの途中で横滑りし、道路からはずれてとまり、密生した椰子の林のすぐ手前でエンストした。

フェラーリはすでにカーブを折り返し、坂を南に登っていた。

ジェントリーはポルシェのエンジンをかけて、すこしバックしてから、ローに入れた。アクセルをめいっぱい踏んで、カーブを南へまわり、セカンドに入れて直進した。

それから二分ほど、ジェントリーはマタドールの尻にくらいついていた。フェラーリの運転席側から二発目の手榴弾が落とされたが、ジェントリーにとって幸運なことに、はずんで道路の左の茂みに落ちた。しかも、マタドールが起爆のタイミングを長めにしてあったおかげで、手榴弾はポルシェの一三メートル前方で爆発した。

車二台はおおむね北を目指してどんどん登っていったが、道は数百メートルごとにカーブで南に折り返していた。やがて、これまでのカーブよりわずかにゆるい右カーブが真正面にあるのが、ジェントリーの目に留まった。カーブの向こうに見えるのは青空だけなので、曲がりきったところには断崖か、海面かそれよりも低いところまで下っている山の急斜面があるにちがいない。

マタドールはそのカーブで減速しなければならないはずだと、ジェントリーにはわかっていた。そのチャンスに乗じてフェラーリに追突し、車ごと斜面に突き落とそうと、ジェントリーは決意した。

フェラーリに追突をかわされたら、道路からそれてしまうとわかっていた。この戦術は相手ばかりではなくジェントリーにとっても危険が大きかったが、マタドールは手榴弾を何度も使っていたし、ジェントリーは拳銃を抜くことができないので、それしか方法がなかった。

ジェントリーのポルシェが三〇メートル以内に接近したとき、フェラーリが右カーブを抜けるために減速した。だが、ジェントリーは速度を落とさず、向きを変えはじめていたフェラーリにすばやく接近した。

衝突まで一三メートルで、ジェントリーは体に力をこめたが、そのときマタドールの手が三度目に車体の横に出てきた。だが、今回は落とすのではなく、真上にほうり投げた。そしてフェラーリが横滑りし、不意に右に曲がった。

フェラーリの後部に向けて突進するとき、ジェントリーは右に動きがあるのを感じ取った。小さな筒が空から落ちてきて、ポルシェのあいているタルガトップのあいだを通り、ロールバーにぶつかって、助手席のバックパックの上に落ちた。

そこでまたはずみ、助手席のフロアボードに落ちた。

手榴弾だった。

あの男は、体が手榴弾でできているのか？

パンという破裂音につづいて、シューッという音が聞こえた。濃い赤い煙が助手席のフロアボードから噴き出して、数秒のあいだに車内に充満した。破片手榴弾ではなく発煙弾だったので、ジェントリーはほっとしたが、まだ窮地を脱したわけではなかった。

そのとき、マタドールが撃ちはじめた。

ポルシェのフロントウィンドウが割れて、破片がジェントリーの顔に当たった。眼球が傷つかないように、ジェントリーは目を閉じた。左に身をかがめたとき、フェラーリの左後部をポルシェがこすり、弱々しくぶつかるのがわかった。

マタドールが高速で急カーブを抜けながらうしろの車に向けて精確な射撃を行なったことに、ジェントリーは驚愕したが、そのことを考えているひまはなかった。横滑りして道路から落ちる前にポルシェの勢いをとめようとして、ブレーキを踏みつけた。

そして、それに失敗した。衝突で吸収されたはずの運動エネルギーがまだ残っていて、どうやってもポルシェをとめることができなかった。

キャンディアップル・レッドのフェラーリＦ４３０スクーデリアは、軽い衝突で右に横滑りしてから、完璧な一八〇方向転換で坂を登っていった。ジェントリーのポルシェはタイヤから悲鳴を発して、横滑りした。舗装道路から左に跳び出し、裏返しになった。ロールバーのおかげで首がちぎれることはなかったが、車体が半分もとに戻って右側が上になってから、左に滑り落ち、崖っぷちを越えた。

ジェントリーは首を縮めてハンドルにしがみついた。小さなポルシェは、山の急斜面で斜《なな》めに密生している椰子の林に突っ込み、幹や大枝がまるで小枝のように折れた。

ジェントリーの体が左のドアにぶつかり、つづいて右側に叩きつけられた。体は三点式シートベルトで固定されていたが、頭が激しく揺さぶられた。赤い煙がなおも周囲で湧きあがっていた。

椰子の林がなかったら死んでいたはずだった。ポルシェが椰子の木にぶつかりながら転げ落ちているあいだに、発煙弾が落ちて、割れたフロントウィンドウから下がちらりと見えたので、ジェントリーはそれを知った。斜面は急だが、切り立った断崖ではなかった。そうはいっても数百メートルの高さで、岩と低木が連なり、下はギザギザの岩山と逆巻く海だった。

椰子の林が勢いを弱めてくれなかったら、海岸沿いの火山岩まで転げ落ちていたはずだった。

だが、最後に一度大きく揺れたあとで、ポルシェは巨大な椰子の葉にくるまれてとまった。ジェントリーの体ほどの大きさの緑の葉が、車体を取り囲んでいた。階段から落ちたような心地だった。シートベルトと椰子の木のおかげで命拾いしたが、やかましい音と動きがとまり、頭がはっきりしたとき、まだ危険を脱してはいないと気づいた。

大きな葉を片手でどかして、あたりを慎重に見まわすと、助手席側のサイドウィンドウから、上の崖っぷちが見えた。道路から一〇メートル弱落ちただけだったが、もっと高いところから落ちたように思えた。

首が痛く、背中を血が流れ落ちているのがわかった。あちこちに打撲傷を負っているにちがいないが、運がよかったと思った。

自分が置かれている窮地をもっとよく知ろうとして、肩ごしにうしろを見たとき、そんなに運がいいとは思えなくなった。物が折れる音が聞こえ、ポルシェが三〇センチさがってから、また停止した。

もう椰子の葉のほかには、なにも見えなくなった。ジェントリーは木のてっぺんに収まっていた、頭と上半身を緑色の葉に押され、ゴムの燃えるにおいと、発煙弾の煙の痕跡のにおいにくわえて、木のにおいが鼻を刺激した。

ジェントリーはそのまま凍りついたように動かなかった。どんなふうに動いてもポルシェが林のなかを落ちて、斜面にぶつかり、何十回も横転して、海に落ちるおそれがあった。それでも、ジェントリーは自分の窮地についてそれほど気に病んではいなかった。それよりも、任務に失敗したことのほうが心配だった。ルデンコは、まもなくここの北で電話を手に入れる。もう間に合わない。

ジェントリーは、ポケットからそっと携帯電話を取り出して、ボタンをひとつ押し、アンジェラが出るのを待った。イヤホンははずれ、衝突のときになくしていた。装備をいっぱい入れてあったバックパックもない。だから、慎重に携帯電話を耳に当てた。

「6《シックス》?」アンジェラがいった。

「おれだ」

「どうなっているの?」

「〝がんばっているよ〟みたいなことをいって、格好をつけてもいいが、正直にいうと、三〇〇メートルくらいの高さの崖で木にひっかかっていて、ものすごく怖い」

「どうして木にひっかかっているの?」

「車が道路から跳び出した」

「木に向かって?」

「そんなところだ。北へ向かっているんだろうね？」

アンジェラがすぐに答えなかったので、ジェントリーが無事かどうかよりも任務のほうが気になっているのだとわかった。

「マタドールはどこ？」

ジェントリーは溜息をつき、話ができるように口から椰子の葉を払いのけた。「いまごろは電話があるところへ行っているだろう」

「くそ」アンジェラが間を置いてからいった。「地元警察に電話するわ」

「ああ、そのほうがいい。エディソンのオフィスの住所を教えてやれ。ブロンドの髪のロシア人が真昼間に不法侵入すると。それですこしは動きを鈍らせることができるかもしれない。もっとも、警察が到着する前に、やつはそこへ行って、逃げてしまうだろうが」

「わかった。あなたのところへ行く」

ジェントリーは、馬鹿にするように鼻を鳴らし、まわりの椰子の葉を見た。「どうやって助けてくれるのかな？」

「長さ一五メートルのロープがある。それなら役に立つでしょう？」

ジェントリーは、眉根《まゆね》を寄せた。「どうしてロープを――」

アンジェラがさえぎった。「わたしはあなたが思っているほど無能じゃないからよ。まだエディソンの家の五分南だから、そこまで十五分くらいかかる。それまでつかまっていられるわね？」

「なにかにつかまっても、だめかもしれない。ここでじっとして、強い風が吹かないのを願うしかない」

「あなたの精確な位置を送って」

ジェントリーは、また顔をしかめた。「どうやればいいのかわからない」

「なんですって？」アンジェラが、信じられないという口調でいった。

「自分の居場所を教えるのに慣れていないんだ」

「そうなの。いまは木にひっかかっているんだから、それに慣れたほうがいいかもしれない」携帯電話で位置を知らせる方法を、アンジェラは説明した。ジェントリーはそのとおりにやってから、警察に電話するようにとくりかえした。

「わかった」アンジェラがいった。「それまでなにをやっているつもり？」

また椰子が揺れるのが感じられた。

「やることはたいしてないんだ、アンジェラ」

21

ルカ・ルデンコGRU少佐は、正午前にクループキンの電話を手に入れた。ルデンコは、フェラーリを通りにとめて、まもなく歩いてそこを離れた。そのときちょうど警察車両が何台も現われた。警察に人相風体を知られているかどうかわからなかったので、角の食料品店にはいって、横の出入口から出た。

警察が不意に現われたのは、エディソン・ジョンが通報したからだろうと思った。パニックルームに閉じこもってから、オフィスにまもなくアメリカ人が押し入ると、警察に電話したにちがいない。

目的を果たしてから三十分後に、ルデンコはタクシーに乗り、セバスティアン・ドレクスラとイヤホンを使って話をしていた。エディソン・ジョンの屋敷の上でルデンコがパラシュート降下するのに使った飛行機は、ヘウノラ国際空港に何事もなく着陸し、ルデンコがそこへ行けば出発できるように給油を済ませてあると、教えられた。

電話を手に入れて、ルデンコは自分の仕事に満足していたが、仕事は完了していないと、ドレクスラがいった。「すぐにチューリヒに戻ってくれ。アレクサンドル・ヴェリスキーと、クループキンが彼に渡した電話の行方がわからない。ヴェリスキーのことはわかったが、どこにかくまわれているのか、見当がつかない」

ルデンコは、あきれて目を剝《む》いた。こういう仕事をやるのはかまわない——ウクライナで戦ったり、護衛付きの政治家をエストニアで脅迫したりするのよりはましだ——しかし、いっしょに働いている人間が無能なのは気に入らなかった。「ストラヴィンスキーの馬鹿なやつらには、二十四時間あった。やつらは能なしだ。もっと腕の立つ新手が必要だ」

「新手のロシア人資産《アセット》がすでに取りかかっている。前の連中よりもずっとましだ」

「何者だ？」

「あんたとおなじだ」

ルデンコは両眉をあげた。「29155か？」

「そのとおり。ほかにもGRUの支援がある。しかし、この任務ではあんたがいちばん上の階級だが、ロシアにいるのではないから、わたしが指揮をとる」

「どうやってあんたが指揮をとるんだ？」

「スパーノフに電話して、その質問をすればいい」

ルデンコは鼻を鳴らした。「やめておく。あんたが指揮をとればいい」

ドレクスラがいった。「あんたがいったアメリカ人だが、CIAだったのか？　まだ生きているのか？」

「たぶんCIAだ。もう生きていない。始末した」

ドレクスラがいった。「あんたがCIAの人間をつぎつぎと殺したら、CIAは怒り狂うんじゃないか？」

「おれがそいつを殺すべきだったかどうか、スパーノフにお伺《うかが》いを立てたらどうだ」

「一本とられた。このファイルを取り戻すためなら、スパーノフはアメリカ全土を破壊して駐車場にするだろう」

ルデンコは電話を切り、ときどきタクシーのリアウィンドウを肩ごしに見て、尾行されていないことを確認した。

だが、空港に近づくにつれて、自分が置かれている状況をもっと綿密に考えはじめた。CIAが関わっているとすると、ターゲット上空を飛んだボンバルディアをCIAは追跡していたかもしれない。着陸したのを知っていたら、戻ってくるのを待ち構えていて攻撃されるか、あるいは空を飛んでいるときに追跡されるかもしれない。

だめだ。ドレクスラがカリブ海への往路に用意した飛行機でヨーロッパに戻るわけにはいかないと、ルデンコは気づいた。ルデンコは携帯電話を見おろして、きょうの午後にセントルシアを出発する国際便を探した。どこへでも行ける書類を持っている。すみやかにここから脱出し、自力でチューリヒに戻ればいい。

急斜面を落下して、椰子《やし》の頑丈な群生に着地してから十八分後、コート・ジェントリーはそよ風に揺られながら、損壊したポルシェ911の助手席側のサイドウィンドウから外を見ていた。顔の前の葉と茎《くき》を念入りにちぎって落としたので、手の届かない緑の葉が揺れているのを透かして、道路のほうを見あげることができる。だれかが斜面の上から見おろしているのが、ちらりと見えた。

数分前から電話で話をしていたので、アンジェラにちがいないとジェントリーにはわかったが、つぎにどうするか、ふたりとも考えがまとまっていなかった。

ジェントリーは大声を出したくなかった。木の上で横倒しになっているポルシェは、かなり危なっかしく静止していたので、電話に向かってそっといった。

「ロープは車に結びつけてあるんだな?」

「ええ」

「どういう結び目《ノット》?」

「えー……わからない。ただのノット。牽引《けんいん》用金具につないだ。だいじょうぶよ」

ジェントリーは溜息をついた。文句をいえる立場ではなかったし、確実に固定するやりかたを教えているひまはないので、ロープをおろすよう指示した。

アンジェラはカーゴパンツにタンクトップという服装で、体格からして、ロープを投げおろす以外のことはできそうになかった。しかし、ジェントリーにとってさいわいなことに、ロープさえあればよかった。椰子が揺れたときに、ジェントリーはいった。「ロープは投げないで、ゆっくりおろせ。おれのところからそれて、車体に当たったら、おれは乗りたくない乗り物に乗ることになる」

アンジェラがうなずき、いわれたとおりにした。ロープの端がジェントリーに近づくと、イヤホンを使って伝えた。「そもそも、わたしが手伝うといったのを、断わらなければよかったのよ。そうすれば、マタドールではなくわたしたちが電話を手に入れていたかもしれない」

アンジェラの意見には反論できないと、ジェントリーにはわかっていたが、必要もないのに話をしたくなかった。返事をせずに、携帯電話を用心深くポケットに戻し、手が届くところへおりてきたロープの端を、すかさず右手でつかんだ。左手をそろそろと下にのばし、シートベルトをはずそうとした。シートベルトをはずして、ロープを上半身に巻きつける動きが、思ったよりもバランスを乱したらしく、ロープでしっかり体を固定する前に、ポルシェが左に滑り、椰子の葉の奥に食い込んだ。

ジェントリーは両手ですばやくロープをつかみ、渾身《こんしん》の力で握り締めた。ポルシェがなおも滑り、椰子がついに持ちこたえられなくなった。

オープンになっていたタルガトップからジェントリーが出たとたんに、ポルシェが突然落ちはじめ、ジェントリーは椰子の葉のなかで宙吊りになった。

ジェントリーはあえて下を見なかったが、ポルシェが斜面を五、六メートル落ちて、ぞっとするようなガリガリという音が聞こえた。つづいて、何度も横転しながら海に向けて落ちていくのが、音でわかった。

ジェントリーが見あげると、アンジェラが立っていて、下に視線を向け、落ちていくポルシェを魅入られたようにうっとりと眺めていた。

高級車が遠くへ転がっていって、金属がぶつかり、潰れる音が弱まると、ジェントリーはアンジェラに向かって叫んだ。「あの車、こすれてピカピカに磨《みが》かれたな」

頭がおかしいんじゃないのという顔で、アンジェラがジェントリーを見てから、下に向かって叫んだ。「SUVでひっぱりあげましょうか？」

ジェントリーはちょっと考えた。「結び目《ノット》はだいじょうぶなのか？」

アンジェラの姿が見えなくなったが、声は聞こえた。「試してみましょう」

「くそ」ジェントリーはつぶやいた。

まもなくジェントリーの体が持ちあがって、椰子の林を出て、崖に足がかかった。ジェントリーはロープで引きあげられながら、断崖をゆっくり歩いた。

肋骨《ろっこつ》に痛みが走り、息を呑んだ。前にも肋骨を折ったことがあるが、それほどの激痛ではなかった。だが、しばらくは痛むはずだ。

背中を血が流れ、Tシャツに染みているのがわかり、後頭部でも血が出ていた。仰向《あおむ》けになったときに頭皮が切れたのだと思ったが、頭がものすごく頑丈なのが自慢だったので、あまり心配していなかった。

体がかなり痛み、すこし苦労したが、ジェントリーは道路にたどり着いた。乗用車やトラックが何台も通過し、アンジェラのレンタカーのフォード・エスケープをよけるために減速したが、崖から車が落ちたことにだれも気づいていないらしく、車の流れはとまらなかった。

ジェントリーは、アンジェラがロープを結びつけたところへ行き、単純だが有効な巻き《クローヴ》結び《ヒッチ》（ボートなどを短時間係留するときに使われる）だと知った。結び目をほどきながら、ジェントリーはいった。

「デスクで事務をとっているだけかと思っていた」

アンジェラはそれに答えなかった。アンジェラが運転席に乗り、ジェントリーは助手席に乗って、後頭部を手でこすり、手についた血を見た。

発進する前に、アンジェラがいった。「大学へ行く人間は、結び目《ノット》をちゃんと結べないと思っているのね？」エンジンをかけた。「うぬぼれが強すぎるんじゃないの？」

ジェントリーは、うぬぼれが強すぎるとは思っていなかった。このカリブ海で、ひどい失敗を味わったばかりなのだ。ただこういった。「ああ、悪かった。きみのことを不当に評価していた」

アンジェラが、南に向けて山地をひきかえしはじめた。ジェントリーが後悔しているのには応えなかったが、指摘した。「カストリーズに行ってもしかたがないわね」

ジェントリーはうなずいた。「そうだな」

「それじゃ、空港に戻りましょう。ダッソー・ファルコンを待たせてあるから、早くここを離れたほうがいい」

SUVは南に向けて山を下り、エディソン・ジョンの家のほうへひきかえしていた。

ジェントリーはいった。「おれは自分のやりかたで脱出するが、車で送ってもらえるとありがたい」

アンジェラが、ジェントリーの顔を見た。「それはあなたが決めることではないでしょう」

「おれが決めることだ」

「そう、ブルーアと話をしたほうがいいわ」

「ブルーアはおれのボスではないんだ、アンジェラ」

アンジェラが大きな声で笑った。「わたしのボスでもないけど、わたしのボスのボスのボスよ。それに、長官《D/O》に直属している。だからわたしは彼女の指示に従っているのよ」ジェントリーの顔を見た。「従いたくなくても。あなたもそうでしょう」

アンジェラに作戦本部の現役非合法偽装工作員《NOC》だと思われているようだったが、ジェントリーはＣＩＡとの関係について、それ以上なにもいわなかった。

いまのジェントリーには、氷を入れたビニール袋、ベッド、ビールが必要だった。スーザン・ブルーアと話をしたくなかったが、アンジェラがブルーアの番号をダイヤルして差し出した携帯電話を受け取った。

前置き抜きで、ジェントリーはいった。「うまくいかなかった」

「もう聞いた。あなたに頼んだのは、やってくれると思ったからよ」

「それなら、マタドールに頼めばよかった。やつは凄腕《すごうで》だ」

ブルーアが、話題を変えた。「彼は機器《ディヴァイス》を持ってスイスに戻ると思う。レイシーといっしょにそこへ行って」

ジェントリーは、SUVを運転しているアンジェラのほうを見た。アンジェラはミラーサングラスをかけていて、ジェントリーの応答にも注意を払っていないようだった。

「彼女、このことを知っているのか？」

「いいえ。でもわたしが教える。あなたではなくわたしの口から」

「なにをやってほしいんだ？」

「きのう頼んだのとおなじこと。電話を手に入れる」

「マタドールは？」

「マタドールは殺して。ただし、殺すのは、第一の目標を妨《さまた》げない場合だけよ」

もう一度やり直すチャンスをあたえられたので、ジェントリーはほっとした。「自分の手段でそこへ行く」

「そんな時間はない。局《エージェンシー》の輸送手段を使って」

「あんたはいつもおれを殺そうとしている。それを忘れたのか？」

「忘れていない。あなたよりずっと大きな問題に対処するために、それを棚上げにしているのよ。いいから飛行機に乗りなさい、ヴァイオレイター。わたしたちは敵じゃない」

ジェントリーが答えなかったので、ブルーアはつづけた。「よく聞いて。この情報産物《プロダクト》を手に入れれば、アメリカの資産《アセット》を護《まも》り、うまくするとロシアの金融活動に関する重要な情報が得られる。金持ちの海のおもちゃを沈めるのとはちがう。変革をもたらすのよ」

ブルーアのいうとおりだと、ジェントリーにはわかっていた。サミットをひらいて、ロシアがこれまでやってきたことに形ばかりの罰をあたえるだけで済ませるというのが、ジェントリーは気に入らなかった。だが、これまで聞いた話によれば、これはアメリカの利益になり、ロシアにとっては痛手になる重要な任務だった。それに、自力でもヨーロッパへ行けるが、セントルシアにすでに駐機している局《エージェンシー》のジェット機に乗るほうが、はるかに早い。

「わかった」

「よかった。チューリヒからの最新情報を得て、十分後にレイシーに電話する」ブルーアが電話を切った。

ジェントリーは、携帯電話をアンジェラに返した。さきほどマタドールを追跡するのに通ったのとおなじ九十九折《つづらおり》を、アンジェラのSUVは南に向けて走りつづけた。ジェントリーのほうを見ないで、アンジェラがいった。「わたしたちは、チューリヒへ行くんでしょう？」

「ああ」ジェントリーは、アンジェラのほうを向いた。「エディソン・ジョンはおれに、もうロシアの仕事はやっていないといった。戦争がはじまってからは。それが真実かどうか、おれにはわからない。でも――」

「でも」アンジェラがいった。「ブルーアはずっと嘘をついているかもしれない」

「そのとおり」

アンジェラは、動じたふうもなかった。「上層部からでたらめな話を聞かされるときには、縄張りがからんでいる」

ジェントリーはうなずいた。「きみが、おれたちがつねに正義の味方だと信じている楽天家じゃなくてよかった」

アンジェラがそれを聞いて笑った。「わたしは入局してから、五ヵ所の支局で現場勤務した。どの国でもわたしたちはいいことをやり、どの国でも失敗した」

「戦《クリスチャン・イン・アクション》うキリスト教徒」ジェントリーは、CIAを馬鹿にする言葉をつぶやいた。

「そうね」アンジェラが、ジェントリーのほうを見た。「でも、わたしはまだ自分たちがやっていることは正しいと信じている」ジェントリーは黙っていた。アンジェラがうなずき、前方に目を戻した。「わかったわ。あなたは不満を抱き、燃え尽き、疲れ果て、現実の厳しさを見抜いている資産で、もう任務は正しいと信じていないけど、ほかになにをやればいいかわからないから、いまの仕事をやりつづけている」

ひとつのセンテンスで、おおむね自分の心根をいい当てられたと、ジェントリーは思った。

ジェントリーはすこし反駁《はんばく》した。「いまも、正しいと信じたい。だからつづけているんだ」

アンジェラがいった。「この作戦は正しいと、あなたに信じてもらわないといけない。仕事があり、それをわたしたちはやるのよ。それだけの話」間を置いてから、アンジェラはいった。「いいわ。ブルーアを信じなくていい。でも、わたしを信じて。わたしとおなじ目的で協力して任務をやるあいだは、わたしが支援するわ、6《シックス》」

「それで、きみはどうなんだ？」ジェントリーはきいた。「なんでもすぐに信じるような世間知らずではないという口ぶりだが、手を汚す覚悟があるようには見えない」

アンジェラが、すこし考えてから答えた。「父親は海外でかなりひどいことを見てきた軍人だし、父が悪いわけではないけど、それを家庭に持ち込んだ。わたしはミシシッピの田舎《いなか》の公立学校の黒人女生徒で、まったく溶け込めなかった」

「ミシシッピ？」

「クラークスデイルの郊外。どこにあるかも知らないでしょうね」

「知らない」

「それで、父はそこの生まれだった。母は一九八〇年代にハイチから移住してきた。平和部隊（発展途上国にボランティアを派遣するためのアメリカ政府の活動とその組織）に勤めていた。父は陸軍にいた。ホンジュラスでふたりは出遭った。結婚して、わたしが生まれ、ミシシッピに帰った。父は州で最大の農園の一部だった農地を買った。父は奴隷の子孫だった」

「皮肉な話だな」

「わたしは家族の農場で育った。三五〇エーカー。ほとんど大豆。父は豚も飼っていた。わたしも一所懸命働いた。

ヴァンダービルト大学の学部を出たあと、わたしは平和部隊にはいった。母親の世界観に染まっていたのね。そこにいた二年のあいだ、たいしたことはやっていない。アフリカの二カ所で働いて、井戸をいくつか掘り、ソーラーパネル付き屋外便所を建てた」アンジェラは肩をすくめた。「世界を変えたとはいえないわね。帰国してプリンストン大学に入学し、公共問題と国際問題の修士号を取った。

最終学期に局《エージエンシー》に勧誘された」アンジェラは笑みを浮かべた。「平和部隊のときとおなじように、変革をもたらすことができると思ってCIAにはいったのよ」

「おれに変革をもたらしたよ。落下するスポーツカーから救い出してくれた」

アンジェラがすこし笑った。「わたしが最初に考えていたこととはちがう」フロントウィンドウの外をちらりと見た。「正直いって、いまやっている仕事とは裏腹に、わたしは根本的に平和主義者なの。アメリカが力を誇示しなければいけないのはわかっているけど、だれかを撃つような立場にはなりたくない」

ジェントリーは肩をすくめた。「それでいいよ。銃を使って脱け出すしかないような苦境に陥ったら、おれがふたり分の射撃をやる。殺人者はいらない。支援してくれる優秀な幹部がほしい。きみはある程度経験を積んでいるから、資産が任務に没頭するように仕向けるやりかたを知っているはずだ」

「つまり、あなたを？」

今度は、ジェントリーがすこし笑った。シートとの摩擦で、傷がちくちく痛んだ。「スイスへ行こう、アンジェラ。そこの一月の天気は最高だという評判だ」

アンジェラは答えず、ふたりが乗るＳＵＶは空港に向かって進みつづけた。

22

スーザン・ブルーアは、ソファに座って待つようにとアシスタントが勧めたのを無視して、ジェイ・カービーＣＩＡ長官のオフィスの受付エリアで立っていた。神経が昂《たかぶ》ってエネルギーが充満し、それを発散するために歩きまわりたくなるのをこらえていた。じっとしていないと、デスクの奥でこうるさく目を光らせている女性アシスタントに、どういう気分か見抜かれてしまう。

これから長官に伝えるのはすべて明らかに悪い報告だが、スーザンはどういい繕《つくろ》うかを四十五分かけて考え、叱責《しっせき》を受ける準備ができていた。

上級アシスタントがデスクの電話機で指示を受け、返事をしてから、電話を切った。

「長官がお会いになります」

スーザンがオフィスの両開きのドアを通ると、カービー長官がデスクの奥に立っていた。〈イエティ〉の保温コーヒーマグを持ち、期待する表情だった。スーザンはカービーの強い視線を受けとめたが、なんの表情も表わさなかった。この打撃は巧妙に受け流さなければならない。

スーザンが黙っていたので、カービーがいった。「かけたまえ、スーザン」

スーザンはいわれたとおりに腰をおろし、背すじをぴんとのばし、椅子の縁にちょこんと座った。膝《ひざ》のiPadにファイルがある。

カービーが腰かけて無言で見つめ、話をはじめろという意味だとスーザンは受けとめた。

「エディソン・ジョンからデータを回収するためにわたしがカリブ海で手配した資産《アセット》は、あいにく任務に失敗しました。現場にかなりの数の敵部隊がいたのです」

カービーは溜息をついた。「敵は何者だ？」

「情報はいま、ルカ・イリイチ・ルデンコというGRUの作戦将校が握っていると思われます。わたしたちが数年前にマタドールという暗号名をつけた男です」

「昨夜、チューリヒでわれわれの局員を殺した男だな」

「そうです」

カービーが不安げに眉根《まゆね》を寄せた。「詳しく話せ」

「わたしたちがセントルシアに派遣した資産は、たった独りでした。エディソン・ジョンの警備員数人、マタドールに協力している地元の人間多数、そしてマタドールと独りで対決することになりました。この問題は秘密裏に処理しなければならないと長官が強調したので、わたしたちの資産に支援を用意することができませんでした」

カービーがすこし考えて、白髪まじりの茶色の髪を手で梳《す》いてからいった。「では……そのデータのコピーがふたつとも、いまこの世に出てしまったわけだな」

「そのとおりです。マタドールがどうやってセントルシアから脱出したのか、あるいはまだそこにいるのか、わかっていません。マタドールがセントルシアへ行くのに乗ってきた飛行機は、まだ駐機場にありますが、民間航空に乗っていった可能性があります」

「そのための書類を、そいつは持っていたのか？」

「出国審査を受けないといけないでしょうが、観光客としてセントルシアに入国したことを証明する偽造書類を持っていると思われます。ですから、マタドールのような熟練の工作員なら、あっさり出国できるはずです」

「そこの空港を調べているのか？」

スーザンは首をかしげた。「調べられますが、まだやっていません。きのうイギリス領《BV》ヴァージン諸島《IS》にいた資産に接触できる人間が必要だったので、たまたまマイアミにいた上級作戦担当官ひとりを使っていますが、ほかにはなんの資源もありません」

「その担当官、彼はこれが秘密工作だと知っているんだな？」

「彼女は必知事項《ニード・トゥー・ノウ》（業務遂行のためにアクセスする必要がある情報）しか知りません。わたしが直接指示を出していて、あとはだれにも……彼女は、こういう仕事には能力が不足しているのですが」

カービーが、〈イエティ〉からコーヒーをひと口飲み、窓の外をしばし眺めた。ようやく口をひらいた。「きみは前にもこれをやったことがあるな」

質問ではなく、断定だった。

「マタドールを見つけることでしたら、そうです。局《エージェンシー》とその要員に対する脅威を発見し、位置を突き止め、始末してきた経験があります。秘密保全も何年か手がけて――」

「そういう意味ではない」カービー長官は、スーザンのほうへ向き直った。「関与を否定される資産を使い、記録に残さない仕事を、マット・ハンリーのためにやっていた」

スーザンは、はっとしてひるみそうになるのをこらえた。新任の長官がどうしてそれを知っているのか、見当もつかなかったが、前長官が情報をつなぎ合わせて伝えたのかもしれない。スーザンはようやくいった。「部門の長にやれといわれたことをやりました」

カービーが笑みを浮かべ、慰めるように片手をあげてデスクをまわり、スーザンに近づいた。「落ち着け。ここは法廷ではない。闇の側で活動するきみの能力は、わたしにとっては障害ではなく資産だ。マットがきみになにをやらせていたのか、気にしてはいない。いまきみをあてにできるかどうか、知りたいだけだ」

カービーがデスクの縁に腰かけ、アイコンタクトするためにスーザンは見あげなければならなくなった。

スーザンはいった。「長官はこれをなんとかして手に入れたいんですね」

「大統領がそう思っている。わたしに会いにきた。大統領もわたしも、ニューヨークでのサミットの直前にCIAがこれをつつきまわすのは危険だと考えている。だからきみに頼んだんだ。目立たないように、静かに、関与を否定できる資産を使う。そうやるしかない。これはきみの作戦だ。これに作戦本部本部長を関与させないのは、率直にいって、メル・ブレント本部長がリスクを避けたがる傾向があるからだ。きみもわたしも知っているように」

カービーは、作戦本部本部長付き特別補佐官のスーザンに、彼女がやっていることを作戦本部本部長に知らせるなと命じていた。スーザンは政府省庁の仕組みには詳しいので、それに意見を差し挟まないほうがいいとわかっていた。

そこで、スーザンはこういった。「長官の仕事をつづけます。でも、長官が大統領を支援するには、わたしを支援する必要がありますよ」

「必要な資源はなんでも提供する。きみがなにに取り組んでいるか、だれにも知られないようにしてほしい」

「まず、わたしがすでに使っている作戦担当官をわたしに付けてください。能力不足ですが、とにかく事情を把握しつつあります」

「わかった。きみが必要とするあいだ、きみのところに特別配置する。ほかには？」

スーザンは、ちょっと声を詰まらせてからいった。「情報収集・供給・分析部門《コレクションズ》からすべてを引き出す許可をお願いします。すべての分野の」

カービーが両眉をあげた。「どういう意味かわからない」

スーザンは、自信をこめていった。「人的情報《HUMINT》、信号情報《SIGINT》、オープンソース情報《OSINT》、金融情報《FININT》、技術的情報《TECHINT》、地理・空間情報《GEOINT》。必要なものはなんでも」

「たとえば？」

「情報データ、顔認識、税関と出入国審査のコネ、盗聴器、監視要員——外部の人間を使い、長官の許可を得て動かします。わたしが必要なことをすべての部局、課、支局に要求する権限をあたえてくだされば、ヴェリスキーと、彼をヨーロッパでかくまっている何者かを見つけ、マタドールがセントルシアで手に入れた電話をどこへ持っていっても追跡します」

前代未聞の要求だということは、スーザンにもわかっていた。しかも、それを長官に対して要求しているのだ。スーザンが王国の鍵を持っていることを示す証書を、長官は渡さなければならない。スーザンが長官のために働いていることを示す書類はないが、長官が秘密工作に関わった痕跡はかすかに残る。

カービーはしばし考えた。「そんなに幅広いと……好奇心を抱く人間がいるだろう」

スーザンはうなずいた。「それを避ける方法があります。セントルシアでわたしたちが使った資産は、局《エージェンシー》に追われている身です」

一瞬まごついたカービーが、デスクに戻った。「つづけてくれ」

「彼の名前はコートランド・ジェントリー。暗号名ヴァイオレイター。彼の資料を読んだことがあると思いますが」

カービーが、わけがわからないという表情でうなずいた。「どういう経緯で、きみはこの作戦にグレイマンを使うようになったんだ？」

「便利だったからです。わたしは彼のいどころを知っていました。彼は……操作されやすいので、それに付け入ったんです」ひと息入れてからいった。「行方不明のバンカー、アレクサンドル・ヴェリスキーは、ヴァイオレイターの仲間だということがわかっているので、ヴェリスキーの協力が必要だという話をひろめます。わたしがヴェリスキーを捜しているのは、ヴァイオレイターを狩るためだと、全局員が知るように仕向けます」

「しかし……」カービーはまだ困惑していた。「この任務を遂行するのに頼っている人間を局《エージェンシー》に追わせたいといっているのか？」

「あらゆる情報に幅広くアクセスするには、それしか方法がありません。ヴァイオレイター は逃げるのが上手なので、捕らえられないでしょう。でも、わたしがすべての資源を使えば、アレクサンドル・ヴェリスキーはかならず見つけられます」

カービーが口笛を吹いた。「きみはほんとうに悪知恵が働くんだな」

「長官が求めているのは結果でしょう。これで結果を出します」

「しかし……ヴァイオレイターは、きょう失敗した。今後も使うべきだろうか？」

「わたしは彼を嫌っています……でも、誇張せずに申しあげますが、この手のことをやってのけるには世界でもっとも優秀な男だし、わたしたちに悪影響はありません」

カービーがもうすこし考え、それ以上説明を求めずに「許可する」といったので、スーザンはびっくりした。

スーザンは息せき切って答えた。驚きが声に表われていた。「さ、最高です」

カービーが小さくうなずいた。「これをやってのけてくれ、スーザン。組織を破壊されるおそれがあるとはいわないまでも、われわれを脅《おびや》かすおそれがあるCIAの送金情報を封じ込めるのだ」

スーザンは、それ以上細かいことを聞く必要はなかった。クループキンのデータは、ロシア国内での作戦を支援するために注ぎ込まれているCIAの資金を暴く手がかりになるのだろう。

カービー長官が立ちあがり、スーザンも立ちあがった。

カービーがいった。「ニューヨークでのサミット……成功すれば、アメリカとロシアの良好な関係と貿易が再開される。西側全体とロシアの関係も」

スーザンはうなずいた。「ロシアはあまり罰せられないんですね？」

「そうだ。苦い薬を飲まなければならないが、われわれはまた影で彼らと戦うことになるだろう。データを取り戻し、局《エージェンシー》を護《まも》り、交渉を保護してくれ」

「かしこまりました」

一分後、スーザンは廊下に出て、自分のオフィスへ行った。ヴァイオレイターが乗っている飛行機がチューリヒに着陸するまで、あと十時間ある。彼が到着するまでにターゲットを捕捉したかった。

三十分後、スーザンは、大西洋上空を飛行中の局《エージェンシー》のジェット機に乗っているアンジェラ・レイシーに電話をかけた。アンジェラにさまざまな物事を教えたあとで、必要な支援を彼女から得るための白紙委任状を持っていることを告げた。

「ただ、付帯条件《カヴィアト》がある」スーザンはいった。「まず……6《シックス》はどこ？」

「キャビンの後部で眠っています。わたしは前部隔壁のそばにいます」

「よかった。あなたは世界中のすべての収集情報へのアクセスを許可された。わたしはこれを最後までやる白紙委任状を局《エージェンシー》からもらった」

「すごいですね」アンジェラが、たどたどしくいった。「ききたいんですが、どうしてそんなことができたんですか？　これはできるだけ知られずにやると以前いいましたよね——」

「こういう仕組みにしたのよ。コートランド・ジェントリーという元ＣＩＡ局員がいる。何年も前に、彼は組織から離反した。いまは金で雇われる暗殺者になっている。しばしば——」

「グレイマンと呼ばれる。ええ、知っています。それがこれとどう関係があるんですか？」

「局《エージェンシー》は長年、彼を殺す指令を出していた。わたしも捜索に関係したことがある。彼を追うのに局《エージェンシー》の資産を完全に自由に使うことができた。ヴェリスキーを捜すのに、ジェントリーの仲間だとわかっているという話をでっちあげる。局《エージェンシー》にとって長いあいだ脅威だったジェントリーを抹殺するには、ヴェリスキーを捕らえることが不可欠だというわけよ」

アンジェラは理解した。「それでコートランド・ジェントリーに関する収集情報にアクセスする暗号名をわたしに教えるんですね。だれに連絡するときも、ヴェリスキーの情報にアクセスするのに、その暗号名が必要になるから」

「そのとおりよ。ジェントリー狩りのための暗号名は、血まみれの天使《ブラディ・エンジェル》よ」

「ブラディ・エンジェル。それで必要な情報がすべて手にはいるんですね？」

「そのとおり。あなたの資産、6《シックス》は、ブラディ・エンジェルのことを知らされていないから、彼とはその話をしないように。わかったわね？」

「もちろんです、マーム。ありがとうございます」

「幸運を祈るわ、レイシー。これはあなたのこれまでの職歴で、もっとも重大な作戦よ。あなたの出世にも役立つでしょう。以上。わたしの期待を裏切らないで」

23

ゾーヤ・ザハロワ——暗号名トランサト——は、ウェンゲンのすぐ北にある寒くかび臭いスイスの山小屋《シャレー》の二階で、廊下のバスルームの床に膝《ひざ》をついていた。顔を洗面台の上に出し、血走った目がバスルームの鏡の下の高さにあった。

ゾーヤは自分の目を覗《のぞ》き込んだが、その奥になにがあるか知っていた。なにもない。

内部崩壊しそうな心地だった。何時間も窓から灰色の午後を見つめ、それが目の前で灰色の黄昏《たそがれ》に変わり、真っ暗な夜になった。雲がやってくるのを見守り、やがて軽いにわか雪がじわじわと横殴りの降雪になり、酒を飲みたい、眠りたい、壁を拳《こぶし》で殴りたいという衝動が意識に押し寄せた。

ゾーヤはそのどれもやらなかった。いまの世界情勢を思えばどうでもいいような仕事をやり、見張りに立っていた。取るに足らない人間を取るに足らないことから護《まも》っていて、それをなんとかやっているのだと考えていた。

あるいは、それすらできていないのかもしれない。

ゾーヤがかがんでいる洗面台の縁、顔から数センチのところに、念入りに用意したコカインの細い線があった。右手には、筒状に丸めた五ユーロ札を持っていた。

バスルームにはいって、ちょっとだけコカインを吸うというのが、十分前のゾーヤの計画だった——あと一時間もつくらい、少量を吸うつもりだった。ところが、引き渡しが遅れて午後九時になるとブルサールが連絡してきたことを、ブラウンベーアが無線でチームに伝えた。ゾーヤは午前七時からこの寒い家にいたので、遅れるとわかるとすぐに、バックパックから出して持っていた小さな薬瓶を見て、体の状態が悪化していると自分にいい聞かせながら、中身をすべて洗面台の縁にふり出した。疲れ果て、アルコールが切れ、落ち込み、やけになっていた。力が枯渇《こかつ》していたので、〝荷物〟を引き渡し、どこかでホテルのバーを見つけるまで切り抜けるために、自分の体を再起動する必要があった。

ゾーヤは、最後にもう一度、鏡に映る自分の目を見て、値打ちがあるものはなにも見えなかったので、身を乗り出した。

五ユーロ札をコカインの線の一センチ上にかざし、左から右へ動かしながら、鼻から吸い込んだ。昨夜とおなじように灼《や》けるような感覚があった。ミラノの街路で買ったコカインは粗悪品で、ベビーパウダーかなにかを混ぜてあるのだとわかった。あるいはべつのものかもしれない。ベビーパウダーは悪質だが、いちばんましなほうなので、そうだと信じることにした。

線を吸いつづけ、八割を右の鼻腔《びこう》に吸収したところで、携帯無線機が着信音を発し、ゾーヤははっとして身を起こした。

灼けるような感覚が洞《サイナス》に達するのが感じられ、鼻毛が焦《こ》げたような感覚につづいて、鼻の奥の塊が喉《のど》の奥へ落ちていった。

「ブラウンベーアよりトランサトへ」

ゾーヤは、前をあけたジャケットの首近くに留めてあった携帯無線機をつかんだ。すばやく咳払いをして、送信ボタンを押した。

「トランサトに送れ」ゾーヤはいってから、送信ボタンを離し、塊が喉のもっと奥へ落ちるように、鼻から深く息を吸い、コカインの残りが右の洞《サイナス》に達するように、左の鼻の穴を指で押さえた。

「〝荷物〟点検」ブラウンベーアがいった。「あんたの番だ」

「わかった。ちょっと待って」ゾーヤは答えて、コカインの残りを洗面台に払い落とした。急いで立ちあがったとき、麻薬の効き目が電撃のように神経系統を走った。

「ちくしょう」熱とエネルギーの波に乗ってゾーヤはささやき、携帯無線機をジャケットに留め直して、マイクロウージを便座から取り、首から吊るした。

十秒後、あらたなエネルギーに満ちた脚で、ゾーヤは木がきしむ廊下を歩いていた。ブルサールのアフリカ人資産《アセット》のアイファが、視線を北に向けて、廊下の突き当たりの部屋で監視位置についていた。〝荷物〟のアレックス・ヴェリスキーは、アイファとゾーヤの中間にある右の寝室にいる。

ゾーヤは、右手をウージのグリップにかけて、左手をのばし、ヴェリスキーがいる部屋のドアをあけようとした。だが、ノブを握る前に、アイファが廊下の奥に現われて声をかけた。「おい、喉が渇いてないか？ 水がいるだろう？」〈ナルゲン〉のボトルを持ちあげてみせた。

「いらない《ノン》、ありがとう《メルシ》。だいじょうぶ《ジュ・ヴェ・ビアン》」ゾーヤはフランス語で答えた。両手がふるえているのがわかった。さむけが背骨を伝いおりていた。

アイファが、ボトルを持ってなおも廊下をゾーヤのほうに近づいてきた。

「それじゃ、〝荷物〟に」アイファがいった。「ここに来てから、やつはなにも飲んでいない」

「そうね《ボン》」ゾーヤは答え、アイファがボトルを持ってきた。ゾーヤはアイファの目を避けていた。廊下は暗かったが、自分の状態が気になり、アイコンタクトをしたら強力な精神刺激薬を摂取したのを見抜かれるのではないかと心配していた。考えすぎだとわかっていたが、それでもアイファと話をするときには、彼をまともに見ないで横のドアを見ていた。

ゾーヤはボトルを受け取った。「ありがとう《メルシ》」

「四十五分」アイファが、ジュネーヴのバンカーたちが到着する午後九時まで、あと四十五分だと念を押した。

「ウイ」

ゾーヤはドアをあけようとしたが、アイファがいった。「あんたには、長い一日だったな」

くそ。いま話に引き込まれたくない。急に気が昂《たかぶ》って、おしゃべりをしたくなっていたが、話をはじめたら体調を隠すことができないと思ったので、我慢しなければならなかった。

ゾーヤはフランス語でいった。「早くこれを片づけましょう」ゾーヤがすばやくドアをあけてなかにはいり、ドアを閉めると、アイファが廊下を監視位置にひきかえしはじめた。

〝荷物〟に目を向けたとき、ゾーヤの歯がカタカタ鳴った。ヴェリスキーは、部屋の奥のベッドで体を起こしていた。右手首は手錠でベッドの支柱につないであった。服がしわくちゃになり、髪が乱れ、二日分の無精髭《ぶしょうひげ》がのびていた。

ゾーヤはヴェリスキーに近づき、水のボトルを渡してから、ヴェリスキーがサブマシンガンに跳びつけないように、部屋のまんなかへ二歩さがった。とはいえ、ヴェリスキーはゾーヤがめったに会ったことがないようなおとなしい男だった。安全な距離へ後退すると、ゾーヤは携帯無線機をジャケットのラペルからはずさずに送信ボタンを押した。「トランサトよりブラウンベーアへ。〝荷物〟は問題なし。どうぞ」

すぐさま応答があった。「よし、監視に戻れ」

「了解」ゾーヤはそういって、向きを変え、ドアにひきかえそうとした。

ヴェリスキーが、うしろから呼んだ。「きみ、きみ。お願いだ……ちょっと話を聞いてもらえないか」

ゾーヤはドアに向けて歩きながら答えた。「黙っていてほしいのよ」

「きみは世界でなにが起きているか、知っているだろう?」ヴェリスキーがいった。「ロシア人。戦争。ロシアの戦争犯罪」

ゾーヤは歩度をゆるめたが、立ちどまらず、返事をしなかった。

「きみにはどうでもいいのか?」

どうでもよくはなかったが、ゾーヤは答えなかった。

「わたしが握っている情報」ヴェリスキーがいった。「電話に保存されている情報だけではない。もっとある。それ以外の情報が。わたしはそれにアクセスできる。それと電話の情報を合わせれば、クレムリンを屈服させることができる、それをニューヨークへ持っていかなければならない。

きみが何者で、なぜわたしをこういう目に遭わせているのかわからないが、きみはアメリカ人だし、正しいことをやりたいと思っているはずだ」

ゾーヤのアメリカ英語は完璧だが、アメリカ人ではない。ドアに向けて歩きつづけようとしたが、体のなかのなにかが、立ちどまるよう命じた。

コカインのせいだと、不意に気づいた。ゾーヤは話をしたくなかったが、コカインが話をすることを望んでいた。

それに、ゾーヤにはそれと戦う忍耐力がなかった。ヴェリスキーのそばにひきかえすと、ゾーヤは小声でせかせかといった。「社会を改革する人間のふりはやめて。あなたは腐敗したバンカーで、自分の銀行からなにかを盗んだ。それだけの人間よ」

「ちがう！　わたしはそういう人間ではない。きみが持っている電話に保存されているのは、銀行のデータではない。銀行のデータは、ダークウェブにある。ニューヨークのある人物にそのアドレスをメールで送った。電話は……クレムリンの西側への資金移動の記録だ。わたしが銀行から盗んだデータと照合すれば、クレムリンの送金の受取人がわかる。連邦保安庁《FSB》、対外情報庁《SVR》、ロシア連邦軍参謀本部情報総局《GRU》がどこで金を使っているかを暴く数千件の記録を、わたしは握っている。資金を奪うことが重要なのではなく、だれがモスクワに買収されているか、GRUやSVRが海外でどういう工作を行なっているかを突き止めることが本筋だ。その真実を暴露するには、わたしが電話を持ってここから脱け出す必要があるんだ」

ゾーヤは目をしばたたいて、その場で凍りついた。これ、現実なの？　すばやく首をふった。「あなた……嘘をついている。これから逃げ出すために。クレムリンは、資金がロシアから出る前に洗浄して隠している。スイスのただのバンカーが、どうやって知るというの、クレムリンが――」

「わたしはスイスのただのバンカーではない」ヴェリスキーはいった。「ウクライナ人だ。去年、戦争で家族を亡くし、シロヴィキのためにルーブルを仮想通貨に換えていた古いビジネス仲間がロシアから持ち出したデータを受け取った。その男は、ロシア全体の諜報活動を牛耳《ぎゅうじ》っているダニール・スパーノフに信頼されていて、点と点を結び……」ヴェリスキーは、すこし間を置いた。「おとといの晩に、わたしはその情報を渡された」また間を置いてからつづけた。「わたしがそれを受け取った直後に、彼は拷問され、殺された。そのことからも、これがきわめて重要だとわかるはずだ」

ゾーヤは、強く鼻をすすった。額が汗ばみ、うなじを汗が伝い落ちるのがわかった。長い間を置いて、ゾーヤはいった。「わたしは雇われた用心棒よ。なにもしてあげられない。ガルニエ・エ・モローのひとたちに手伝ってもらえるかもしれない」

ヴェリスキーが、馬鹿にするようにいった。「G&M《ガルニエ・エ・モロー》は、ロシアの汚い金をわたしの銀行、ブルッカー・ゾーネとおなじくらい大量に扱っている。わたしとデータをほしがっているのは、クライアントを盗み、仮想通貨でさらに巨額の金を洗浄して西側に移し、自分たちの銀行のダミー会社の口座にしまい込むためだ」首をふった。「だめだ」宙で手をふった。「これはすべて……わたしがデータを握っているかぎり、ロシアは問題を抱えている。G&Mがデータを手に入れたら、ロシアが抱えている問題は消滅し、そのほかの世界が苦しむことになる」

「聞いて」薬物のせいだとわかっていたが、急に口数が多くなったことに、ゾーヤはびっくりした。「簡単な仕事だといわれて引き受けたのよ。昨夜あなたが拉致《らち》されるのを見て、それがややこしくなり、あなたが乗せられた車に追突して、そこを離れるときに銃撃戦に巻き込まれて、もっとややこしくなった。でも、こうしてあなたを捕らえ、わたしたちのクライアントが迎えにくることになったから、わたしにとってはきちんと小さな決着がつくことになったの。世界を救うというようなお涙頂戴《ちょうだい》の物語のために、電話を持たせてあなたを逃がし——だいいち、わたしはいまその電話を持っていない——それを台無しにしたくないのよ」

ヴェリスキーの目つきから、ゾーヤへの信頼をついに失ったことがわかった。低い声で、ヴェリスキーがいった。「きみは金だけのためにこれに関わっているんだな」

ゾーヤは、金目当てでこの仕事を引き受けたわけではなかったが、反論できなかった。この一件についてほんとうに正直になるなら、汚い仕事をやっているのだ。ロシア政府に痛打をあたえられるチャンスを捨てて、ジュネーヴの銀行が競合他社の秘密を手に入れるのを手伝っている。

ゾーヤは床に視線を落とし、その事実を受け入れようとした。

「そうね」ゾーヤはようやくいった。「ただの仕事よ」

ヴェリスキーはいった。「おとといの晩、わたしはおなじことを自分にいい聞かせようとした。燃えているこの世界の火事を消すのを手伝う必要はないと。しかし……しかし、自分の仕事などくそくらえだ。きみの仕事もくそくらえだ。立ちあがった人間、戦った人間を、世界は記憶するだろう。〝わたしは自分の仕事をやっているだけだ〟といった人間を、世界は記憶するだろう」

ゾーヤがすぐさま、詫《わ》びるような声できっぱり答えた。「わたしの仕事は、いまここでやっていることだけよ……それしか……やる覚悟がない」

向きを変え、ドアに向かった。

「頼む」ヴェリスキーが哀願した。「用が済んだら、わたしはおそらく殺されるだろう」

ゾーヤが激しく首をふった。「おおげさすぎる。相手は銀行よ、ヴェリスキー。銀行はひとを殺さない」

「独裁政権の数十億ドルだぞ！　そのために殺さないとはいい切れない。これまで二十四時間、この情報のために何人もが死んだ。わたしが死ぬとわかっていても引き渡すのか？　わたしになんの恨みがある？」

ゾーヤは、ヴェリスキーのほうを向いて詰め寄った。脳がコカインで混乱していたのでその動きで頭がくらくらした。「重要なのはあなたじゃない。〝荷物〟はいつでもどうでもいい。肝心なのは、〝荷物〟がなにを知っているか、なにを持っているか、なにをやったか、なにをやろうとしているかということよ。これにからんでいるひとたちは、あなたのことなんかどうでもいいと思っているはずよ」

「きみも含めて」

ゾーヤはヴェリスキーのほうを見て、荒々しく応じた。「ことにわたしよ！　わたしがいったように、あなたはただの荷物なのよ。あなたを捕まえて、ガルニエ・エ・モローに引き渡すまで見張るのが、わたしの仕事よ。あなたがなにを持っていようが、それがなんなのか知りたくないし、さっさとここを離れたいのよ」

ヴェリスキーが床を見つめていった。「きみには魂がないのか？」

ゾーヤが、それまでの早口の台詞《せりふ》とは打って変わって、急に自分の心を探るような口調でいった。「ないのよ。もうないの」

ヴェリスキーが暗い目つきになった。それまでは温和な態度だった男が悪意をあらわにするのをゾーヤは見た。

ゾーヤの首すじをまた汗が流れ、肩甲骨《けんこうこつ》のあいだの背骨がちくちくした。なにもいわずに向きを変え、またドアに向かおうとした。

さっきとおなじようにヴェリスキーがうしろから声をかけ、こういった。「すこし足りなかったんだな」

ゾーヤは、まごついてふりかえった。「なにが足りなかったのよ？」

ヴェリスキーが、つながれていないほうの手で、鼻の横に触れた。「コカインがちょっぴり」

くそ。ゾーヤは思わず気になって、上唇《うわくちびる》と鼻を手の甲で拭いた。

ヴェリスキーが頬をゆるめ、ゾーヤに意地の悪い笑みを向けた。「ノーズ・キャンディ（コカインのこと）はなくなっても、すぐわかる兆候が残っている。頬が赤く、目が血走り、神経質になっている。部屋が寒いのに、額に汗をかいている」

ヴェリスキーは、さらにいった。「きみの心臓は、ライオンに追いかけられているガゼルなみに激しく脈打っているはずだ」

ゾーヤがすぐに答えなかったので、ヴェリスキーはいった。「わたしはバンカーだ。コカインをやっているのは、見ればわかる。二十八歳になってからは手をつけていないし、そのときもパーティを楽しむためにやっただけだ。きみはいくつだ？　三十五か？　一日の仕事をやり遂げるために必要なんだな？　銃を持つような仕事だし。

きみはひどいありさまだよ、おばさん」

「くそったれ」ゾーヤはいったが、本気ではなかったので、声が小さかった。

「だからそんなに怒っているのか？」ヴェリスキーはきいた。「その麻薬はプラスの効果もあるが、払い落とせないいらだちがつきまとうんじゃないのか？」肩をすくめた。「士気を高めてやりつづけるのには役立つはずだが」

ゾーヤはまた顔をそむけた。

「ああ……いまわかった。だからやっているんだ。この手の仕事は、それが必要なんだ。

ロボットのように動きつづけることができる。考えたくない。自分の行動を制御したくない。興奮したおもちゃの兵隊になりたい。ちがうか？」

ゾーヤは部屋を出てドアを閉め、〝荷物〟にいわれたことをすべて忘れようとした。廊下を自分の監視位置に向けて一歩進んだとき、携帯無線機から聞こえた。

ドイツ人のブラウンベーアからだった。「注意しろ！　家の正面！　お客さんだ！」

24

急いでいる足音が一階に聞こえるのを意識しながら、ゾーヤは持ち場に向けて早足でひきかえした。

「SUVが一台、私設車道を半分まで来ている」ブラウンベーアの声には怒りがこもっていた。「トランサト？　どういうことだ？　林の向こうの道路に来たときに、どうして報告しなかった？」

ブラウンベーアは、一階の窓から見ているようだった。そこからでは、ゾーヤがいるべきだった二階の監視位置ほど早くSUVを発見することはできない。

「すみません」ゾーヤはマイクで答えた。「〝荷物〟に水を飲ませていたので」

今度はベッロの声が無線から聞こえた。「あれは銀行から迎えにきた連中か？　もしそうなら、三十五分早い」

「トロンペットに確認する」ブラウンベーアが応答した。「みんな、準備しろ」

ゾーヤは二階の窓の持ち場に戻り、目をこすって、窓枠に置いてあった小型双眼鏡を覗《のぞ》いた。手がふるえていて焦点を合わせづらかったが、やがて前方がよく見えるようになった。

ジャケットの携帯無線機のボタンを押し、五分前に吸ったコカインのせいですこしたどたどしくいった。「七人乗りのSUV。トヨタ・ハイランダー。いまとまっている。正面ドアから四〇メートル。この家と直角」つづけた。「三人が降車している。武器は見えない」一秒置いて、ゾーヤはいった。「いまのところ、警備態勢も攻撃態勢もとっていない。ただ車のまわりに立っている。どうぞ」

ベッロの声が、無線から聞こえた。「バンカーみたいだな」

「SUVの車内は?」ブラウンベーアが、ゾーヤにきいた。正面ドアに近い窓から見ているにちがいないが、上のゾーヤからのほうがもっとよく見えるとわかっているからだ。

ゾーヤは、双眼鏡の向きを変えた。「未詳。山小屋の明かりがスモークを貼ったウィンドウから反射している。なにも見えない。ポーチの明かりを消してもいいけど、そうすると降車した男たちが見えなくなる」

「明かりはつけたままにする」ブラウンベーアがいった。

ゾーヤは、SUVのウィンドウを見つづけた。また送信ボタンを押した。「なかにもっと乗っている可能性があるけど、いまのところ動きは見えない」

「わかった」ややあってブラウンベーアがいった。「トロンペットからいま聞いた。まちがいなく銀行の人間だそうだ。トロンペットが彼らと交信している。〝荷物〟を表に出すと、伝えた。アイファとトランサト？」

アイファが先に応答した。「了解。下に連れていく」

ゾーヤはためらい、双眼鏡をSUVの不透明なウィンドウからそらし、三人の男をじっくり眺めた。三十代か四十代で、スーツを着てネクタイを締め、雪まじりのすさまじい寒さをしのぐために、長いウールのコートのボタンをしっかりかけている。エンジンをかけたままのトヨタ・ハイランダーのボンネットのそばで固まって立ち、じっと待っている。三人とも真剣な感じだったが、脅威には見えなかった。

とはいえ……なにかが通常とはすこしちがうように見えたが、疲れ果てた脳が細かい部分をかきまぜて竜巻のようにぐるぐるまわしていたし、精神刺激薬の影響もあり、どこがふつうではないのか、見極めることができなかった。

コカインのせいで極度に疑り深くなっているのだろうと自分にいい聞かせたが、違和感は消えなかった。

「トランサト？」ブラウンベーアが、いらだちのこもった声で呼んだ。

「いま行くところ」ゾーヤは答えて、窓から向き直り、ヴェリスキーを連れてアイファといっしょに一階へ行くために、寝室の前に走っていった。

ヴェリスキーが廊下で任務を中止するようにアイファを説得しようとしているのが目にはいった。さきほどゾーヤを説得しようとしたのと、ほぼおなじことだった。「きみはわたしを救えるんだ。あらゆる人間の役に立つんだ。ガルニエ・エ・モローは、わたしの銀行とおなじように卑劣なんだ。わたしを彼らに引き渡したとたんに、わたしが握っている情報は無価値になる」

アイファはまったく聞いていないようだった。ゾーヤのところまで〝荷物〟を歩かせているだけだった。ゾーヤはヴェリスキーの右腕をつかんで手伝い、階段に向かいながら、「黙って歩いて」と命じた。

ヴェリスキーがいわれたとおりにして、三人で階段を下るあいだ、うなだれ、肩を落とした。

スキー用山小屋のエントランスホールへ行くと、すでに正面ドアがあいているのが見えた。雪が吹き込み、ベッロとブラウンベーアが屋根付きのポーチに立ち、グレイのSUVのそばに立っている男三人を、山小屋の明かりで見ていた。

ブルサールのチーム三人は、武器を持ち、すぐに撃てるようにしていたが、三〇メートル前方のエンジンをかけたままのハイランダーのそばに立っている男三人はコートのボタンを閉めたままで、銃は見当たらなかった。

ブラウンベーアが携帯電話で、おそらくトロンペットと話をしていた。ゾーヤ、アイファ、ヴェリスキーが、屋根付きのポーチに出た。「あの男たちは、フランス語かドイツ語を話すんでしょう?」ゾーヤはきいた。ブラウンベーアがうなずき、電話を切って、降りつづける雪の音のなかでも聞こえるように大声でいった。「こんばんは」

それが英語だったので、ゾーヤは驚いた。

「こんばんは」ひとりが愛想よく答えた。三人のなかでもっとも背が高く、四十歳くらいだが、童顔で、赤い髪がすでに、風に舞っていた雪片に覆《おお》われていた。その男が笑みを浮かべ、あとのふたりが期待するふうで待っていた。

三〇メートル離れたところから、ゾーヤはその男を念入りに観察した。赤毛の男はアメリカ人ではなかった。短い言葉だったが、どこか外国人らしい発音だった。さっきの電話でブルサールはブラウンベーアに、男たちにはフランス語とドイツ語がわからないといったにちがいない。だから、雪が降るなかでゾーヤは男三人を観察しつづけた。プロフェッショナルとしての好奇心もあったが、コカインのせいでいつもより神経過敏になっているからでもあった。

とはいえ、ヴェリスキーからロシアの金融データと殺人の話を聞いたあとだけに、ヴェリスキーと電話の情報を手に入れようとしている人間に疑いを抱く理由は数多くあった。

ブラウンベーアがいった。「おれたちの調教師《ハンドラー》が、あんたたちでまちがいないといってる。これからヴェリスキーをそっちに連れていく。ただ、あんたたちの手をおれたちが見えるようにしてくれ」

「もちろんだ。それで、携帯電話は？」赤毛の男がきいた。

ブラウンベーアが、ポケットからiPhoneを出して、アイファに渡した。

ゾーヤは、ヴェリスキーの右腕をつかんだ。「歩いて」アイファがヴェリスキーの左腕をつかみ、風に吹かれて叩きつける雪のなかで、雪に覆われた私設車道を進んでいった。

ブラウンベーア、ベッロ、アイファが乗ってきたレンジローバーが左前方にあり、ヴェリスキーを取り戻すためにゾーヤがチューリヒで盗んだバンのフォード・エコノラインがその隣にとまっていた。

そして、その左側の車二台の二〇メートル先、私設車道の右側に、エンジンをかけてライトをつけたままで、トヨタ・ハイランダーがとまっていた。

近づくにつれて、ゾーヤには三人の顔がはじめて見分けられるようになった。

これまでに話をしたのは、三人のまんなかの赤毛の男だけだったので、ゾーヤはあとのふたりを綿密に観察した。赤毛の男は童顔だったが、あとのふたりはもっと冷酷でしぶとそうな顔だった。

そのふたりは、赤毛の男とはちがって、ひどく真顔で厳しい表情だった。それに、赤毛の男はアイルランド人のようでもあったが、あとのふたりは中欧の人種のようだった。距離二〇メートルで、双眼鏡ではわからなかったスラブ系の顔立ちがありありとわかった。

彼らはバンカーだと聞かされていた。服装はバンカーらしく、ふるまいもバンカーらしく、どんな危険にも無頓着《むとんちゃく》のようだった。しかし、赤毛の男に同行しているふたりは、バンカーのようには見えないと、ゾーヤは思った。

だからといって、まずい状況だとはかぎらない。自分もチームの仲間もバンカーではないし、銀行に雇われている仲介者にすぎない。

しかし、それが事実だとしても……この三人がブルサールのチームとおなじように、雇われた戦闘員だったとしたら――その疑問を思い浮かべたとき、コカインのせいで強くなっていた不安が不意に増大した――どうしてコートのボタンをかけているのか？　銃はどこにあるのか？

バンカーなら銃を持っているはずはない。雇われた資産《アセット》なら、持っているだろう。しかし、雇われた資産がバンカーのふりをしているとしたら……ボタンをかけたコートの下に銃を隠すだろう。彼らはまさにそういうふうにふるまっている。

この場面全体が異様だ。

「待って」ゾーヤはヴェリスキーをひっぱって、立ちどまらせた。

雪のなかに立っていた全員が、ゾーヤを見た。

「どうした?」うしろでブラウンベーアがどなった。

ゾーヤは返事をせず、ハイランダーのそばの男たちに向かっていった。「あんたたちは銀行の人間?」

赤毛の男が、ちょっと首をかしげた。ゾーヤが口をひらくまで、女だと気づいていなかったようだった。夜の闇、雪、ギラギラ光るライト、黒いニットキャップ、厚手のジャケットが、ゾーヤの顔を隠していた。

アイルランドなまりのような英語で、男がいった。「われわれはガルニエ・エ・モローに派遣された」笑みを浮かべた。「あんたとおなじ仕事だ」

ブラウンベーアがいった。「だいじょうぶだ、トランサト。この連中はクライアントだと、トロンペットがいった」

ゾーヤはなおもヴェリスキーを捕まえていた。アイファが、どういうことだというようにゾーヤを見た。

「なにが問題だ？」雪が四方から叩きつけるなかで、赤毛の男が大声できいた。いらだっているのは明らかだった。

ゾーヤは首をかしげた。赤毛の男の声に、なにかおかしいところがあるのを聞き分けた。はっきりしないが、疑わしい。ゾーヤは答えず、ヴェリスキーの耳に顔を近づけてささやいた。「生きていたければ、わたしのいうとおりにして」

ゾーヤはささやきつづけ、ブラウンベーアがハイランダーのそばの三人に向かって、だいじょうぶだから、片をつけるあいだ待っていてくれと叫んだ。

ゾーヤがヴェリスキーの耳もとでささやくのをやめたとき、ブラウンベーアが、ゾーヤ、ヴェリスキー、アイファのそばに走ってきた。ゾーヤに向かっていった。「いったいどうしたんだ？」

「嫌な感じなのよ」

「雪のなかに立っているほうが嫌な感じだ」ブラウンベーアが、腹立たしげに応じた。

「そいつをよこせ。おれが連れていく」

ブラウンベーアが、アイファからiPhoneを受け取り、ヴェリスキーをひっぱって、粉雪を前に撒《ま》き散らしながら、私設車道の足首まである雪の上を進ませた。左側の二台の横を通り、ハイランダーの男たちのところへ着いた。口をきかない男ふたりが、ヴェリスキーの左右の腕をしっかりつかみ、ブラウンベーアが赤毛の男に近づいて、iPhoneを渡した。

「ありがとう」赤毛の男がいったが、両目をゾーヤに向けたままだった。

ゾーヤは、レンジローバーのボンネットの前に立って、男を見返した。アイファはまだゾーヤの横にいた。ベッロはふたりの右うしろのポーチにいて、一〇メートル離れていた。

ヴェリスキーの腕をつかんでいたふたりのうちのひとりが、トヨタ・ハイランダーのリアドアをあけた。ルームライトはつかず、悪い兆候だとゾーヤは思ったが、ほかのことが起きるのを待っていたので、それには注意を向けなかった。

ブラウンベーアが、雪が降るなかを山小屋に向けて戻りはじめた。ヴェリスキーがSUVに乗るような動きをした。だが、乗り込まず、左足をあげて、左うしろの男の脛《すね》を強く蹴った。

男が痛みと怒りのあまり、「スーカ！」と叫びながら倒れた。

〝スーカ〟はロシア語で〝くそったれ〟を意味する。驚いたり怒ったりしたときに口をついて出る悪態だった。

「やっぱり」ゾーヤはひとりごとをいい、マイクロウージのセレクターを安全から連射に切り換えて構え、ワイヤーストックを肩付けして、アイアンサイトでトヨタの前にいる赤毛の男に狙いをつけた。

だれもそれに気づかなかったのは、蹴られた男ともうひとりがすぐさまヴェリスキーを殴りはじめ、トヨタの車体に叩きつけてから、雪の上に押し倒し、赤毛の男、ブラウンベーア、そのほかの男たちが、それを食い入るように見ていたからだった。

ヴェリスキーを殴っていた男ふたりが暴行をやめたとき、ゾーヤが彼らに向かってどなり、全員がもう一度びっくりした。ゾーヤは母国語でいった。「あんた、いったい何者なの？《クトー・トゥイ・チョールト・ヴァジミ》」

トヨタから数メートル離れたところに立っていたブラウンベーアが、自分が指揮している資産《アセット》が、銀行が派遣した男たちに銃を向けているのに気づいて、ゾーヤのほうに両手をあげた。

「どうなってるんだ？」ブラウンベーアがかすれた声でいった。

ゾーヤは英語でいった。「それを突き止めようとしているのよ！」ロシア語に切り換えて、赤毛の男に向かっていった。「ねえ、ヴォチャーク、どういう魂胆なの？」

赤毛の男は答えず、首をかしげただけだった。

〝ヴォチャーク〟はロシア語でウドムルト人を意味する。ウドムルト人は中央ウラルに住む民族で、ロシアの他の民族にはめったに見られない赤毛が多い。

ゾーヤは、なおも赤毛の男に向けてロシア語でいった。「あんたたちは何者？　SVR？　GRU？」雪の上に倒れたヴェリスキーは忘れられ、黒いウールのコートを着た男三人はそのそばに立って、小型だが威力のある武器を自分たちに向けている女を見ていた。ゾーヤはまた赤毛の男に向かっていった。「GRUだと思う。SVRにヴォチャークがいるという話は聞いたことがない」ゾーヤはかつてSVRと略されるロシアの対外情報庁《スルージバ・ヴニエシユネイ・ラズヴエトキ》に属していた。

赤毛の男が口をひらいたが、依然として英語だった。「なにをいっているのか……わからない」

偽のアイルランドなまりがいっそう強調されていたが、ゾーヤは信じなかった。

ブラウンベーアが、ゾーヤのほうを見た。「彼らになにをいっているんだ、トランサト？」

ウージのゴーストリングサイト（近接戦闘で照準をつけやすいように照門を大きくしたアイアンサイト）を覗《のぞ》きながら、ゾーヤは自信たっぷりにいった。「こいつらはロシアの情報機関の工作員よ」

「どうしてそれを知っている？」

「ヴェリスキーはクレムリンの秘密を握っている。ロシア人の一団が、ヴェリスキーを受け取るためにバンカーに化けてここに来た。ロシア人のふりすらしていない。でも、わたしたちがはめられたことは容易に推理できる」

「どうしてロシア人だとわかる?」

「わたしがロシア人だからよ!」ゾーヤはどなった。

25

ブラウンベーアはサブマシンガンに手をかけていたが、ゾーヤのほうを向き、ハイランダーのそばの男三人には背中を向けていた。ブラウンベーアがいった。「おれたちの調教師《ハンドラー》が、まちがいないと保証した！」

ゾーヤは肩をすくめたが、アイアンサイトから目をそらさなかった。「だったら、わたしたちの調教師《ハンドラー》もグルなんじゃないの？　こいつらかこいつらの上の人間が、ヴェリスキーが銀行に引き渡されないように、ブルサールに手をまわしたのよ。そして、ロシア人が先に来られるように、ブルサールは銀行の迎えを九時に遅らせた」

今度はベッロがゾーヤのうしろからどなった。「そいつらがロシア人だとしたら、どうなるんだ？　どうでもいい。ブルサールはおれたちに金を払ってるし、ヴェリスキーを引き渡せと――」

ゾーヤは、胎児《たいじ》の姿勢に体を丸めているヴェリスキーのそばで立っている赤毛の男の胸に、なおも狙いをつけていた。ゾーヤはいった。「銀行は電話とそれを持っている人間を引き渡す仕事のために、わたしたちにお金を払っている。だから、ヴェリスキーと電話は、ロシア人スパイじゃなくて、銀行に引き渡す」

「でも、ブルサールが――」

「ブルサールはいま、頭に銃を突きつけられているのかもしれない」ゾーヤはいった。

「ヴェリスキーは渡さない」

ブラウンベーアが、説明を求めるように赤毛の男を見た。赤毛の男が黙っていたので、ブラウンベーアは英語でいった。「あんたたちはどこの人間だ？」

赤毛の男が、溜息をついた。口をひらいたとき、偽のアイルランドなまりは消えていた。

「おれたちはロシア人だ。銀行に雇われている。いいかげんにしろ。あの女に銃をおろすよう命じてくれたら、おれたちは出発する」

ブラウンベーアが、サブマシンガンの銃口を体の前で下に向けたまま、私設車道をひきかえしてきた。大きなコンクリートのプランターが載っている低い石塀《いしべい》が、ブラウンベーアの右側にあった。ブラウンベーアが、赤毛の男に向かって首をかしげた。「いっていることがわからないと彼女にいったのは、どうしてだ？」

赤毛の男は、激怒しているようだった。「やめろ！　おれたちは駆け引きをするために来たんじゃない！　おれたちは出発するから、あんたは部下を統率しろ！」

アイファがショットガンをすこし持ちあげて、ハイランダーの右後部のスモークを貼ったサイドウィンドウに向けた。アイファには事情が呑み込めていないようだったが、トヨタのSUVが脅威になる可能性があるのを知っているのだ。

そのとき、山小屋を出てからはじめて、アレックス・ヴェリスキーが口をひらいた。ロシア人三人の足もとの雪の上に転がったまま叫んだ。「わたしが握っている情報は、クレムリンに大打撃をあたえる。やつらはそれを手に入れるために、すでにCIA局員を一人殺している。この連中がロシア人だとしたら、あんたたちを全員殺し、あんたたちのボスに口封じの金を払うだろう」

ヴェリスキーが雪から顔をあげ、暗い目つきでブラウンベーアを見た。「数十億ユーロの話だ。あんたも……わたしも……このことでは取るに足らない存在なんだ」

ポーチからベッロが叫んだ。「ロシア人に〝荷物〟を渡して、行かせればいい」

ブラウンベーアは、ベッロを無視して、男たちをじっと見た。「はっきりさせようじゃないか」

赤毛の男が、コートに手を入れた。「ブルサールに電話する」

ヴェリスキーを見おろして立っているふたりが、身をこわばらせて、リーダーらしい赤毛の男を見た。ふたりはリーダーが銃を抜くと思っているようだとゾーヤには見えた。

ブラウンベーアがどなった。「みんな、じっとしてろ!」MP7を持ちあげて、ハイランダーのそばに立つ三人に向けた。

ゾーヤが電光石火の速さでうしろを見ると、ベッロのライフルが持ちあがって、やはり発射態勢になっているのがわかった。だが、ベッロは確信がなさそうな顔つきだった。

コカインが血管を流れているせいで、ストレスの高い状況がいっそう悪化していた。両手が震え、体を縮めているヴェリスキーのまわりに立つ三人に向けてどなるとき、声がかすれた。「動くな!」

赤毛の男は、片手をコートの下に入れたまま、凍りついて立っていた。ゾーヤとブラウンベーアを、せわしなく交互に見ていた。

ブラウンベーアが、ハイランダーのほうをMP7で示してから、三人のほうへさっと銃口を戻した。「後部になにがある?」

赤毛の男が、童顔に真剣な表情を浮かべて、ブラウンベーアのほうを向いた。「ヴェリスキーを連れ、電話を持って、おれたちが行くのを黙って見ていれば、それを知る必要はないだろうな」

ゾーヤの歯がガチガチ鳴った。赤毛のロシア人がブラフをかけているとは思えなかった。

落ち着き払っているのは、かなりの威力の支援があるからにちがいない。

ブラウンベーアも、おなじことを考えているようだった。「よし、みんな、落ち着け。おれはブルサールに電話をかける。おれの電話で。それでこの場を収めよう」

赤毛のロシア人が、コートからゆっくり手を出した。なにも持っていなかった。それを見たブラウンベーアが、銃口を下に向けた。

ロシア人がいった。「こんなことをやっている時間はない。ヴェリスキーを連れ、電話を持って、出発する」

ブラウンベーアが首をふり、携帯電話を出そうとした。「だれも行かせない。その前に——」

そのとき、赤毛のロシア人が、声が林からこだまするほど大きな声でわめいた。「や《ダヴ》れ《アーイ》！」

〝ダヴァーイ〟はさまざまな意味があるロシア語だったが、行動を命じるときにも使われる。最初に反応したのはゾーヤで、折り敷いたつぎの瞬間、ハイランダーのスモークを貼った窓が、外側に炸裂《さくれつ》した。連射モードで軽機関銃が発射される音とリズムを、ゾーヤは聞き分けた。しかも、ゾーヤと仲間三人は、軽機関銃の銃口の前方で、見通しのきく場所にいる。

ゾーヤは雪にぴたりと伏せて、小さなサブマシンガンの引き金を引き、ハイランダーのそばの三人のうちのひとりが倒れるのを見た。同時に、アイファが右に身をよじって伏せ、視界を出てから、ショットガンで一発放つのがわかった。何発もの銃弾が鋭い音をたてて頭上を飛ぶのが感じられ、ベッロがうしろで立射していることを知った。

ゾーヤは雪の上を左に横転して、レンジローバーとバンのあいだで身を隠そうとしながら、ハイランダーの上の空に向けて二発放った。サブマシンガンの引き金を引きつづけるつもりだったのだが、ターゲットのそばの地面にヴェリスキーが横たわっていたし、ゾーヤは右側を上にして仰向《あおむ》けで私設車道に向けて移動していたので、敵に向けて発砲すると、ヴェリスキーに当たるおそれがあるとわかっていた。

ターゲットには命中しないが、銃声で脅し、ロシア人が物蔭に移動することをゾーヤは願っていた。

軽機関銃が吼《ほ》えつづけ、抑制のきいた連射を放っていた。ゾーヤはエコノラインとレンジローバーのあいだで膝立《ひざだ》ちになり、軽機関銃の激しく執拗《しつよう》な射撃から、すこしでも身を護《まも》ろうとして、エコノラインのエンジンブロックの蔭に位置していた。

弾倉を交換し、そのときに右に目を向けると、アイファがショットガンを落とした場所に残し、こちらへ這《は》ってくるのが見えた。うしろの雪に血痕《けっこん》がくねくねと残っていた。

アイファがここへたどり着くには掩護《えんご》射撃が必要だと、ゾーヤにはわかっていたので、立ちあがってエコノラインのフロントウィンドウごしに、マイクロウージから一八メートル離れたハイランダーを掃射し、敵を制圧しようとした。

ロシア人たちがさきほど立っていた右に狙いを向けたが、見えたのは雪の上にうつぶせに倒れて動かなくなっているウールのコートを着たロシア人だけだった。ヴェリスキーが両手と膝を使って必死で這っていた。私設車道の北にある低い石塀《いしべい》が、もっとも近い遮掩《カヴァー》だったので、そこを目指していることは明らかだった。

ブラウンベーアがどこへ行ったのか、見当がつかなかったし、うしろのベッロが撃っている音も聞こえなかったが、マイクロウージの弾倉がふたたび空《から》になったとき、右のほうから連射の音が聞こえた。そちらを向くと、ブラウンベーアが低い塀の向こうで、空の馬鹿でかいコンクリートのプランターに身を隠して、両膝をついていた。ブラウンベーアのHK・MP7は、ゾーヤのマイクロウージよりもずっと強力な武器なので、ヴェリスキーが私設車道を這って横断するあいだ、その掩護射撃があることに、ゾーヤは安心した。

ゾーヤはマイクロウージの弾倉をもう一本持っていたが、交換する時間をかけず、それから手を離した。マイクロウージが胸の上で負い紐《ひも》からぶらさがると、ゾーヤは流れるような動きでグロック17を抜き、アイファのための掩護射撃を再開して、ハイランダーのそばに敵が何人いるかわからなかったが、精いっぱい注意を惹《ひ》こうとした。それと同時に、ロシア人が横にまわるおそれもあるので、左右にたえず目を配った。

右をさっと見たとき、ふたつ目の血の条《すじ》が目に留まった。山小屋のフロントポーチから、階段をおり、私設車道の右の低い塀までつづいていた。ベッロが負傷したが、アイファとおなじようにまだ生きている可能性があるとわかった。

しかし、ベッロが発砲する音は聞こえなかったので、戦えなくなったおそれがある。

そのとき、敵がいる方角からエコノラインに銃弾が襲いかかったので、ゾーヤはしゃがんだ。弾丸が大型バンのボディに穴をあけたので、ゾーヤは膝をつき、さらに身をかがめた。

そのあいだにグロックの弾倉を交換し、そばにたどり着いたアイファに渡した。つぎにマイクロウージの弾倉を交換した。それをやっていたときに、打楽器の演奏のような歯切れのいい銃声が、不意に熄《や》んだ。

全員が同時に弾倉を交換しているか、さもなければ敵がすべて斃《たお》れたのだと、ゾーヤは判断した。

ゾーヤはアイファの腋《わき》の下に頭を突っ込み、言葉を交わさずいっしょに立ちあがって、エコノラインの後部へ移動し、そこで左に向きを変えて、レンジローバーの後部へ進んだ。

そこから車体の右側をエンジンブロックの蔭になるところまで移動した。理想的な遮掩《カヴァー》とはいえないが、自分と敵のあいだに車一台ではなく二台あるほうがましだと思った。すばやく調べて、アイファが太腿《ふともも》を撃たれていることがわかった。かなり出血していて、ゴボゴボ噴き出す血が脚を流れ落ちていたので、ゾーヤはバックパックから戦闘止血帯《CAT》を出し、アイファに渡した。ゾーヤは照準器を覗《のぞ》いて敵を捜していたので、アイファは自分でCATを巻かなければならなかった。

ゾーヤが敵を捜していると、右に一〇メートルしか離れていないところにいたブラウンベーアが、無線でゾーヤに話しかけた。

小声でブラウンベーアがいった。「なにが見える、トランサト?」

ゾーヤは、レンジローバーのボンネットの上に顔を持ちあげ、すぐにまたひざまずいた。

「バンがあいだにあるから、ハイランダーの前部しか見えない。そこに敵がひとり斃れている。動きはない」

「ここからハイランダーの後部が見える」ブラウンベーアがいった。「リアウィンドウから死体がぶらさがってるみたいだが、テールゲートはあいたままだから、だれかがそこから出たのかもしれない。側面に気をつけろ」

ゾーヤは、マイクロウージの銃口とともに顔をさっと左に向けた。コカインのおかげで動作が速くなっているのはありがたかったが、動きが不安定なのはまずかった。銃撃戦ではマイナス要因だと、ゾーヤは気づいた。

「ベッロはどうした？」アイファが携帯無線機を片手で操作し、反対の手で止血帯を脚に巻きながらきいた。

「おれのうしろの雪の上だ」ブラウンベーアがいった。「動かないし、反応がない」

「ヴェリスキーは？」ゾーヤはきいた。

ブラウンベーアが答えた。「おれの前、塀の蔭にいる。無事だ。ロシア人どもは、林に逃げたのかもしれない」

ゾーヤは首をふってから、送信ボタンを押した。「情報がひどい損害をあたえるというヴェリスキーの話が事実なら、生き残りのロシア人資産《アセット》が彼を連れずに行ってしまうはずがない」

ブラウンベーアがいった。「わかった。ブルサールに電話する。見える範囲の監視をつづけてくれ」

「了解」

ゾーヤは吐き気をもよおしていた。脈がめいっぱい速くなるような状況にコカインの作用がくわわったからだと思った。気を静めるために何度か呼吸し、アイファを見ると、止血帯を右脚に巻き、悲鳴が出るくらいきつく、棒状の巻き上げ器で絞めていた。

そのとき、だれかがハイランダーの方角からロシア語で叫んだ。「おい、おばさん！まだ生きてるのか？」

ゾーヤは返事をした。混戦のあいだ隠れられる場所は車の蔭しかなかったので、居場所を知られるのを恐れてもしかたがない。「ここよ！　あんたなの？　ヴォチャーク？」

「ああ、そうだ！」間を置いてから、その男がいった。「あんたみたいな活動をやってるロシア女がひとりいるって聞いたんだ。元SVRの資産で、モスクワに追われ、民間セクターで働いてるって」また間を置いてからいった。「あんたなんだろう、シレーナ？」

ロシアのSVRにいたときのゾーヤの暗号名は、死を予告する女妖精〝バンシー〟に因み、シレーナ・ザメチーチ・スメルチだった。ゾーヤはその赤毛の男を知らなかったが、ゾーヤはロシアの情報機関に命を狙われているので、業界では有名になっているようだった。

だが、その質問には答えずにこういった。「ヴェリスキーに逃げられたんだから、車に乗って、生き残りといっしょに逃げたほうがいいんじゃないの」

ゾーヤがヴォチャークと呼んでいる赤毛の男が注意をそらしているあいだに、べつのロシア人が側面にまわろうとしているのかもしれないと思い、ゾーヤはレンジローバーの後部にマイクロウージを向けた。応戦の準備はできていた。しかし、マイクロウージの弾倉はフルに装弾されているものの、使いかけの弾倉一本を尻ポケットに入れてあるだけだった。

赤毛のロシア人が、くすくす笑った。「ムッシュウ・ブルサールの返事を待とう」

風がヒュンヒュンうなり、雪が降るなかで、私設車道の向こうでプランターの蔭にしゃがんで、電話で話をしているブラウンベーアの声が聞こえた。

アイファがうめきながら左脚で立ち、レンジローバーのボンネットの上でグロックを構えて、私設車道の二〇メートル先のロシア人たちがいるとおぼしい方角に向けた。

ブラウンベーアがブルサールと話をつけるのを全員が待つあいだに、赤毛の男がまた口をひらいた。「シレーナ。これがすべて終わったら、おれといっしょに来ないか？　ロシアであんたに会いたがってる人間を、何人か知ってる」

「そうね」ゾーヤは、銃撃が再開されたときにどうするか考えながら、レンジローバーの後部の雪を透かし見ながら答えた。「そいつらは、なによりもそれを願っているでしょうね」

「彼らはあんたが生きていても死んでいても、連れ去るだろう」赤毛の男がいった。「しかし、両手をあげておれのほうへゆっくり歩いてくれれば、おれが世話をしているあいだは、危害をくわえられないようにすると約束する」

「断わるわ、ヴォチャーク」

アイファがゾーヤの肩に手を置いて、注意を惹いた。ゾーヤは、マイクロウージの銃口をレンジローバーの後部に向けたままふりかえり、アイファの視線をたどった。私設車道の向こうでブラウンベーアが、依然としてハイランダーから身を隠すのにプランターを使いながら、立ちあがった。携帯電話を耳に当てていたが、顔はアイファとゾーヤのほうを向いていた。

「ウイ」ブラウンベーアが、フランス語でいった。「従おう《ジュ・ヴェ・メ・コンフォルメ》」携帯電話をポケットに戻し、一分前に負傷したベッロが這ってきた左のほうを見てから、アイファとゾーヤに注意を戻した。無線機を使わなくても聞こえるように、大声でいった。「計画が急に変わった」

アイファはボンネットの上で拳銃をロシア人たちの方角に向けていたが、ブラウンベーアに向かっていった。「なにが変わったんだ?」

「おれのターゲットだ」ブラウンベーアがいい、アイファとゾーヤのほうにMP7を向けて、撃ちはじめた。

26

アイファがたちまち何発もくらい、四・六×三〇ミリ弾で体が穴だらけになった。ゾーヤはアイファを挟んでブラウンベーアの向かいにいたが、銃撃が湧き起こると同時に雪の上に伏せ、訓練と興奮と身を投げた勢いで、レンジローバーの下にすばやく潜り込んだ。アイファの血まみれの死体が、ゾーヤが伏せた場所のすぐ近くで地面に打ちつけられ、生気を失った目がゾーヤを見つめた。ゾーヤの上でさらに銃弾が車体に穴をあけ、ガラスを砕き、金属部分を激しく叩いた。

じっとしていることはできないと、ゾーヤにはわかっていた。二方向から攻撃され、釘づけになっている。ブラウンベーアは北、ロシア人たちは西にいる。ロシア人が側面にまわろうとするには、南に進むはずだった。その場合、ゾーヤが車の下に隠れているのをすぐに見つけるはずだった。

ゾーヤはレンジローバーの下で横に転がって、さきほど立っていた場所とは反対側に出て、粉雪のなかを這《は》い、フォード・エコノラインの下に潜り込んだ。

そこでまた這い進み、大型バンの前輪のあいだに頭を入れて、ブラウンベーアに狙いをつけた。ブラウンベーアは撃つのをやめて弾倉を交換していたが、ゾーヤには息つくひまもなかった。敵だったブラウンベーアを味方につけたロシア人たちが、ゾーヤの頭の上でエコノラインを撃ちはじめた。

マイクロウージの引き金を引いたら、左側のロシア人たちにいどころがばれる。それに、プランターの向こうのブラウンベーアを狙い撃つこともできない。だから、上で金属が引き裂かれ、ガラスの最後の残りが砕けるあいだ、ゾーヤは身を縮めていた。

銃撃が激しくなると、ラジエターの不凍液が上から滴《した》った。発射速度からして、軽機関銃でも撃っていることが明らかだった。

だが、そのとき、ほんの一瞬、ブラウンベーアの姿が見えた。プランターの蔭にいたが、突然ふりむいて、逆を向いた。低い塀《へい》の奥に脅威があるとでもいうように、サブマシンガンを構えて連射を放ったが、それと同時にうしろに吹っ飛び、塀を乗り越えて、背中から私設車道に落ちた。足が上を向き、塀にひっかかっていた。

負傷したベッロに撃たれたにちがいないと、ゾーヤは思った。さきほど血の跡を見て、ベッロが塀の向こうへ這っていったことがわかっている。

それに、ブラウンベーアのMP7の連射で、ベッロは息の根をとめられたにちがいない。ゾーヤは凍りついたままだったが、心臓がこれまで経験したこともないくらい速く鼓動していた。ブラウンベーアは死に、アイファとベッロもおそらく死んでいる。この一分間、ヴェリスキーの姿を見ていない。

ブルサールのチーム四人のなかで、生き残っているのはゾーヤだけだった。

だが、複数のロシア人が生き残っている。ハイランダーの後部と向こう側からの銃撃で、それがわかっていた。

ゾーヤがエコノラインの下で伏せていると、近づいてくる三人の足が左のほうに見えた。ひとりはハイランダーの前部から、あとのふたりは後部からやってくる。しんがりの男は明らかに足をひきずっていた。

どの男が軽機関銃を持っているのかわからなかったが、三人とも武装しているにちがいない。

三人はゆっくりとではあるが着実に前進していた。ロシア人たちは、アイファがレンジローバーの蔭に倒れている場所から最後の銃撃を受けたので、そこを掃討する位置につこうとしているのだとわかった。

ゾーヤは、バンの下という攻撃に対して脆弱《ぜいじゃく》ないまの位置から発砲したくなかったので、三人がすべて前を通り過ぎるのを待ってから、左に横転し、バンの南西側に出た。立ちあがって向きを変え、敵の車両にだれかが残っていた場合に備え、マイクロウージを高く構えて、ハイランダーに向けて走った。途中でふたりの死体のそばを通り、弾痕《だんこん》だらけのハイランダーの後部に達すると、そこにもおびただしい血を流して動かなくなっているロシア人がいた。暗い中でも、白い雪が赤く染まっているのがわかった。

ヴェリスキーを連れて、急いでここから逃げ出さなければならないとわかっていた。北にいるヴェリスキーの位置をトヨタの後部から見定めたが、石塀の蔭にいるので見えなかった。そちらに向けて左に進もうとしたが、ハイランダーの後部から離れかけたときに、雪の上に落ちていたワイヤーストックのAK‐47を見つけた。本体も周囲も血にまみれていた。

闇のなかでかがんで弾倉を調べると、弾薬は半分以上残っていたので、弾倉を戻し、AK‐47のセレクターを連射から単射に切り換えた。

立ちあがり、ハイランダーの側面から見ると、赤毛の男が拳銃の狙いをつけながら、レンジローバーの前部をまわるのが見えたので、ゾーヤはその背中に一発送り込んだ。

赤毛の男が雪のなかに前のめりに吹っ飛び、アイファが倒れている場所の近くに倒れた。たちまち応射があり、ハイランダーの車体を横に薙《な》いだ。ゾーヤは身をかがめて、ヴェリスキーが隠れている塀の蔭に向けて、私設車道を突っ走った。

前方の雪が敵の射撃によって舞いあがり、ゾーヤはうしろにAK-47を突き出して、片手で撃ちながら、敵と反対の方角へ走った。

低い塀の二メートル手前で跳躍し、頭を先にして跳んだ。塀を飛び越えて、その向こうで身をかがめていたヴェリスキーの真上に落ちた。

ヴェリスキーがショックのあまり悲鳴をあげ、ゾーヤは転がって離れ、数メートル左へ這っていって起きあがりながら、AK-47を構えた。

生き残りのロシア人ふたりが、レンジローバーとエコノラインのあいだの見通しがきくところにいるのを、ゾーヤは見つけた。ふたりは、ゾーヤが塀を乗り越えた五メートル右に、銃の狙いをつけていた。

ふたりともゾーヤが正面で身を起こすのを見て、その脅威と戦うために、銃身を横に動かしたが、車二台のあいだの狭い場所から抜けられなかった。ゾーヤはなんなく射撃を開始し、七・六二×三九ミリ弾をふたりの体に撃ち込んだ。

十一発放ったところで、弾薬が尽きた。ゾーヤはふたたび身を低くして、ブラウンベーアが死んでいる左のほうへ這っていった。

ゾーヤは、ブラウンベーアのMP7を持ちあげた。それがこの三分のあいだに扱う四挺目の銃だった。塀の蔭でひざまずき、上から覗いて、用心深くあたりに目を配った。

レンジローバーとエコノラインのあいだの男ふたりは確実に死んでいたが、ゾーヤはブラウンベーアのMP7から一発ずつ撃ち込んだ。赤毛の男は仰向《あおむ》けに倒れ、喉《のど》からゴボゴボという音が聞こえたので、ゾーヤが放った弾丸は肺に当たったのだとわかった。男の銃は数メートル離れたところにあり、ほかに脅威は見当たらなかったので、ゾーヤは塀を乗り越えて、そこへ歩いていった。

雪を透かし見て、ほかに動きや脅威がないのをたしかめてから、ゾーヤは死にかけている男を見おろして立った。

喉から音がまだ聞こえていたが、耳障りな呼吸をしながら、赤毛の男がいった。「最後のチャンスだ、シレーナ。おれといっしょに故郷に帰ろう」

「故郷？　あんたの故郷は地獄よ」ゾーヤは男の胸を撃った。

アレックス・ヴェリスキーはいま、トランサトと呼ばれる女のうしろに立ち、彼女がやっていることを見ていた。女は二台の車のあいだに倒れていたロシア人ふたりの動いていない死体を撃ち、負傷したもうひとりを処刑方式で撃ち殺した。

アメリカ英語を話すそのロシア女は、赤毛の男の近くに転がっていたグロック17を拾いあげ、予備弾倉を男のショルダーホルスターから抜き、男のポケットからiPhoneを取り出した。

それから、ヴェリスキーのほうを向いた。「森へ行く」

ヴェリスキーはなにもいわず、女と並んで、森のきわへ行った。

ふたりはさらに一分歩いたが、なんの前触れもなく女が歩くのをやめて拳銃を落とし、雪の上で膝《ひざ》をついた。

ようすがおかしいと気づいて、ヴェリスキーを襲っていたショックは消えた。「おい、きみ――」

黒いニットキャップをかぶった女が、喉をゲエゲエ鳴らし、吐きはじめた。胸が波打ち、体がふるえ、やがて倒れ込まないように片手を地面にのばした。

ヴェリスキーは、女のそばでしゃがんだ。「だいじょうぶだ。心配ない。コカインとアドレナリンのせいだ。きみの胃はあんな大混乱に耐えられなかったんだ」

女が吐きつづけ、なにも出なくなってからも数秒、体が波打っていた。

立ちあがるまで一分かかり、やがて女は雪の上の反吐《へど》から顔をそむけた。

ゾーヤ・ザハロワは、両頰から冷えた涙をぬぐい、落ち着きを取り戻しながら、まわりを見た。嘔吐《おうと》の発作に襲われたが、まだエネルギーは残っていたし、冷たい空気も効果があるだろうと、自分にいい聞かせた。

だが、どこへ行けばいいのか、わからなかったし、自分の目標もわからなかった。

ゾーヤがまごついているのを、ヴェリスキーが彼女の表情から察した。「もうわたしのいうことを信じていないだろう？」ヴェリスキーはきいた。「あそこで九人が死んだ。九人だ！　そのiPhoneのために何人が死んだか、わかっているだろう。まだそれに保存されているデータを見てもいないのに」

「行きましょう」ゾーヤはいった。

「レンジローバーだな。そんなにひどく壊れていないと思う」

ゾーヤは、ヴェリスキーの腕をつかみ、またいっしょに森を歩きはじめた。「レンジローバーは使わない。ブルサールの車だし、ブルサールはロシア人に買収されていた。的を背中につけて走りまわるのは無意味よ」

「それじゃ……どうするんだ？」

「二時間半歩く。ウェンゲンの郊外まで行ったら、車を手に入れる」

「凍え死ぬぞ」

ゾーヤは、ヴェリスキーの背中を押した。「歩きつづけていればだいじょうぶ。行きましょう」

ふたりはしばらく無言で歩いた。風雪に耐えて歩くうちに、薬物とアドレナリンの影響が、体の熱よりもずっと早く消えていくのを、ゾーヤは感じていた。疲れ、体力を使い果たし、話をする気にはとうていなれなかった。

「きみといっしょにいた男たち」靴が雪を踏みしだく音を乱して、ヴェリスキーがいった。「彼らはきみをトランサトと呼んでいた。わたしもそう呼んでいいかな？」

「話をしなければ、呼び名なんかいらない」

「わたしたちは、どこかの時点で、話をしなければならなくなる」

そのとおりだと、ゾーヤにはわかっていた。「トランサトと呼ぶのはやめて。かなり変な感じだから」

「では、バンシーか？」

ゾーヤは一瞬立ちどまった。ヴェリスキーがウクライナ人だというのを忘れていた。ウクライナ人はある程度、ロシア語がわかるので、GRUとの話を理解したはずだ。そのことを考えていなかった。

すぐにゾーヤは歩きはじめ、一歩遅れてヴェリスキーがつづいた。「きみは以前、SVRにいたが、いまは追われていると、あの男がいっていた」

ゾーヤは溜息をついた。「アレックス、わたしたちは長い旅をしないといけないのよ。最初に、ひとつだけはっきりさせておきましょう。わたしのことはあまり話さない」ちょっと考えた。「ベスと呼んで」

「どうして？」

「理由が必要？」

ヴェリスキーがうなずき、重い足どりで歩いた。凍れる空気で息が白くなっていた。

「きみはロシア人なんだね。ほんとうに？」

認めるのはばつが悪かったが、ゾーヤはややあって答えた。「そうよ」

「では、どうしてこれをやっているんだ？　どうして急にわたしを助ける気になったんだ？」

ゾーヤは鼻を拭き、雪に唾《つば》を吐いて、反吐の残りを口から出した。ようやく口をひらいた。「わたしたち一千万人――もしかするとそれ以上――が、あの戦争には関わっていない。ああいう武力紛争をはじめなくても、世界はひどくややこしくなっている」

「しかし……わたしたちはどこへ行くんだ、ベス」

ゾーヤは、ヴェリスキーの腕をひっぱった。「ニューヨークに行けば、このデータをなんとかできるといったわね」

「ああ」

「それじゃ、ニューヨークに行きましょう。お願いがあるの。しばらく口を閉じていて」

ヴェリスキーはうなずいて口を閉じた。寒い夜の闇の遠くに見える小さな山村の明かりに向けて、ふたりはとぼとぼ歩いていった。

27

ＣＩＡが雇った十八年前の型のダッソー・ファルコン７Ｘは、高度三万九〇〇〇フィートで満天の星の下、雲の層の上を飛行し、アゾレス諸島上空を横断していた。

すでに七時間飛んでいて、キャビンの豪華な座席に座っていたコート・ジェントリーは、体がこわばり、ずきずき傷んでいた。窓の外の闇を見つめ、ゾーヤのことを考えていた。

ジェントリーは眠り、ゾーヤの夢を見て、目が醒《さ》めたとき、意識がぼんやりしている状態で、夢がつづいているように思えた。

セントルシアで乗機した直後に、アンジェラ・レイシーが医療用品キットを持ってきて、機長や副操縦士と話をしたあとで手当てをするといったが、ジェントリーは手をふって断わった。首のうしろに圧迫包帯を当てて、不器用にテープで留めてから、キットにあった処方薬の鎮痛剤を二錠飲んだ。そのあいだにアンジェラが、ヨーロッパへのルートと到着後の計画を、搭乗員と打ち合わせた。

離陸したときには、ジェントリーはぐっすり眠っていて、そのあともかなり長い時間、寝入っていた。休養が必要だった――丸二日近く、ずっと眠っていなかった――だが、さきほど目が醒めたとたんに、車で急斜面を落ちたときの影響が、全身に感じられた。胸と腰のあいだや両腕のあちこちに切り傷や打ち身があり、頭が痛く、熱が出ていた。

ジェントリーは、エディソン・ジョンの屋敷を急襲したときのTシャツとズボンから着替えていなかった。破れ、血がつき、不潔だったが、崖を落ちた車から引きあげられ、ファルコンのジェットステア（タラップを兼ねる乗降口）を昇るまでのあいだに、買い物をする時間がなかったので、着のみ着のままで過ごしていた。

だが、はっきり目が醒めて、体のあちこちが痛いいま、カリブ海にいた数時間のあいだに自分の体をどう酷使したかを理解する必要があった。

ジェントリーは、ゾーヤのことを意識から――一時的に――追い払い、Tシャツをそろそろと、ゆっくり脱いだ。上半身のいたるところにある傷の血が固まり、布地がへばりついていた。胸を見おろすと、頑丈な椰子《やし》の葉がぶつかったとおぼしいところに、掻《か》き傷や紫色の痣《あざ》があり、胸を横切っている打ち身はシートベルトの痕《あと》だとわかった。

うしろに手をのばし、右の腎臓の上のべとべとの傷に触れて、痛みにひるんだ。

ジェントリーは痛みに顔を歪《ゆが》めて、アンジェラ・レイシーのほうを見あげた。乗客はジエントリーとアンジェラのふたりだけだった。アンジェラはいらいらした顔で、ジェントリーを見おろしていた。ジェントリーが痛みを味わっているのは知っているはずだが、同情していなかった。

「離陸前にあなたの怪我《けが》を手当てするっていったのに、やらせてくれなかった」

「いうことをきくべきだった」ジェントリーは正直にいった。

「何度そういったか、気づいている？」

ジェントリーは、隣の座席に汚れて破れたTシャツを投げた。「あまりいじめるなよ」

「鎮痛剤が必要ね」

ジェントリーは首を横にふり、背中のべとべとの傷をまたいじった。

アンジェラがいった。「待って。氷を持ってくる。それから、あなたがいびきをかいているあいだにわかったことを教える」

ジェントリーは首をかしげた。「おれはいびきをかかない」だが、アンジェラはとっくに離れていて、聞こえなかった。

一分後に、氷を入れた小さなポリ袋を三つ持って、アンジェラが戻ってきた。医療品キットは小脇に抱えている。氷の袋をジェントリーの前のテーブルに置くと、アンジェラは抗生剤のスプレーをキットから出した。ジェントリーが前かがみになって、背中を向けた。

「虎に襲われたみたい」

「もっとひどい。ロシア人の暗殺者は手榴弾を持っていた」

アンジェラがいった。「カーチェイスと手榴弾。あなたとわたしはまったくちがう組織で働いているのね」

「きみには想像もつかないよ」ジェントリーはつぶやき、背中と胸に抗生剤をスプレーされるあいだ、目をぎゅっと閉じた。

そのつぎは抗生剤の軟膏《なんこう》で、それからアンジェラがキットから包帯を出し、プラスティックの包装を破った。

ジェントリーは考えにふけっていた。カリブ海で起きたことすべてがまだ腹立たしかったが、スイスでなにが待ち構えているのだろうと考え、ゾーヤとの連絡はないとブルーアがいったことに落胆していた。数十カ所の切り傷や掻き傷にアンジェラが包帯を巻くときの痛みは、意識の中心から消えて、不安がそれに取って代わった。

だが、アンジェラは熱心に手当てをして、ふさぎ込んでいる患者に話しかけ、注意を呼び起こそうとした。

「ブルーアは、わたしがヨーロッパの顔認識データ・センターにアクセスできるようにしてくれた」

「きみがこれを独りでやらなければならないのかと思っていた」

一瞬ためらってから、アンジェラがいった。「ブルーアは抜け道を見つけたのよ。すべての情報にアクセスできる現行のプログラムに、わたしを組み込んだの」

「どんなプログラム？」すこし好奇心をおぼえて、ジェントリーはきいた。

「必知事項《ニード・トゥー・ノウ》よ、6《シックス》」

「わかった」

アンジェラが、赤いケースから圧迫包帯を出して、抗生剤がはがれないように幾重にも当ててあった包帯に重ねて、肋骨《ろっこつ》の上に巻きつけた。

それをやりながら、アンジェラはいった。「チューリヒ支局が、顔認識でヒットしたのよ」

「マタドールか？　ヴェリスキーか？」

アンジェラは首をふった。「ちがう……三十八歳のGRU将校で、名前はニコ・フォルシェフ」

「何者だ？」

「非合法工作員《イリーガル》で、チューリヒに住んでいて、すこし前からチューリヒ支局が存在をつかんでいた。積極監視は行なっていなかったけど、電子的に追跡していた」

「２９１５５？」

「ＧＲＵの暗殺部隊に所属しているという証拠はない。とにかく、数時間前に、インターラーケンに近いウェンゲンという町のガソリンスタンドで、ほかの五人と撮影された。車三台で到着したのに、全員がトヨタ・ハイランダー一台に乗り、一分とたたないうちに出発した」

「ほかの男たちは？」

「データベースに載っていないか、画像の質が悪かったらしく、識別できなかった。どちらかはわからない。フォルシェフには目立った特徴があるのよ。長身で赤毛。コナン・オブライアン（アメリカのテレビ司会者、コメディアン）に似ている」

「だれだ？」

アンジェラが包帯を巻く手をとめて、ジェントリーの目を覗《のぞ》き込んだ。「あなたのちっちゃな船には、テレビがないのね」

「ない」ジェントリーは、肝心な話題に戻そうとした。「ハイランダーに乗ったその連中は、荷物を持っていたか？」

「全員が大きなダッフルバッグとバックパックを持っていた」

「それがどういうつながりが――」

「防犯カメラに撮影されてから三時間以内に、フォルシェフとそのほかに八人が、ウェンゲン郊外の私有の山小屋で死んでいるのが発見された」

ジェントリーは口笛を鳴らした。「九人も死んだのか。たまげたな」

「警察は戦域だといういいかたをしている。わたしたちはベルンから局員を派遣した——そこがいちばん近い大都市だから。彼らが自分たちで見て、死体の身許《みもと》をもっとはっきり識別するでしょう。これまでのところ、アレックス・ヴェリスキーかイーゴリ・クループキンと特徴が一致する死体は見つかっていない。当然、クループキンの電話が現場にあるかどうかもわからない」

「それじゃ、データを手に入れるために、GRUがそこへ行ったと思っているんだな？」

「そう思うのが当然でしょう。セントルシアでは六人死んだ。ウェンゲンでは九人死んだ。クループキンは行方不明。ヴェリスキーは行方不明。すべてつながりがあるにちがいない」

「おれもそう思う」

アンジェラがいった。「現場には、ハイランダーのほかに車が二台あった。つまり、かなりの人数がいた。フォルシェフとその仲間が抗戦した。フォルシェフたちのほかに、三人の死体しかなかったから、そこにいた防御側は生き延びて立ち去ったのかもしれない」

「おれもそう思う」ジェントリーはいった。

「この飛行機でベルンに着陸する必要がある。」ジェントリーはいった。

アンジェラが首をふった。「インターラーケンではだめなの？　もっとウェンゲンに近い」

「インターラーケンには飛行場がない」

「そうなの」アンジェラが、ジェントリーの顔を見た。「マタドールみたいにやれば？　飛行機から跳びおりるのよ」

ジェントリーはまわりを見た。「この飛行機がパラシュートを積んでいるとは思えない」

アンジェラが肩をすくめた。ジェントリーの右肩の紫色になっている打撲傷《だぼくしょう》に当てた氷の袋を押さえながらいった。「そういえば見ていないわね」

ジェントリーはくすくす笑った。「だったら、おれの計画のほうがいい」座席で体をずらしながらいった。「ベルンからウェンゲンまで一時間だ。三時間後にベルンに着陸すれば、現場には四時間後に着く。ヴェリスキーかクループキンがそこにいたのなら、GRUかべつの当事者に連れられて、とっくに遠くへ行っているだろう」

「どこへ行くかしら？」

「向こうはいま真夜中だろう」ジェントリーはいった。

アンジェラが腕時計を見た。「スイスでは午前四時四十分」

「彼らは移動しつづけて、現場からできるだけ離れようとするだろう。おれならそうする」

「わたしはなにをやればいいの？」

「ヒットだ。顔認識、通信傍受、なんでも、GRUのだれか、そこの周囲のあらゆる場所。クループキンか、ヴェリスキーか、どこかの国の未知の資産《アセット》。チューリヒには戻らないだろうが、広範囲に網を張り、あらゆる方角の三〇〇キロ内外の大都市を調べる。ジュネーヴ、リヨン、ミュンヘン、ミラノ……といった場所だ。おれがデータを押さえて、重要人物を保護していて、自分のチームがGRUの六人編成の部隊に殺されたとしたら、大都市で身を隠す。つぎの動きを考えるあいだ、行方をくらますのに都合がいいからだ」

アンジェラは、ジェントリーが頼んだことを考えているようだった。アンジェラはいった。「本部の全部局がやるような仕事ね。情報収集と分析を二十人以上に手伝ってもらえる。幅広いアクセスをわたしは許可されている。でも、ブルーアは作戦にほかの人間をくわえたくない。チューリヒ支局と話をすればいいのに、どうしてやらないのか、理解できない――」

「それはきみとブルーアのあいだの問題だ。おれは支援やネットワーク抜きで働くのに慣れている。きみも早くそういうやりかたに慣れたほうがいい」

アンジェラがもっとも深い切り傷をいくつか消毒して包帯を巻くと、ジェントリーは肩のアイスパックを取り、裂けて汚れているTシャツを着ようとした。

左腕を頭の上にあげるのがほとんど不可能だったので、アンジェラが手伝った。

ジェントリーはいった。「きみはすごく優秀な衛生兵だな」

ジェントリーがTシャツを着ると、アンジェラは座席をリクライニングして、アイスパックを渡した。ジェントリーはよく考えたうえで、それを肋骨《ろっこつ》の圧迫包帯の上に置いた。

アンジェラがいった。「わたしにもいろいろ能力があるのよ。鎮痛剤はいる？」

ジェントリーは、ふたたび首を横にふった。「抗炎症薬をすこし飲む」アンジェラは〈イブプロフェン〉を一パック渡して、立ちあがった。

「わかった。作業に戻るわ。あなたがいった都市のアクセスされているカメラを調べて、ヒットできるかどうかやってみる」

ジェントリーは黙ってうなずき、水なしで錠剤を飲んでから、窓の外を見た。

ウェンゲンの銃撃戦で生き残った連中のことを考え、冬のスイスでGRUから逃れようとするのは、どんなふうだろうと思った。

二時間後、ベルン到着までわずか四十五分になると、ジェントリーはふたたび座席をまっすぐに戻した。汚れたTシャツのままだったが、コーヒーをゆっくり飲んでいた。肋骨の痛みにアイスパックはすばらしい効き目があり、抗炎症薬も役立っていた。

アンジェラは、通路を挟んでジェントリーよりも二列ほど機首寄りの座席に座っていた。ヘッドセットをかけ、前のノートパソコンを覗き込んでいた。数秒後、ジェントリーはアンジェラに注意を集中した。驚きと興奮が、アンジェラの顔に浮かんでいたからだ。

アンジェラはいきなりヘッドセットをはずし、立ちあがって、通路をジェントリーのほうへ歩いてきた。

「ミラノ!」アンジェラが叫び、通路の向かいの座席に座った。

「それがどうした?」

「ヴェリスキーが顔認識で発見された。ヴェリスキーが真夜中に二十四時間営業のマーケットにはいるのを、道路の防犯カメラが捉えた」

「独りか?」

「いいえ。べつの男といっしょみたい。身長一七八センチ、黒いニットキャップ、ダウンジャケット、バックパック」

ジェントリーはすかさずいった。「ミラノに行こう」

アンジェラが立ちあがり、狭い通路をコクピットへ急いだ。

ジェントリーは、いま判明したことに驚嘆して、窓から夜明けの景色を見た。一時間ごとに死者が増えている国際的な人間狩りのターゲットであるヴェリスキーは、たった独りの付き添いとともに移動している。

つじつまが合わなかった。ヴェリスキーといっしょにいる人間は——護《まも》っているにせよ、捕らえているにせよ——昨夜、仲間三人を失った。掩護《えんご》を強化せずにミラノまで行ったとは考えにくい。

たった独りでヴェリスキーの面倒をみている男のことを、ジェントリーはふたたび思った。自分の稼業で何度もはまり込んだろくでもない仕事に似ているような気がした。

ヴェリスキーとたった独り生き残った護衛は、ミラノで動きまわっている。クループキンのデータをほしがっているロシア人かそのほかの悪党どもは、どれほど早くミラノに到着するだろうと思った。

これは時間との競争だ。ヴェリスキーにとって、ヴェリスキーといっしょにいる資産にとって、ジェントリーとアンジェラにとって、そしてCIAにとっても。

ダッソー・ファルコンがもっと速く飛ぶように願ったとき、エンジン音が高くなり、機体が南に向けてすこしバンクした。アンジェラが、ミラノへの目的地変更と、任務が急を要することを、機長と副操縦士に告げ、できるだけ早く着陸できるように、針路を変えているのだ。

ジェントリーは、iPadを見おろして、ミラノのグーグルマップを呼び出し、道路や地形になじもうとした。

28

ゾーヤ・ザハロワは急に目が醒《さ》めて、手をさっとのばし、拳銃のグリップを握って、闇のなかで耳を澄ました。

また聞こえた。耳慣れない物音が、寝室の外から聞こえる。狭いアパートメントのどこかから。

どうなっているの？

機敏に戻っていた頭脳が、欠けているパズルのピースをすばやく埋めようとした。映像と感情が押し寄せるなかで、これまでに起きたあらゆることを思い出しはじめた。

雪の上の死体。

森を抜ける強行軍のあと、イタリア行きの深夜バスに乗り、スイスを南下して、ミラノに到着した。クレムリンの西側への資金投入を遮断し、世界各地でのロシアの諜報活動に損害をあたえる方法を知っているという、ウクライナ系スイス人バンカーを連れて、ゾーヤは自分のアパートメントまで早朝のミラノ中心部を歩いた。

大聖堂広場《ピアッツァ・デル・ドゥオーモ》のマーケットに寄って生活物資を買ったあとで、ようやくけさここにたどり着いたとき、ここは汚すぎると、ヴェリスキーが評した。カウンターもテーブルも、皿、テイクアウトの食べ物の箱、袋、発泡スチロールのカップ、一・五リットル入りの〈コンタリ〉ウォトカの空き瓶で埋め尽くされていた。

ヴェリスキーは嫌悪をあらわにしていたが、ゾーヤは自分のアパートメントの状態を恥ずかしく思うような状況にはなかった。ただソファを指さして、自分は寝室にはいり、ベッドのそばでバックパックをおろし、床にほうり出したジャケットのポケットからイーゴリ・クループキンのiPhoneを出して、ジーンズに突っ込んだ。

ブーツをはいたままで、拳銃をホルスターから抜き、ベッドに置いて、そのそばで横になったが、素面《しらふ》で眠るのに慣れていないせいで、何時間も展転反側《てんてんはんそく》していた。

午前十時ごろにようやく、うつらうつら眠った。いま何時なのかわからなかったが、どれほど睡眠をとったかを心配するよりも、音の源《みなもと》を調べなければならないとわかっていた。

ゾーヤは、ベッドからそっと転がっておりた。隣の部屋の物音はヴェリスキーがたてているのだろうと思ったが、警戒をゆるめてはいなかったので、どんなことであろうと、問題ないと決めてかかることはできない。グロック17でドアに狙いをつけ、足音を忍ばせて、しっかりした足どりで寝室を横切りはじめた。

ドアの前で膝《ひざ》をつき、左手でノブをつかんで、ドアをあけた。

まぶしい光に目をつぶりかけたが、強《し》いてあけて、そこの光景をすっかり見てとった。

カーテンがあき、明かりがつき、音を消したテレビにはサッカーの試合が映っていた。

キッチンの小さな窓もあけてあって、寒気が流れ込んでいた。その前でヴェリスキーが流しに向かって立ち、皿を洗っていた。最初に会ったときとおなじ〈ナイキ〉のバスケットボール・シューズとコーデュロイのズボン姿で、上はアンダーシャツだった。

ゾーヤは、正面のリビングを見まわした。汚れひとつなくきれいになっていた。右側のキッチンもおなじだった。コーヒーの香りが充満し、カウンターを見るとパーコレーターのランプが点灯していた。

ゾーヤは犬の糞《ふん》になったような気分で、口はなにかが這《は》い込んで死んだような味がしていたが、コーヒーが飲めるとわかると、急に爽快《そうかい》な気分になった。

銃口を下に向け、両目をこすって、ゾーヤはキッチンへ行った。部屋をきれいにされたことが、差し出がましく思えた。

ヴェリスキーが背後の気配を察したらしく、水切りラックに皿を置きながら、うしろを向いた。ゾーヤとはちがって、明らかにはっきり目が醒めて、決然とし、エネルギーに満ちていた。

ゾーヤはグロックをジーンズに戻して、まっすぐにコーヒーのところへ行った。

「気にしないでくれるといいんだが」ヴェリスキーが、濡れたマグカップを拭きながらいった。「わたしはきれいなキッチンが好きなんだ」

「好きなようにして」ゾーヤは、マグカップをヴェリスキーの手から取って、ブラックコーヒーを注いだ。

「ずっと考えていたんだが」ヴェリスキーが早口でいった。ゾーヤは彼の声におののきを感じ取った。「きのうの晩、きみがやってくれたことすべてに感謝している」

「でも？」ゾーヤはうわの空でいいながら、パーコレーターを置いた。

「でも……きみはわたしを助けるのに……精神的に……うってつけの状態だとは思えない」

ゾーヤはコーヒーで舌を火傷《やけど》したが、反応しなかった。ヴェリスキーをつかのま見てからいった。「わたしはだいじょうぶ」

ヴェリスキーは信じていないようだったが、ゾーヤは気にしなかった。ヴェリスキーがいった。「警察か、ＦＢＩか、その筋の人間のところへ行ってもいい」

「西側でだれを信じていいか、わからないんでしょう？」

「そうだが……しかし——」

「わたしといっしょにいなさい。なにもかもコントロールしているから」

ようやく、ヴェリスキーがきいた。「わかった。事態をコントロールしているというのなら、どういう計画なんだ？」

ゾーヤは短く答えた。「暗くなるのを待つ」

ヴェリスキーが、ゾーヤの顔を見た。「いま何時か、わかっているのか？」

ゾーヤは、窓から射す陽光で推測した。「午後一時？」

「三時半だ」

ゾーヤはマグカップを置き、狭いキッチンでヴェリスキーの横を通り、冷蔵庫をあけた。蓋《ふた》のない〈ヌテラ〉（チョコレート風味のスプレッド）の瓶を出し、ヴェリスキーが洗ったばかりのナイフを流しの横の水切りラックから取り、固まりかけている上のほうをこそげ落として、その下の柔らかいチョコレート・ヘーゼルナッツ・スプレッドをすくった。

「三時半」ナイフからたっぷり食べながら、ゾーヤはいった。「よかった。そんなに待たなくていい」ナイフを置いて、手をのばし、キッチンの窓を閉めた。

ヴェリスキーがいった。「ここは腐ったゴミのにおいがしていた」

「そうね」ゾーヤはいった。「ぜんぶ腐ったゴミだった」また〈ヌテラ〉をナイフですくって食べ、コーヒーを飲んだ。

ヴェリスキーが、コーヒーの残りを飲み干し、マグカップを洗いながらいった。「どれくらいひどいんだ？」

ゾーヤが、マグカップをすこし下げて、その上から見た。「ひどいって、なにが？」

「コカインの習慣だよ」

ゾーヤは溜息をついて、もうひと口コーヒーを飲んだ。「あんた、やめてよ」

「テーブルに粉がすこし残っていた。拭いておいた」リビングのほうをふりかえった。

「ほかのいろいろなものも片づけた」

「家を掃除してくれなんて、頼んでいない」

「そう、頼まれていない。きみはまったく気にしていないみたいだ」ゾーヤに目を戻した。

「コカイン。これから問題になるんじゃないか？」

「問題になっていない」

「ウォトカはどうだ？　空き瓶が八本、転がっていた。ゴミ容器にもあった」

チョコレート・ヘーゼルナッツ・スプレッドを冷蔵庫にしまいながら、ゾーヤはきいた。

「空《から》じゃない瓶はあった？」

「一本あった」ヴェリスキーは答えた。「中身を流しに捨てた」

「いやなやつ」

ヴェリスキーがゾーヤの腕を片手でつかんで、ふりむかせようとした。ゾーヤは動かず、その手を見おろしてから、ヴェリスキーに目を向けた。

ヴェリスキーが、反省してゆっくり手を離した。「きみには……たいした計画はないようだが」

ゾーヤは、マグカップにコーヒーを注ぎ足した。「おとといの夜に、突然これを任せられたときには、準備ができていなかったけど、いまでは事情がわかっている。計画はある。けさずっと考えて練りあげた」ヴェリスキーが質問する前に、ゾーヤはいった。「ジュネーヴへ行く。今夜、列車で」

「ジュネーヴ？　スイスに戻りたいのか？」

ゾーヤはそれには答えなかった。「午後十一時過ぎに到着する。あすの朝いちばんの列車で、マルセイユへ行く。そこに着いたら、わたしが知っている人間と話をして、それから空港へ行く」

「空港？　わたしは運転免許証しか持っていない。パスポートがない」

ゾーヤはいった。「パスポートはいらない。そこからニューヨークへ行く」

ヴェリスキーが、うなずいた。「ニューヨークにどれくらいで到着するんだ？」

ゾーヤはまたコーヒーを飲み、ようやくカフェインが効きはじめるのを感じた。すこし鋭敏になり、血流にアルコールがないことにあまり動揺しなくなっていた。「それはわたしたちが乗る飛行機による。わたしたちは選《え》り好みできる立場じゃないのよ。JFKにそのまま着陸できるようなら、ニューヨーク到着はいまから一日半後。アルバカーキに着陸したら、そこからアメリカを車で横断しないといけない」

謎の女に計画があると知って、ヴェリスキーは落ち着いたようだった。「まあ、どこへ行くにせよ、昨日の晩は助けてくれてありがとう。ニューヨークへ連れていくのに同意してくれたことにも感謝している」

「よろこぶのは早いわ。ここからそこまでのあいだには、いくつも障害《ハードル》がある」

「わかっている。だれかがこのミラノでわたしたちを捜していると思っているんだね？」

ゾーヤは肩をすくめた。「ブルサールは、わたしがミラノに住んでいるのを知っているけど、住所は知らない。だから、ロシア人たちがすぐに迫ってくるとはかぎらない。それでも、移動に使われる場所、空港、鉄道駅、交通の激しい道路……そういった場所すべてでひと目にさらされる。肝心なのは、顔を伏せ、移動しつづけること。わたしを見倣《みなら》ってやればだいじょうぶよ」

ヴェリスキーは、しばらく彼女を観察した。ゾーヤは気づかないふりをして、コーヒーを飲んでいた。ようやく、ヴェリスキーはいった。「どうして急にわたしを助けることにしたんだ?」

「わたしにも理由がある」

「わたしの理由を知りたいか?」ヴェリスキーはきいた。

「いいえ」

にべもない返事だったが、ヴェリスキーはいった。「わたしの妹、甥《おい》、母、父。四人ともロシア人に殺された」

ゾーヤは、体の前でマグカップを両手で持ち、床に視線を落とした。

「そこにいるべきではなかったんだ。いずれロシア人が来るとわかっていた。ウクライナ人すべてが知っていた。紛争が拡大していたのに、そのときに来るとは思っていなかっただけだ。わたしの両親は避難するのを拒《こば》み、妊娠七カ月の妹が夫とともに実家へ行って、避難するよう両親を説得しようとした。

ロシアが攻撃を開始し、妹は前線の後背に取り残されて、逃げられなくなった。わたしはチューリヒからできるだけのことをやったが、たいしたことはできなかった」

ゾーヤは、頬の内側を嚙《か》んだ。

ヴェリスキーが話をつづけた。「妹はマリウポリの病院で出産した。両親もそこにいっしょにいた」顔を涙が流れ落ちた。「孫息子を一度か二度は、抱くことができただろう」

ヴェリスキーは涙をぬぐった。「やがてミサイルが何発も襲来した。病院を直撃した。意図的だったのはまちがいない。四人とも瓦礫《がれき》に埋もれた。妹の夫は、三ヵ月後にドネツクの前線で戦死した。ウクライナ人ではなく、オランダ人だったが、踏みとどまって戦ったんだ」

ゾーヤの心は、いっそう沈んだ。彼らの死に責任があるような気がしたが、理由ははっきりしなかった。やがてゾーヤはいった。「そのあとも、あなたは仕事をつづけていたのね？」

「いや。何週間もかけて、遺体をウクライナから運び出そうとした。こちらに運ばれ、わたしが葬儀を行なった。そのあいだ、わたしは仕事をやっていなかった。最初のうちは銀行も協力してくれたが、やがて暗にほのめかされるようになった。職場に戻るか、いまの地位を捨てるしかなかった」

「どうして戻ったの？」

「この世界でわたしが売り込むことができるのは、犯罪者のために資金を隠し、洗浄する能力だけだと悟ったからだ。この一年間、嫌《いや》でしかたがなかったが、出勤して仕事をやっていた」

ゾーヤは、カウンターにもたれ、またコーヒーをひと口飲んでからいった。「クループキンが現われるまで」

ヴェリスキーが、作り笑いを浮かべた。「わたしよりもずっと大物の悪党が、救い主として現われた。しかもロシア人だ。わたしの家族を殺したやつらを支援し、戦争犯罪を幇《ほう》助《じょ》したクレムリンの権力者たちを甘やかし、保護してきた男だ」これまでに起きたことすべてにまだ動転しているらしく、ヴェリスキーは首をふった。「クループキンに電話を渡されたとき、川に投げ捨てようかと最初は思った。だが、すぐに自分がやらなければならないことを悟った」

ゾーヤはうなずいたが、黙っていた。

ゾーヤの沈黙を受けて、ヴェリスキーはいった。「そう……それがわたしだ。きみはどうなんだ？」

「わたしは長いあいだ、いまの政権を支持してきた」ゾーヤは、肩をすくめていった。「もう支持していない。それだけのことよ。あなたを手助けできるのなら……手助けしたい」

「わたしがいまやっていることは」ヴェリスキーはいった。「英雄的ではない。わたしは

何十年も、独裁者、暴君、犯罪者に協力していた。彼らの犯罪が身内に及んだときによう
やく立ちあがって、抵抗しはじめただけだ。英雄になることは望んでいない。冷酷に報復
しようとしているだけだ」
ゾーヤはいった。「そういう動機もあっていいと思う」
ヴェリスキーは、長いあいだゾーヤを見つめていた。「どうしてやつらといっしょに働
くことができたんだ？　ロシア人と？」
「わたしもやつらのひとりなのよ」
「そうじゃない、情報機関でという意味だ。ロシアは一年前に突然、邪悪になったわけで
はない」
「わたしは自分がやっていることを、おおむね正しいと思っていた」ゾーヤは肩をすくめ
た。「あまり正しくないと思うこともあったけど……でも……でも、戦争の前にやめた。
戦争のせいではなく」
「どうしてやめたんだ？」
「彼らがわたしを殺そうとしたから」
ヴェリスキーは、その言葉をしばし考えた。「そういう動機もありうるだろうな」
ゾーヤは、話題を変えた。「ニューヨークであなたが会わなければならない人間は、何

者?」

「エズラ・オールトマン。法廷会計士で、ロシアのマネーロンダリング追跡にかけては、世界一、辣腕《らつわん》だ。オールトマンのところには、西側のオフショア口座とその所有者のデータベースや、商業銀行やプライベートバンクの口座に移動される資金の図解がある。オールトマンは、何年もかけてそれを開発してきた。わたしは盗んだファイルへのリンクを、彼に郵送した。あしたには受け取るはずだと思う」

「あなたの友人なの?」

ヴェリスキーは小さく笑った。「どちらかというと敵だ。最大の敵だ」

「よくわからない」

「オールトマンは、わたしが勤めている銀行、ブルッカー・ゾーネに、何年も前から狙いを定めていた。具体的にいえばわたしを狙っていた。わたしが仮想通貨担当で、クレムリンがロシアから資金を持ち出すのに、仮想通貨を使っているからだ。オールトマンはずっとわたしにとって悩みの種だったが、彼はわたしたちを打倒できなかった。

とはいえ、その分野ではオールトマンが最高だ。根気強く、抜け目がない。彼が入念にまとめあげたオフショア金融とマネーロンダリングに関するファイルとデータベースは、クレムリンと金を受け取っている相手のあいだの点と点をすばやく完全につなぎ合わせる」

「彼抜きでこれをやることはできないの?」

ヴェリスキーが、きっぱりといった。「ほかにも世界にはふたりほどいるが、エズラ・オールトマンほどブルッカー・ゾーネに執着していない。オールトマンはそれに取り憑《つ》かれている。

わたしはパズルのひとつのピースにすぎない。クループキンがわたしを巻き込んだのは、わたしがパズルを組み立てられると思ったからではない。いっぽう、エズラ・オールトマンは、パズルを組み立てる名人だ」

ゾーヤはうなずいた。

ヴェリスキーはうなずいた。「わかった。「ありがとう」この電話をオールトマンに届けましょう」

「でも、えーと、褒《ほ》めるのはあとにして。途中でふたりとも死ぬ可能性が大きい。でも、やってみなければならない。そうでしょう?」

「やる」ヴェリスキーはいった。

「わたしもやる」ゾーヤは重々しく答えて、寝室へ戻っていった。

29

　午後六時、ルカ・ルデンコは、濃紺のスキージャケットと、白いTシャツに重ねた黒いケーブル編みのVネックセーターという服装で、ミラノ中央駅にはいっていった。その上に膝丈《ひざたけ》のウールのピーコートを着て、左耳の傷の包帯を覆《おお》うように茶色のワッチキャップをかぶっていた。

　ルデンコは大股に階段をあがり、まっすぐ一階のショップ街を目指した。

　一九三〇年代から使用されている荘厳な駅は、ムッソリーニ政権の力と威厳を誇示するように設計されていた。堂々とした煉瓦《れんが》の正面からはいると、壮大なコンコースがあり、三カ所の大階段に通じている。そこを昇るとガラスの円天井《まるてんじょう》の下に列車のプラットホームがある。二十四番までプラットホームがあるミラノ中央駅は、イタリアで二番目に大きい駅だった。

　ルデンコは、キャスター付きのバッグをひっぱってプラットホーム沿いを歩いたり、広い共用スペースにある数十軒のショップやレストランで買い物をしたり食事をしたりしている夜の乗降客で混雑している構内を歩き、上の階に通じている階段に達した。

階段を昇り、下のプラットホームを見おろすテーブルがガラス張りの壁ぎわに並んでいる〈モカ・カフェ〉にはいり、ノートパソコンと携帯電話を前のテーブルに置き、エスプレッソのカップを持っている若い男を見つけた。

ルデンコは、ひとこともいわずに腰をおろした。相席の男は、ルデンコより十歳以上若く、短い髪と顎鬚《あごひげ》が黒く、いくぶんアジア系の顔立ちだった。グレイのダウンジャケットのジッパーをあけて、ニットキャップがそばのテーブルに置いてあった。ルデンコが腰かけると、その男が驚いて座り直し、目をあげた。

「少佐」

「ルカだ」ルデンコは叱りつけた。「おれはルカ、おまえはウラン。おい、いくら新人だからといって、そこまで新米じゃないだろう」

「ルカ。はい《ダー》、すみません」

ルデンコは少佐で、部隊のなかでは最先任だった。ウラン・バキエフは曹長で、だいぶ階級が低い。

バキエフはキルギス人で二十八歳だった。その日の午後にミラノに到着した十人編成の特命部隊のなかで、テクノロジーの面ではもっと有能な工作員だった。テーブルに向かい、ノートパソコンを見ているのは、それが仕事だからだった。

「あとの連中はどこだ？」ルデンコはきいた。

「このくそ駅にいるのは、おれとイワンだけです。イワンは下の地下鉄駅でニコンを使って、防犯カメラが見落としたかもしれない顔を撮影して、データベース用の画像を集めてます」バキエフは前のノートパソコンを示した。「おれはこれを持ってここに来ましたが、これにもカメラがあります」

「なににアクセスできる？」

「ここのネットワークにはいってます。駅構内と外の。イワンもおなじです。おれはCIPDBで顔を調べてます」

統合情報個人データベース《CIPDB》は、何百万もの画像と経歴のリストだった。ロシアの情報機関に知られている人間はすべてそこに入力されていて、ソフトウェアを使い、一度に四十人の顔を〝読み込んで〟、データベースと一秒で照合することができる。

バキエフはミラノ中央駅のカメラすべてにアクセスできるので、ソフトウェアがフル稼働していた。画像が一致したときには、すぐさまイヤホンから警報が流れるはずだった。

ルデンコは、乗降客のほうを眺めた。「武器は？」

バキエフが、ノートパソコンの上からチームリーダーを見た。「もちろんあります」

ルデンコは、あきれて目を剝《む》いた。「武装しているかどうかきいたんじゃない。どういう武器かときいているんだ」

「B&Tサブマシンガン、右腕の下。弾倉三本。あとの連中とおなじ」

ブリュッガー&トーメAPC9Kサブマシンガンは、びっくりするくらい小型で、ストックを折り畳《たた》むと、フルサイズの拳銃の二倍に満たない。

ルデンコは、九ミリ弾を使用するシュタイヤー・セミオートマティック・ピストルを、ウェストバンドの内側に差し込んであるだけで、予備弾倉は二本しかなかったので、チームのあとのものがもっと多めの火力を携帯していることにほっとした。

バキエフにいくつか質問してから、ルデンコは携帯電話を出し、ドレクスラに電話をかけた。

「はい?」

「おれだ」ルデンコは、あたりを見た。「ミラノ中央駅にいる。ここでは目が足りない。プラットホームが二十四本、四層、地下鉄の駅、商用施設が百カ所以上。おれたちのこれだけのテクノロジーがあっても、ふたりでは監視しきれない」

ドレクスラが、自信たっぷりに答えた。「わたしはあんたのチームを動かしているほかにも、そこに自分の資産《アセット》がある。いま中央駅に八人いる。ガリバルディ駅に四人、空港に六人いる」

ルデンコは、周囲を眺めた。「どういう資産だ？」

「監視員《ウォッチャー》だ。大半はわたしが使っている私立探偵か、わたしの仕事をやるそのほかの人間だ。現在、ミラノで八十人雇っている。交通の要所すべてに配置してある」

それを聞いてルデンコはよろこんだが、いくぶん懸念がつきまとっていたので、こういった。「あんたの手先は行動するな。ヴェリスキーと交戦するときには、おれたちがやる」

ドレクスラがいった。「そのほうがありがたい。わたしの手先はナイフしか持っていない」

ルデンコは電話を切り、立ちあがって、年下のチームメートのほうを見おろした。

「まだそのあたりにいるんでしょう？」目の前のノートパソコンに注意をほとんど集中して、バキエフがきいた。

「車に乗って、ガリバルディ駅へ行き、そこのチームと会う。なにか見つけたら、おれに知らせろ。おれがドレクスラに伝える。ドレクスラはここに目があるから、ターゲットが列車からおりたら、監視することができる」

「ドレクスラの配下は、優秀なんですか？」

「ヴェリスキーはどうだ？」ルデンコは、そっけなく応じた。

バキエフが首をふった。「たしかに。でも、いっしょにいる男は？」

「何者にせよ、おれたちはそいつを先に始末する」

ルデンコは向きを変え、駅の出口へ向かった。

ルデンコとバキエフの八キロメートルほど北西で、コート・ジェントリーは人通りの多いプリヴァータ・ヴェネツィア・ジュリア通りのあちこちを見まわし、通行人の顔、服、歩きかたと、通り過ぎる車の型や車種を分析していた。せっせと働いていても、落ち着き払っていた。顔にはなんの表情も浮かんでいなかった。

日没をかなり過ぎていて、残照が一分ごとに空から消えていった。ジェントリーは、クリマ・ホテル・ミラノ・フィエレの正面にあるカフェで、ビストロテーブルを挟み、アンジェラ・レイシーの向かいに無言で座っていた。ふたりとも前にコーヒーを置き、テーブルのそばのガスヒーターで暖をとっていた。

アンジェラはAirPodをつけて、ノートパソコンを見つめ、前のコーヒーには手をつけていなかったが、ジェントリーはカプチーノをゆっくり飲んでいた。飲みながら周囲の監視をつづけ、場違いに見える人間、偵察に使えそうなバン、アパートメントの窓の奥で反射するスナイパーのスコープはないかと探した。

見なければならない場所は多かったし、アンジェラが街中のカメラの画像からヴェリスキーを見つけるのに注意を完全に集中していたので、ジェントリーは監視を一手に引き受けなければならなかった。

ふたりは十分前にここで落ち会った。ジェントリーは朝のうちに買った大型スクーターで到着し、アンジェラはパネルバンでやってきた。6《シックス》という呼び名でしか知らない男に、スクーターをしまう必要があるかもしれないのでパネルバンを用意するよう命じられたからだ。アンジェラはノートパソコンで落ち着いて作業を進めていたが、ジェントリーは、ヴェリスキーに対処し、マタドールを発見し、行方不明のデータを回収できるように、即動可能情報が見つかることを期待して、せかせかしていた。

ふたりとも、マタドールがこのミラノに来るという確信はなかった。電話を持ってセントルシアから出発した時点で、マタドールの任務は完了したとも考えられる。しかし、銀行から盗んだデータと、イーゴリ・クループキンから受け取ったデータの両方を握っているアレクサンドル・ヴェリスキーは、GRUにとって片がついていない重要事項であるはずなので、マタドールはミラノに配置されるにちがいないと、ジェントリーの勘が告げていた。

ロシア人暗殺者のマタドールは、どこか近くにいるはずだと、ジェントリーはほぼ確信していた。

クループキンの遺体が、その日早く、チューリヒ湖で身許《みもと》識別されていた。クループキンはだいぶ前に死んでいたので、けさ防犯カメラが捉えたヴェリスキーは、いまも活動しているにちがいない。

ジェントリーがコーヒーの残りを飲み干したとき、アンジェラがＡｉｒＰｏｄをはずし、ノートパソコンのスクリーンをジェントリーのほうに向けて、防犯カメラが早朝に捉えた、ミラノのマーケットにはいっていくアレックス・ヴェリスキーの画像を見せた。ジェントリーがターゲットの画像を見るのは、それがはじめてではなかった。何時間か前にもオンラインでヴェリスキーのことを検索し、無名の業界誌の金融詐欺関連の記事がブルッカー・ゾーネに触れているのを見つけた。その記事によれば、ヴェリスキーは金融業界の不正行為では重要な当事者で、胡散《うさん》くさいスイスの銀行で仮想通貨の専門家として働き、海外から流入する十億ドル単位の預金の全貌がわからないようにしているという。

ヴェリスキーがロシアを手助けしていることが、ジェントリーには腹立たしく、照準器でヴェリスキーを捉えることをいまから楽しみにしていた。

この高給取りの仮想通貨専門バンカーが、アメリカに損害を及ぼす可能性がある金融情報を盗んだ理由が、ジェントリーにはわからなかったが、それはどうでもよかった。ヴェリスキーを見つけたら、すべてを取り戻し、必要とあれば邪魔をする人間といっしょに殺す。

ジェントリーは、アンジェラのノートパソコンのスクリーンに表示されている、けさマーケットで撮影された静止画像をめくりはじめた。

ヴェリスキーは三十代で、小柄だが美男子で、髪は薄茶色だった。黒っぽいズボンをはき、右腕のところが破れているように見える厚手のジャケットを着ていた。粒子の粗《あら》い画像でも、疲労困憊《こんぱい》しているように見えた。

一枚目の画像では、ヴェリスキーのうしろに、いっしょに移動してきたとおぼしいもうひとりの人物が映っていた。眼鏡《めがね》と黒いニットキャップのせいで、顔が見えない。護衛か拉致《らち》した人物のどちらかだろうが、ヴェリスキーが意思に反して捕らえられているかどうかを、一連の静止画像から見定めることはできなかった。

つぎの画像にめくっていき、うしろの男を見てから、もう一枚めくった。

二人組の静止画像をいくらめくっても、ヴェリスキーの顔は容易に見えるのに、うしろの男は巧みにカメラを避けて、はっきり写されるのを避けていた。

正体不明のその人物は、黒っぽいズボンに黒いスキージャケットという服装で、バックパックを背負い、ブーツをはいていた。黒いニットキャップをかぶっているので、髪の色はわからなかった。眼鏡は色つきで、コンピューター化された顔認識アルゴリズムに探知されないように、顔の特徴をごまかすためだろうと、ジェントリーは推定した。

未詳の対象はまちがいなく男で、身長は一七七センチ前後だと思われた。その未詳の男は、とりたてて長身ではなかったが、厚手の服を着ていても肩幅が広く、胸の筋肉が盛りあがっているのがわかった。それに、運動選手のように大股で堂々と歩いているようだった。

対監視諜報技術《カウンターサーヴェイランス・トレードクラフト》を心得ているジェントリーの評価では、この男はかなり腕が立つ。もしそうなら、昨夜のスイスでの激しい銃撃戦のただひとりの生き残りにちがいない。つまり、自分の身を護《まも》ることができる。この男を排除してヴェリスキーを捉えるのは、至難の業《わざ》だろう。

画像を吟味《ぎんみ》すると、ジェントリーはノートパソコンのスクリーンをアンジェラのほうに向けた。かすかないらだちをこめて、ジェントリーはいった。「ヴェリスキーの外見はわかっている。知りたいのは、どこにいるかだ」

アンジェラが、自分の前にノートパソコンを戻した。だが、作業を再開する前に、ジェントリーのほうを見あげた。「あなたがまだわたしに腹を立てているのは、わたしが運悪くスーザン・ブルーアの指示でこの仕事につけられたからなんでしょうね」

「きみに腹を立ててはいない。信用できないだけだ」

「セントルシアで、あなたを助けてあげたのに？」

「理解するには、おれのこれまでの経歴を知る必要がある。おれは兄弟同然だと思っていた男たちと肩を並べて働いていた。その男たちが、おれに襲いかかった。それに、ブルーアが自分の利益しか考えないことがわかっている。そのために年取った資産を犠牲にする必要があるようなら、犠牲にするだろう」

アンジェラが一瞬目をそむけた。なにか裏の意味があるのだろうかと、ジェントリーはふと思った。だが、アンジェラがすぐさまいった。「あなたは年取っていない。わたしとおなじくらいの齢《とし》でしょう」

「ああ、モデルになるには年齢が高すぎるが」

アンジェラが、ジェントリーをしげしげと見た。「どうしてもききたい。あなたは何者なの？」

「どういう意味だ？」

「意味はわかっているはずよ。はじめのうちブルーアは、あなたはただの作戦本部要員だというようにほのめかした。そのあと、わたしはあなたと会い、非公式偽装工作員《NOC》だと推理した」ジェントリーを頭のてっぺんから爪先《つまさき》まで眺めまわした。「でも、あなたは自分のことを資産だとしかいわない。作戦本部の要員ではないのね。ほかのなにかよ」

ジェントリーは、危険はないかとあたりに目を配りながら、小さくうなずいた。「ほかのなにかだ」

アンジェラが、二度息を呑んだ。「CIA本部《ラングレー》のために契約で暗殺をやるひとたちがいるという噂を聞いたことがある。秘密裏に。かなり非合法に。わたし……作り話《フィクション》の世界にしかないスパイ小説もどきのでっちあげだと、ずっと思っていた」

「でっちあげだ」ジェントリーはいった。「おおかたは。しかし、おれのような人間が、ごく少数だがいる」肩をすくめた。探るような目を、突然、アンジェラに据えた。「そして、おれたちはノンフィクションの区分にファイルされている」

「あなたのその目つき……わたしはここで質問をやめるべきなんでしょうね？」

ジェントリーは、唇《くちびる》の内側を噛《か》みながら、また付近に目を配った。「闇の部分はウィルスみたいに伝染する。おれはずっと前にその病気にかかった。きみはいい人間、正直な人間のようだ。おれにあまり近づかないほうがいい。それに、ぜったいにブルーアに近づきすぎてはいけない。おれたちのウイルスにきみが感染する」

アンジェラが不安そうな顔になった。「でも、ブルーアはわたしをすでに深みにひきずり込んだ。そうでしょう？」

「だいたいはそうだ。だが、自分の魂をしっかり護れ。おれもある程度は護れると思いたいが、非合法なことに完全にはまり込みかねない」

「ブルーアのように？」

「ああ」

「彼女、なにをやったの？　あなたたちはいっしょになにをやったの？」

ジェントリーの口調が暗くなった。「アンジェラ、きみはここで質問をやめたほうがいい」

アンジェラが茶色の目をしばたたき、小さくうなずいて、ノートパソコンに視線を落とした。ジェントリーの片脚が、テーブルの下で神経質に揺れていた。エネルギーのはけ口として、ターゲットが必要だった。

男をひとり、見つけなければならない。殺すべき男もひとりいる。

30

ゾーヤは、リビングの窓のカーテンごしに、近隣を覆《おお》っている霧のかかった黄昏《たそがれ》を覗《のぞ》き込み、なにが彼女を殺す計画を立てて潜んでいるのだろうと思った。

体の調子が数時間前よりもだいぶよくなり、頭痛も消えていたが、それはハンドバッグにはいっていたのを見つけたジンのミニボトル二本のおかげだった。

何週間か前に、泥酔してマーケットをよろよろ歩いていたときに、うかつにもウォトカだと思い、冷凍パスタといっしょに籠《かご》に入れて買ってしまったのだ。

ゾーヤはジンが嫌いだった。それだけの理由で、こんなに長いあいだその二本が手をつけられないで残っていたのだが、きょうは事情が異なる。家にはもう酒がないし、二日近く飲んでいない。それに、過敏な神経をなんとかなだめて、脈打つ頭痛を和らげたかった。

ヴェリスキーがシャワーを浴びにいくのを待って、ゾーヤはミニボトル二本分のジンを汚れたコーヒー用マグカップに注ぎ、半分残っているファンタが冷蔵庫にあるのを見つけた。一カ月前に炭酸が抜けたそのファンタも、マグカップに注いだ。

ゾーヤは、味を気にせずに、急いでそれを飲み干した。

ミニボトル一本には五〇ミリリットルしかはいっていないが、二本だと一〇〇ミリリットル近くをがぶ飲みできるし、刺激の強いアルコールを喉《のど》に流し込むおなじみの行為のおかげで、たちまち神経が落ち着いた。

自分はアルコール依存症だと、ゾーヤはあらためて思ったが、日々の暮らしの速度からして、アルコールが原因で死ぬのではなく、アルコールで酔ったまま死ぬ可能性のほうが高いので、たいして心配していなかった。

ゾーヤはポケットから携帯電話を出して、おなじ番号への四度目の電話をかけた。これまでの三度とおなじように、呼び出し音が鳴りつづけるばかりで、すぐに留守番電話に切り替わった。

ゾーヤは電話を切った。

ゾーヤの携帯電話には、音声通話、メール、動画、オーディオファイルをやりとりする発信者と受信者の電話番号と位置をごまかすエンドツーエンド暗号化アプリの〈シグナル〉がインストールされている。

ゾーヤは追跡されることは心配していなかったが、べつのことを心配していた。何度も電話をかけている相手が、死んだのではないかと。

ゾーヤは携帯電話を脇に垂らした手で持ったまま、窓のカーテンの向こうを見つづけた。一階のオーガニック・ピザ・レストランが、近所の住民を何人か惹《ひ》きつけていたが、霧まじりの寒気のせいで、客はあまりはいっていなかった。

きょうの午後、ゾーヤは狭いアパートメントから出ないで、いろいろなことを成し遂げた。近くの古着屋に電話して、生活苦にあえいでいる店員を説得し、店内をまわってヴェリスキーの体に合いそうなサイズの服を見繕《みつくろ》い、大きな袋ふたつに入れて、アパートメントの外まで配達するよう頼み込んだ。そこで現金が詰まった封筒を渡して、服を受け取った。代金に、三百ユーロのチップを足してあった。

ゾーヤは、ヴェリスキーにすべての服を着させて、どれもサイズが合っているのをたしかめると、今夜着る服を一式渡し、べつの一式をダークグレイのショルダーバッグに入れた。

そしていま、ゾーヤは電話を見おろしたが、一分待ってからかけることにした。相手が電話に出れば、ゾーヤとヴェリスキーが今夜を生き延びるのに役立つ重要な情報がわかるかもしれないが、たとえ電話がつながらなかったとしても、これまでに敵側から情報をあたえられていたような気がした。ただ、それに気づいていなかっただけなのだ。

数時間前、この暗く静かなアパートメントで、ヴェリスキーとともに座り、ここを出て、ひと目につく場所に戻り、ふたたび危険にさらされるようになる時刻を待っていたときに、ゾーヤはふと思いついたことがあった。

ゾーヤが殺した赤毛のGRU将校と関わりがあることだった——具体的にいうと、死ぬ前にその男がいった言葉だった。

相手が女だったことに驚いたと、赤毛の男ははっきりいった。つまり、雪に覆われた使われていないスキーロッジで、女と遭遇するとは思ってもいなかったのだ。

ロシア人たちがブルサールのところへ行ったことはわかっていた。ブラウンベーアがブルサールに命じられてそれまでの仲間に銃を向けたのはたしかだ。しかし、理由はわからないが、ブルサールはゾーヤのことをロシア人に教えていなかった。ゾーヤに仕事をまわしていた謎のフランス人ブルサールは、共通の知り合いの元ドイツ情報機関員の推薦があったからゾーヤを使っているだけで、ゾーヤの名前も知らないし、経歴もまったく知らない。だが、暗号名トランサトが女だということを、ブルサールは知っている。

では、どうしてロシア人たちは、それを知らなかったのだろう？

ゾーヤは溜息をついて、またおなじ番号にかけた。呼び出し音が鳴るあいだ、調教師《ハンドラー》のブルサールは殺されていて、ゾーヤたちを裏切った理由も、知っているはずの性別を伏せてゾーヤを護《まも》った理由も、謎のままになるかもしれないと思った。

だが、今回は呼び出し音は鳴りつづけないで、カチリと接続するのが聞こえた。短い間のあとで、ブルサールが口をひらいた。

不安げな声で、これまでの会話でつねに示していた威厳はかけらもなかった。

「なんだ？」ブルサールが、いきなりきいた。

「トランサト」

ふたりとも一瞬沈黙し、やがてブルサールがいった。「信じないかもしれない。信じてくれるとは思っていない。しかし、きみが生きていて、ほんとうによかった」

「やつら、あなたのところへ行ったのね？」

短い間があり、長い溜息のあとで、ようやくブルサールがいった。「そのとおりだ」

「いまもやつらといっしょにいるの？」

「いや。やつらはいなくなった。いまのところは」

「どうやって接触してきたの？」

「まず、ドレクスラがきのうの午後に電話してきた」

「ドレクスラ？」

「セバスティアン・ドレクスラ……スイス人で、フィクサーのたぐいだ。たいがい、大手プライベートバンクに雇われて仕事をする。いまはべつのだれかの仕事をしているようだ。何者なのか、わたしは知らないが、それをやるのにそいつは第一階層（一線級）の資産《アセット》のチームを用意した」

「どんな資産？」

ブルサールがささやき声でいった。ふつうの声でしゃべると、ずっと大きな危険に見舞われるとでも思っているようだった。「きみが昨夜会った連中は、GRU第五局の正規の戦闘員だった。だが、ドレクスラはいま、29155の野戦チーム一個を指揮している」

くそ、ゾーヤは思った。GRUの殺し屋部隊だ。ロシアマフィアの手先の一団ならいいと思っていたが、ロシアの殺し屋のAチームを相手にまわすことになった。

ゾーヤは深く息を吸い、アパートメントのどこかにべつの酒がないだろうかと必死で頭を働かせた。これからアルコールが必要になることはまちがいない。

29155という数字を聞いても、ゾーヤが説明を求めなかったので、ブルサールはいった。「それじゃ、どういうやつらか、知っているんだな？」

「あいにく知っている」

「それで、ドレクスラがそいつらを指揮しているんだが、理由がわたしには皆目《かいもく》わからない。ドレクスラがいろいろ脅し、どれもやりかねないと思えたので、ヴェリスキーをジュネーヴの銀行に引き渡す場所を教えた」

「それで？」

「それで、ブラウンベーアが電話してきたときに、GRUに対抗せず、協力しないと、その晩を生き延びられないと教えた」

ゾーヤはいった。「ブラウンベーアは、アイファとベッロを殺した」

「そして、きみがブラウンベーアを殺した。GRUの連中も」

ゾーヤは答えなかった。ブラウンベーアとロシア人たちを殺すのに関わったのは事実だが、自分をはめてそこで殺そうとした男に、銃撃戦のことを詳しく説明するつもりはなかった。

そこで、ゾーヤはこういった。「それで、そのあと、なにがあったの？」

ブルサールが笑ったが、元気のない声だった。「昨夜の受け渡しに失敗したあと、けさ29155がふたり、わたしのところへ来た。わたしは公園で子供たちといっしょにいた。ふたりはベンチにわたしといっしょに座り、不愉快に思っていることを明らかにした」

ブルサールがいうよりも恐ろしい事態だったのだろうと、ゾーヤは推理した。

ブルサールが話をつづけた。「わたしの苦境をわかってくれ。選択の余地はなかった。きかれたことすべてを、やつらに教えた」さらにいった。「なんとしてもヴェリスキーと彼が持っているデータを取り戻したいと思っているようだった。ふたりが行ってしまうと、ドレクスラから電話がかかってきて、再訪するかもしれないから、わたしの近くに殺し屋をひとり残しておくといった」

ゾーヤは、セバスティアン・ドレクスラのことを知らなかったが、29155部隊のことは知っていた。それを西側の人間が統制しているのは、ロシア政府のかなり上の人間が許可したからだ。

ゾーヤは、その情報をあとで利用するために記憶にとどめた。それよりも、いまはブルサールから精いっぱい情報を聞き出し、こちらのほうがGRUよりもっと恐ろしい相手だと脅しつけなければならない。

ゾーヤはきいた。「生き延びてヴェリスキーといっしょに去った資産について、やつらになにを教えたの？」

「きみがミラノを根城にしているといったことを教えたが、住所は知らないし、どのみちきみはそこへ戻らないだろうと思った」

「わたしの外見は？　性別は？」

「きみの外見をわたしは知らない。しかし……そう……ドレクスラはずっときみを男だと見なして話をしていたし、わたしはそれを正さなかった。たいしたちがいはないと思ったからだが、すこし反抗する気持ちもあったんだろう。トランサトという暗号名だけ教えた。写真はあるかときかれたので、ないと正直に答えた。きみとヴェリスキーはふたりだけで行動しているのかときかれたので、そうだろうと答えた。きみは友だちをこしらえるような人間ではなさそうだったからだ。それに、この作戦のきみの仲間は、いまはウェンゲンの霊安室だ」

ゾーヤは、呼吸を整えてから、携帯電話に向かっていった。「わたしが女だというのをやつらは知らないと、あなたは確信しているのね」

「きみが女性だということを彼らは知らないし、アメリカ人だということも知らない、居場所も知らない。それはまちがいない。さらにいうなら、きみがミラノに戻るほど馬鹿だったなら、さっさとそこを離れたほうがいい。彼らにはほかに手がかりがないから、そこへ行ってきみを探すことはまちがいない」

ゾーヤがミラノに戻ったのは、馬鹿だからではなかった。必要なものがすべてそこにあるし、ブルサールに住所を知られていないので、そこへ行き、再補給して、暗くなってから出発するほうが、よそへ行くよりもうまくいく可能性が高いと思ったからだ。

ヴェリスキーがシャワーを終えるのが、音でわかった。ゾーヤはすこし間を置いてから、胸を張り、脅しつけるようにいった。「わかった。ブルサール。あんたがいまわたしに嘘をついていたら、わたしがなにをやるか、細かいことまですべて説明するから、辛抱強く聞いてもらいたい」

「そんな必要は――」

「黙れ」

すこし間があった。「ウイ」

「昨夜、あのスキーロッジの前で、雪の上に男九人が死んで置き去りにされた。そのうち七人は、わたしを殺そうとした」

ブルサールは口をきかなかった。

「わたしだけが保護している男といっしょに生き延びた。九人が死んだが、わたしは死ななかった。ヴェリスキーも死ななかった。それでなにがわかる？」

「きみを殺すのは容易ではないし、きみはすこぶる優秀なボディガードだ」

「そのとおり。なにかわたしに嘘をついていたら、あなたの家のドアの前に姿を現わすために、つぎの七人を始末すると断言する」

「信じるよ」

「それだけよ」ゾーヤが電話を切ろうとすると、ブルサールが叫んだ。

「待ってくれ！」

「なに？」

「トランサト。わたしは認めたくもないくらいこれを長年やっているが、配下を裏切ったことは一度もなかった。脅迫されたことは前にもあった。自分は名誉を重んじる人間だと、つねに自分を戒《いまし》めた。わたしを頼っている人間を裏切るくらいなら、死んだほうがましだと」

「さよなら」ゾーヤはいった。

「待ってくれ。これまではそうだったが、いまは子供たちがいる。すべてが……変わった」

ゾーヤはあきれて目を剝《む》いた。ブルサールが感情に訴えようとしているのはわかっていたが、相手にしているひまはなかった。

ブルサールがなおもいった。「トランサト。きみのことはずっと気に入っていた」

「気に入らなかったら、わたしたちの関係はどれほどひどくなっていたか、想像もできないわね」

「ただ……自分のことを考えるんだ。ヴェリスキーがなにを握っているにせよ、きみの命とおなじ価値があるはずはない」

「それに対してふたつのことがいえる。ひとつ、ヴェリスキーがなにを握っているか、あなたは知らない。ふたつ……わたしの命の価値をあなたは知らない」

ゾーヤは通話を切り、携帯電話をポケットに入れて、ふりむいた。ゾーヤが買った色褪《いろあ》せたブラックジーンズ、コットンのボタンダウンのシャツ、紺のブレザーといういでたちで、アレックス・ヴェリスキーが立っていた。髪はゾーヤの指示で、ヘアワックスを使ってうしろになでつけ、前髪だけは眉毛の上まで垂らしてあった。ビジネスマンか、一学期休んでヨーロッパに来ている若いイギリス人教授のように見える。

前置き抜きで、ヴェリスキーがいった。「どうして車を使わないんだ?」

ゾーヤは首をかしげた。「車で行く。駅まで」

「そうではなく……どうしてジュネーヴまで車で行かないんだ? 時間は? 五時間ぐらいだろう? 交替で運転すればいい」

ゾーヤは首をふり、キッチンの清掃用品入れに手を突っ込んだ。黒いダッフルバッグを出し、ジッパーをあけた。中身を漁《あさ》りながらいった。「車で行くと、五時間ずっと街灯のカメラの下を通る。ナンバープレート・リーダーで識別され、進行方向を知られる。給油や洗面所を使うために、ガソリンスタンドに寄る。そこにもカメラがある」

目当てのものを見つけたゾーヤは、厚い茶封筒を出して、蓋《フラップ》をあけた。百ドル札の分厚い束を出した。それをカウンターに置き、べつの札束を出した。またダッフルバッグに手を入れて、べつの封筒を出し、ゴムバンドをかけた百ユーロ札の束をふたつ出した。

二万ドルと二万ユーロあるにちがいないと、ヴェリスキーは思った。

だが、ゾーヤは金のことには触れず、話をつづけた。「鉄道駅にもカメラはあるけど、列車そのものにはない。駅まで行くのは厄介《やっかい》だし、駅構内を移動するのはもっと厄介だけど、発見されずにすめば、わたしの車を使うよりもずっといい」

ゾーヤは、ダッフルバッグから出したマネーベルトに現金を入れてから、バッグをしまった。

ヴェリスキーがうなずいた。その顔に緊張があらわになっているのを、ゾーヤは見てとった。顔が真《ま》っ蒼《さお》で、狭苦しいアパートメントの壁を見透かしているような、遠い目つきだった。

これからやることに備えて、ヴェリスキーの頭がはっきりするように仕向けなければならないと、ゾーヤは思った。「ねえ。下へ行ったら小さなカフェがある。そこへ行って、ワインを一本注文しましょう。ふたりともすこしリラックスしたほうがいいし、そうすれば――」

正気を疑うような目つきで、ヴェリスキーがゾーヤを見た。「わたしはクレムリンを叩き潰せるようにニューヨークへ行きたい。酔っ払うためにバーへ行きたくはない」

「酔っ払うために行くんじゃない。ただ――」

ヴェリスキーが宙で手をふって、ゾーヤの弁解を邪魔した。話題を変えて、ヴェリスキーがいった。「きみの手助けはなにをいったんだ？」

ゾーヤはキッチンへ行き、きょうすでに何度も探した戸棚をあけて、忘れ去られている酒がないかどうか調べた。「彼は調教師《ハンドラー》よ。手助けじゃない」

ヴェリスキーは、肩をすくめた。「それはわかる。あまり助けにはなっていないようだから」

ゾーヤは、無駄だと悟って、探すのをすぐにあきらめた。アパートメントにある酒はすべて飲んでしまったし、それはわかっていた。ヴェリスキーのほうを向いて、ゾーヤはいった。「ミラノはじきに、ロシアの殺し屋がうじゃうじゃいるようになるだろうといっていた」

ヴェリスキーは、恐怖を隠そうとしなかった。不意に逆上した口調できいた。「いったいどうするつもりだ？」

ゾーヤははじめて淡い笑みを浮かべた。「その連中の目の前を通る」

それ以上なにもいわずに寝室のドアに向かい、歩いているあいだに、顔の笑みが消えて、集中した表情になった。

31

二十分後、ヴェリスキーがソファに座り、テレビのチャンネルをつぎつぎと替えていると、寝室からだれかが出てくるのが音でわかった。最初は目をあげなかったが、彼女がテレビの前に立つと、びっくりして目を丸くした。

ベスと名乗る女と知り合ってから二日ほどだったが、そのあいだずっと、彼女はかなり男性的に見えた。会った瞬間から、化粧をしていなくても美しい顔立ちだと認識していたが、彼女は肩幅が広く、身長もヴェリスキーとおなじぐらいだった。アパートメントにいるときですら黒いニットのワッチキャップをかぶり、化粧していなかったし、胸はほとんど平らのようだった。

ヴェリスキーには、彼女がわざとそういうふうに変装しているのだと気づくような知識はなかった。いつもそういう外見で、そういう服装なのだと思っていた。

そしていま、ヴェリスキーは言葉を失っていた。彼女はすばらしく美しく、現代の女性らしい力と優美さと性的魅力を発散していた。

ベスは化粧をして、頬が高く張り、大きなグリーンの目が前よりもずっと際立っていた。顎の右側にどこからともなく現われた美人ほくろ《ビューティー・マーク》があった。焦茶色の髪を肩の下まで垂らし、赤茶色のぴっちりしたセーターが、びっくりするくらい豊かな胸を見せつけていた。それでも肩幅は広く、男性的だった。ヴェリスキーが気づいていなかったそのほかの特徴にも、注意を惹《ひ》きつけられた。

彼女はヒールのない黒い靴をはいていて、それまでのワークブーツよりもかなり背丈が低くなっていた。前には一七七センチだと思ったが、いまでは一七〇センチを超えていないように見える。

ヴェリスキーは無言でじっと座り、彼女の顔、体、歩きかたや物腰の変化に、身がすくむ思いで見入っていた。「きみ……ずいぶん……変わって見える」

ベスの見かけは柔和で美しかったが、口をひらくと、これまでとおなじ、激しく高飛車《たかびしゃ》な命令口調でいった。「まず、ふたつ片づけておきましょう」

「えっ……なにを？」

「これはパッド入りブラ。じろじろ見るのはやめて」

ヴェリスキーは顔を赤らめ、ベスの顔に視線を戻して、何度もまばたきをした。

「すまない……まったく予想外だったもので」

「これは予想していた？」ゾーヤは、無地のシルヴァーのウェディングリングを、ヴェリスキーに渡した。「おめでとう。わたしたち、いま結婚したばかりなのよ」自分の薬指を持ちあげて、婚約指輪と結婚指輪を見せた。扮装用のジュエリーが気に入らないというように、ジョークをいった。「ひどい安物ね。あなたをぜったいに許さない」

ヴェリスキーはまごついていた。「これは……変装なんだね？」

ヴェリスキーに向けたゾーヤの目が鋭くなった。「呑み込みが早いのね。あなたを追っている連中が防犯カメラにハッキングで侵入した場合、男ひとりといっしょに移動していると思うはずよ。街を出ようとしている男の二人組を探すでしょう。夫婦で旅行しているふたりなら、細かく調べられずにすむかもしれない」

ヴェリスキーはうなずいた。「そのほうが安全だということだね？」

「変装はぜったいに有効とはいえない。どういう服装でも、危険を冒すことに変わりはない。でも、駅の監視チームに対して、ほんのわずかだけど優位に立てるかもしれない。顔認識を回避するのは難しい。やるだけのことをやって、移動しつづけ、うまくいくように願うしかない」

ヴェリスキーはいった。「しかし、わたしはどうなんだ？　服を替え、髪形を変えたが、外見はほとんど変わっていない」

「ついてきて」

ふたりはバスルームにはいり、ゾーヤは戸棚から小さなプラスティック容器を出し、蓋《ふた》をあけて、ガラス瓶とちっぽけな包みを出した。

包みから、まったく本物のように見える顎鬚《あごひげ》と口髭《くちひげ》を出した。薄茶色で、ヴェリスキーの髪とそう変わりはないが、まったくおなじ色ではなかった。

ヴェリスキーは鏡のほうを向いていたが、ゾーヤは自分のほうを向かせた。瓶入りの接着剤を使って、顎鬚と口髭を顔に貼りつけ、二分ほどかけて調節した。そのあいだずっと、ヴェリスキーは黙って立っていた。

ゾーヤは鋏《はさみ》を出して顎鬚をすこし切ってから、ヴェリスキーの唇《くちびる》の下に接着剤をすこし付け足した。そこでようやく、ヴェリスキーの体をまわして、鏡のほうに向けた。

ゾーヤが一歩進んだときに、ヴェリスキーはいった。「色が髪と合わない」

ゾーヤにもそれはわかっていたらしく、すでに容器からヘアダイの小さな瓶を二本出していた。片方の瓶の金属製の蓋の裏側でその二色を混ぜ合わせ、ヴェリスキーの髪をしばし見つめた。三本目の瓶を出した。それを混ぜてから、絵筆と櫛《くし》を取った。

ヴェリスキーがつけた顎鬚を、ゾーヤは五分かけて染めた。目の下についたヘアダイを拭き取ってから、またヴェリスキーを鏡のほうに向けた。

ヴェリスキーは鏡を見て、片手を顎鬚と口髭のほうへ持ちあげた。

「何分かで乾くけど、つけてるあいだは触《さわ》らないで」

ヴェリスキーはうなずき、自分の変身に魅入られて、鏡のなかの自分を眺めつづけた。

ゾーヤはバスルームから出ていった。ヴェリスキーがついてこなかったので、戻ってきた。彼女はヴェリスキーがこれまで会ったなかで、もっとも美しい女だったかもしれないが、これまで関わってきた男たちとおなじくらい、きつい口調で話をしていた。

ゾーヤは、ヴェリスキーの肩をつかみ、荒っぽくひっぱった。「出発するわよ、アレックス。列車に乗るまで、ずっと動きつづける」

三十分後、ゾーヤ・ザハロワとアレックス・ヴェリスキーは、腕と腕をからめて、ミラノ中央駅の壮麗なエントランスにはいった。ゾーヤはハンドバッグとはべつにラミネート加工された大きなショッピングバッグを持ち、ヴェリスキーは革のショルダーバッグだけを持っていた。

とてつもない賭けだということを、ゾーヤは知っていた。ヴェリスキーはお尋ね者で、どれほど多くの当事者が捜しているかわからないし、それらの敵のなかの一勢力は、ゾーヤがミラノで暮らしていることを知っている。だが、ジュネーヴへ行く唯一の使用可能な手段は、列車だけだった。夜行バスはないし、ヴェリスキーに説明したとおり、車を使うと何度もカメラに顔を写される。それらの画像によって、ルートを容易に知ることができる。敵は先まわりして、やろうと思えば道路上で銃撃できる。

しかし、鉄道駅にも多数の防犯カメラがあるし、列車はもちろん路線が決まっているので、鉄道を使うこと自体に危険が伴っている。出発するまでヴェリスキーの変装が有効で、列車内でも有効だろうということに、ゾーヤは賭けていた。脅威に目を光らせ、いざという場合にそれに反応して、途中の駅で下車すればいいと、自分にいい聞かせた。あるいは、いざという場合には、狭い客車内で戦う。

鉄道でジュネーヴへ行くと決断したいま、七分以内に四番線のユーロシティ42にヴェリスキーといっしょに乗ればいいだけだった。

乗降客がメインコンコースをせかせかと移動するあいだに、ゾーヤは何度か視線を感じたが、今夜のような服装のとき、男たちに目を向けられることには慣れていた。顔や体をじろじろ見る男たちには目を向けず、べつの意図をもって眺めている人間はいないかと視線を配った。

歩きながら、ゾーヤはヴェリスキーをしっかりつかまえていた。愛情表現のふりをして腕をからみ合わせていたが、じつは彼が離れないようにするためだった。

　それと同時に、見える範囲にいるおおぜいの人間すべてを観察した。

　プラットホームに向かう階段まで半分進んだところで、なにかがゾーヤの心のなかの警報器を鳴らした。前方でゾーヤの進行方向と直角に移動している男がふたりいた。どちらも二十代で、ひとりは禿頭《とくとう》、もうひとりはブロンドの髪を団子《だんご》にまとめていた。そのふたりに、ゾーヤは目を留めた。

　そのふたりを不審に思った理由はわかっていた。旅行客の列を縫《ぬ》って進むとき、視線をあちこちに向けているし、周囲とは足どりが異なっていた。

　対諜報活動の世界では、〝不規則な移動曲線〟と呼ばれる。男ふたりは、駅にはいってくる旅客と出ていく旅客の両方と直角に移動し、予想できないパターンで進路を修正していた。

　そのふたりは、発車時刻に間に合うように列車を見つけて乗ろうとしてせかせか歩いている旅客とはちがって、急ぐふうはなく、目的もはっきりしていないようだった。かといって、発車時刻までひとの流れを眺めながら、ぼんやり立っているのでもなかった。

　ちがう。あのふたりは仕事中だし、その仕事は群衆のなかのだれかを見つけることだ。駅に監視員《ウォッチャー》がいる。ヴェリスキーを捜しているのかどうかはわからないが、一秒たりともそうではないと判断して安心することはできない。

それに、駅にはいってすぐさま監視員ふたりを見つけたのだから、まだ識別していない監視員がその何倍もいるにちがいない。

ゾーヤは急いで計画を立て、ヴェリスキーのほうに身をかがめて、小声でいった。

GRUのウラン・バキエフ曹長は、午後七時過ぎに今夜三杯目のエスプレッソを受け取り、ウェイターが離れると、カップを口に近づけた。飲む前にイヤホンから聞き慣れた信号音が流れ、ノートパソコンのデータと一致する顔が認識されたことを伝えた。これまでの二時間に二十四回、そういうヒットがあった。外交官、外国の法執行機関の人間など、ロシアのデータベースに画像がある人間が識別の対象になるし、ここは人間の往来が多いヨーロッパの鉄道駅なので、驚くにはあたらない。それまでとおなじように、バキエフはあまり期待せずに、ノートパソコンを確認した。

それまでの二十三回は、ノートパソコンを見おろすと、スクリーンの左上に付近のカメラの静止画像が表示され、その下にそれと一致するデータベースの画像が表示された。たいがい識別された人間のパスポートの写真だったが、GRU、FSB、SVRのファイルの写真のこともあった。そして、スクリーンの右側には、名前や詳細が何行にもわたって表示される。

だが、今回はまったくちがうものが目にはいった。左上にはこの駅の防犯カメラが撮影した人物の顔が表示され、その下にパスポートの写真が表示されたが、右側に名前やデータは表われず、警告の下でパスワードを要求する赤い文字列が明滅した。

優先度1。認証コード・ワード〝サイオン〟が要求された。

バキエフが見たこともない表示だった。怪訝《けげん》な顔でバキエフはノートパソコンの横の携帯電話に手をのばし、ボタンに触れた。

ルカ・ルデンコは車を運転し、人口百三十万人の都市でヴェリスキーを見つけようとしている部下ふたりと会うために、混雑した道路をガリバルディ駅に向かっていた。

渋滞している道路で車線を変更したとき、携帯電話が鳴った。ルデンコはハンドルのボタンを叩いて、電話に出た。「ああ」

「ウランです。中央駅でなにかを捉えました」ルデンコの脈が速くなった。いまはミラノ中央駅の二キロメートル西で、リヴェラツィオーネ通りのバンパーとバンパーが接しそうな渋滞に巻き込まれている。ルデンコはメルセデスのナビゲーション・システムをちらりと見て、大至急、ミラノ中央駅へ戻るためには、どうやって方向転換すればいいかをたしかめようとした。

それをやりながらきいた。「ヴェリスキーを見つけたんだな？」

「ちがいます。でも、優先度の高い任務みたいです」

ルデンコの血気がたちまち冷め、ガリバルディ駅へ押し進んでいる前方の車の流れに視線を戻した。いらだたしげにいった。「おれたちはヴェリスキーを捜すためにここにいる。どういう指示だろうが、ほかの人間はほうっておこう」

「それが……これはかなりちがうんです。この人間のファイルには、ロックがかかっています。コード・ワードがないとアクセスできません。地元支局に引き継ぐとしても、なにか重要なことかもしれません」

ルデンコは、自分の優先ターゲットではない優先ターゲットをSVRの地元支局が捕えるのを手伝うつもりは毛頭なかった。ただ、自分の出世しか考えていなかった。つまり、ヴェリスキーを殺し、電話を回収し、昇級して、現場の仕事から足を洗う。

それでも、ファイルの内容が秘匿《ひとく》されていることに、すこし興味をおぼえた。ルデンコは、気のない声できいた。「アクセス誰何《チャレンジ》は？」

「サイオン」

ルカ・ルデンコの全身の血は、にわかにどろどろの溶岩に変わりはしなかったが、興味をそそられた。ルデンコは助手席側のバックミラーをちらりとみて、そちら側の車線があいているとわかると、そこを横断して高速道路の路肩へ寄せ、急停止した。

GRUチームリーダーのルデンコは、早口でいった。「それはレベル1の国家のターゲットだ。サイオン誰何《チャレンジ》への応答《リプライ》は……オデッサだ」

バキエフがノートパソコンのキーを叩く音が聞こえた。息を呑むのが、電話から聞こえた。

バキエフはファイルを読みはじめたようだったが、ルデンコは待っていられなかった。切迫した声でいった。「識別したんだな？」

「ああ……はい。はい、識別しました」

「で？　いったい何者だ？」

二十秒後、ルデンコは携帯電話を切り、路肩を走ってつぎつぎと車を追い抜きながら、ドレクスラの携帯電話の番号にかけた。

32

セバスティアン・ドレクスラは、ミラノ・プレジデント・ホテルのスイートで腰をおろすときに、うわの空で右膝《みぎひざ》をさすった。モニターを見ているチームがそこにいた。監視技術者十人は全員、現場の資産《アセット》八十人あまりのネットワークを管理する作業に取り組んでいた。暗くなるとすぐにターゲットが移動しはじめる可能性が高まるので、切迫した作業になっていた。

煙草《たばこ》の煙が漂い、贅沢《ぜいたく》なスイートの平らな面すべてにコーヒーのカップが置いてあることが、熱心な仕事ぶりとチームの雰囲気を示していた。技術者たちは、鋭敏でいるために化学物質を摂取し、長い夜に備えて気力を駆り立てていた。

ドレクスラは期待していたが、気分は暗くなっていた。午後三時からずっと働いているのに、アレクサンドル・ヴェリスキーの目撃情報は一件もない。

ジャケットのポケットで携帯電話が鳴り、ドレクスラはそれを出して、まったく期待せずに出た。「ウイ?」

「ルカだ」

ドレクスラはいった。「こっちはまだなにもない。そっちは?」

ルデンコが、ほとんどどなるような声で応じた。「おれは仕事をおりる」

ドレクスラは、不安定な膝で不意に立ちあがった。「どういうことだ? 仕事をおりる?」ルデンコが車に乗っていて、すさまじい速度で走っていることが、音からわかった。

タイヤが鳴る音につづいて、ルデンコがいった。「いまのおれたちの結びつきと関わりがないことを処理しなければならなくなったという意味だ。部下をふたり引き抜くが、あとはあんたが使っていい」

セバスティアン・ドレクスラは、スイートの低まっているリビングから急いで出て、すこしはプライバシーが保てるバルコニーへ行った。威厳をこめて、ドレクスラはいった。「あんたの上官たちがあんたに渡した命令書は、明確そのものだ。スパーノフ本人が——」

「おれが受けた命令は」ルデンコがさえぎった。「一分前に、優先度1のロシア連邦の敵がミラノ中央駅を歩いているのを識別されたときに、取って代わられた。これに対処してから、銀行の情報を握っている行方不明のウクライナ系スイス人をスイス人が見つけるのを手伝う仕事に戻る」

ドレクスラは、激怒した。「優先度1のターゲットとは何者だ？」

「それは秘密扱いだ。では」

「待て」ドレクスラは叫んだが、ルデンコは電話を切った。

ドレクスラは、ダイニングルーム、リビング、キッチンにまで配置された技術者十人に向けてどなった。「ミラノ中央駅とその周辺にいる全員に警報を伝えろ！　その地域のロシア人が任務からはずれる。われわれが監視しなければならない」

スイートにいる全員に向けて指をふった。「この街でヴェリスキーの顔を見つけるのが、おまえたち全員の仕事だ！」

ウラン・バキエフは、29155で最高の技術資産であるだけではなく、徒歩の尾行にかけてもチームのなかで最高の技倆《ぎりょう》だった。殺しをやるよう求められたことは一度もないが、そのふたつの任務には欠かせない人材だった。

バキエフは、かつては陸軍の情報アナリストだった。コンピューターとデータに関して天性の才能があり、優秀だったが、身体能力はたいしたことがなかった。GRUに勧誘されたとき、特殊部隊で必要とされているといわれ、身体と精神の耐久力についてひととおりの検査を受けた。一年間の入隊前訓練を受けてから、リャザンの空挺学校でスペッツナズ戦闘員になる訓練を受けた。強靭《きょうじん》な男だったら、すんなり合格していたはずだった。じつのところ、バキエフは訓練を終えるのもやっとだったが、辞《や》めはしなかった。29155で人気のあるチームメートになり、分隊でもっとも一所懸命働く男だと認められた。

だが、自分の武器か両手でひとを殺したことは、一度もなかった。

いま、バキエフは、ゾーヤ・ザハロワ、暗号名バンシーの三〇メートルうしろを歩いていた。バンシーは顎鬚《あごひげ》の男と腕を組んで歩いていた。バキエフは、肩から吊っているバッグにノートパソコンを入れ、厚いコートの腕の下にサブマシンガンを隠し持っていた。

この巨大な駅には、バキエフの仲間がひとりいたが、そのイワンは下の地下鉄の駅にいて、何分か遅れている。バンシーは自分独りで追わなければならないし、見失ったらルデンコ少佐にこっぴどく叱られるとわかっていた。

バキエフの知るかぎりでは、バンシーはヴェリスキーよりも重要らしいので、ルデンコとそのチームが、無条件にセバスティアン・ドレクスラの命令に従うのを拒んだとしても、モスクワの上層部は許してくれるだろうと思った。

バキエフは監視の諜報技術《トレードクラフト》をじゅうぶんに知っていたので、対監視《カウンターサーヴェイランス》に注意していた。移動しながら、だれも自分のほうを見ていないことを確信し、ターゲットといっしょにいる男をすばやく評価しようとした。その未詳の対象の顔はまだ見ていなかったが、防犯カメラの画像でヒットしなかったので、脅威ではないだろうと、バキエフは判断した。

前方のバンシーが不意に左を向いた。いっしょに歩いていた男も驚いたように見えた。その未詳の対象はすぐに気を取り直して、自動券売機に向かっているバンシーのあとをついていった。

バキエフは、周囲で波のように動いている群衆ごしに男の顔を見て、濃い顎鬚と口髭《くちひげ》を生やし、眼鏡《めがね》をかけているのを見てとった。

バンシーが左に曲がったあとで、バキエフはすばやく距離を詰めて左に進み、ピザ屋の入口に近づいた。ウィンドウのメニューを見るふりをして、ちらりと右に視線を投げると、バンシーが券売機のスクリーンで選択して、ポケットから現金を出すところだった。

バンシーが乗車券を買うのに注意を集中しているあいだに、バキエフは急いでニコンをバッグから出し、電源を入れて、こっそりとバンシーのほうに向けた。バキエフはピザ屋の入口に視線をちらりと戻したが、カメラを腰のところで構えて、撮影しつづけた。

バキエフは人ごみのなかを動きはじめ、バンシーと連れの男に近づいた。すぐそばまで行くつもりはなかったが、ふたりがどこに向かうのかを調べられるかもしれないので、券売機をつぎに使いたかった。それに、できるだけ鮮明な画像がほしかった。

バキエフは写真を撮りながらふたりに近づいたが、ターゲットには目を向けず、右に視線をそらしていた。

まわりを移動している群衆に身を隠しながら、バキエフはふたりまでわずか一〇メートルに近づき、コンコースにテーブル席がはみだしている小さなカフェバーの注文の列に並んだ。ちらりと前方を見たとき、バンシーといっしょにいる男を、はじめて正面から見ることができた。三十代半ばらしく、顎鬚と口髭を生やし、品のいい服装だった。結婚指輪をはめているのが目に留まり、恥知らずの亡命者と元SVR工作員が、モスクワから逃げる途中で結婚したにちがいないと思った。

バキエフは、ふたたび視線をそらした。バンシーは券売機から乗車券を引き出しているところで、バキエフのほうを見なかった。バキエフは顔の前にカメラを持ちあげて、スクリーンの画像を見はじめた。

静止写真を六十枚撮っていたが、ほとんどが通行人にさえぎられていた。十数枚前までスクロールしたところで、目当ての写真が見つかった。

未詳の対象が、カメラのほうをまっすぐ見ていた。バンシーの相棒を見てもらうためにルデンコに送るつもりだったが、メールする前にその画像をデジタル処理で拡大し、男の顔をしげしげと見た。

画像に顔を近づけて、さらによく見た。

ニコンはブルートゥースでノートパソコンに接続できるようになっていたので、カメラのボタンをふたつ押して、表示されている画像をデータベースにかけた。

一秒以上の間があり、やがてグリーンのチェックマークがスクリーンに現われて、データベースに男の画像があることを伝えた。

もう一度クリックすると、カメラのスクリーンに名前が表示された。

バキエフがこの五分間に二度目の小さなあえぎを漏らし、携帯電話を出したとき、バンシーが乗車券を券売機から出し終えていた。

ジェントリーは、体の奥のいらだちが一分ごとにしこりのように固まるのを感じながら、腕時計を見つづけていた。アメリカの諜報活動に甚大な被害をあたえることができる秘密を握っている男が、この街のどこかに隠れている。それなのに、清廉潔白作戦担当官がノートパソコンのソフトウェアでその男を探すのを見ながら、何時間もこのアウトドアカフェにじっと座っている。

任務からはずされたような心地だった。それに、ヴェリスキーはいまにも街を離れるかもしれないし、もっと最悪の場合、自分の銀行のファイルから発見したことをすべて、世界に暴露するかもしれない。

神経を過敏にしているエネルギーを和らげるために、立ちあがって通りを歩きまわろうかと思ったとき、不意にアンジェラが指を一本立てて、ノートパソコンの画面に目を釘づけにした。

ジェントリーはそれを見てとって、背すじをのばした。「彼を捕まえたのか？」

アンジェラが首をふった。ノートパソコンになにかを打ち込みながらいった。「ちがう。彼じゃない。だけど、ウラン・バキエフ、暗号名カンガルーというGRU工作員の付箋《フラグ》が出た。ミラノ中央駅を歩いているのを、防犯カメラが捉えた」

ジェントリーはあまりよろこばなかった。「ちかごろ、ヨーロッパのこのあたりにはGRU工作員がうじゃうじゃいるんだ。ヴェリスキーを追っているとはかぎらないだろう。たぶん――」

アンジェラがキーをひとつ押して、ノートパソコンからさっと顔を起こした。アンジェラが目を丸くしていたので、ジェントリーは言葉を切った。

「どうした？」

あらたな熱意をこめて、アンジェラがいった。「バキエフは29155の曹長よ」

ジェントリーは立ちあがった。マタドールとおなじGRUの精鋭の殺し屋が、GRUの最優先ターゲットが目撃されたミラノにいるのが、偶然の一致であるはずはない。ジェントリーはいった。「この渋滞では、駅まで二十分かかる。おれはスクーターで行く。きみはここにいて情報を送ってくれ。駅のカメラをリアルタイムで見てくれ——アルゴリズムには見つけられないものを、きみが見つけられるかもしれない」

「仕事のやりかたは心得ているわ」

ジェントリーはスクーターのほうを向いた。にわかに活気づいていた。「おれもだ。ターゲットを捉えてくれれば、このろくでもない仕事を、今夜中に終える」

ルカ・ルデンコは、ウラン・バキエフとの電話を切った。メルセデスEクラスで午後七時の車の流れを縫《ぬ》い、東に向かっていた。ミラノ中央駅まであと十数分かかるので、ほとんど動かない渋滞に苦労しながら、目の前に現われた絶好のチャンスのことを考えた。ルデンコの思考は心臓の鼓動とおなじくらい速かったが、高速道路をじりじり進みながら、ずっと考えていたことを口に出した。

「いや驚いた。ヴェリスキーがバンシーと組んでいるとは」

アレクサンドル・ヴェリスキーとともにゾーヤ・ザハロワを殺すのは、ルデンコの仕事人生のなかでも最高の出来事になるはずだった。たちどころに中佐に昇級できると確信した。

GRUに中佐として勤務すれば、現場を離れ、ホディンカ競技場近くのGRU本部、俗称水族館《アクワリウム》のオフィスにいられる。

ロシアは自分が死ぬときも西側と戦いつづけているだろうと、ルデンコは確信していた。この作戦で出世して安全な仕事に就くのが、ルデンコの目標だった。

エストニアで暗殺をやろうとして殺されるか、ロンドンで29155が行なっている不法侵入や盗聴の最中に捕まって、ブリクストンの英国刑務所で死ぬまで朝食にベイクトビーンズを食べるはめにならないためには、中佐に昇級するのが最上の方策だった。現場の資産《アセット》を監督するデスクワークなら、アメリカの暗殺リストには載らないし、若いころにすさまじい暑さと疫病のために死にかけたアフリカの奥地へ行かずにすむ。

自分が駅に行く前に29155のだれかが行動するのは望ましくないと、ルデンコは肚《はら》を決めていた。しかし、その計画には問題がひとつあった。駅までまだ十分かかるし、ターゲットはそれまでに姿を消すだろうと思っていた。

ルデンコの主ターゲットはもはや、急に改心したが課報技術《トレードクラフト》を身につけていない離叛したバンカーではなかった。ちがう。いまの主ターゲットは、抜群の才能を備えた危険な資産だった。

ルデンコがハンドルのボタンを叩くと、セバスティアン・ドレクスラがすぐさま電話に出た。

哀願する口調で、ドレクスラがいった。「よく聞いてくれ。きわめて重要なんだ。われわれは――」

ルデンコはさえぎった。「おれはあんたの仕事に戻る」

不意に方針が逆転したことに、ドレクスラは愕然《がくぜん》としているようだった。「なんだって？」

「おれの重要目標《HVT》が、あんたの重要目標《HVT》といっしょに移動していることがわかった」

短い間があり、ドレクスラがいった。「嘘だろう」

「彼女の名前はザハロワ。元SVR工作員だ。任務に失敗し、そのあと同僚を殺して、二年前から逃亡している。アメリカ人に協力しているという噂もあるが、なにも証明されていない」

「女なのか？」

「そうだ。けさマーケットでヴェリスキーといっしょに写っていた男は見ていないが、ひょっとして変装だったのかもしれない」

「それで、ウェンゲンは？　その女だったのか？」

「まちがいなくそうだと思う。SVRを抜けた時点でも最高の工作員のひとりだったと聞いている。だれにも好かれていなかった——忠実なくそ女なんだろう——だが、仕事の腕は抜群らしい」

ドレクスラはいった。「駅のあんたの配下に、こっちの手先をくわえよう。そいつらがどの列車に乗るのか、監視する人間が多いほうがいい。しかし、ザハロワとヴェリスキーを襲うのはあんたの配下に任せる。ヴェリスキーが電話を持っていたら、あんたの配下が回収しろ」

ゾーヤ・ザハロワは、自動券売機から離れた。乗車券といっしょに取るのを忘れたふりをして、明細書を残し、ヴェリスキーとともにプラットホームへ向かった。

ゾーヤのうしろの死角で、バキエフ曹長が券売機に向けて歩いた。

ジュネーヴ行きの列車の発車時刻まで四分になっていたが、ゾーヤは急がず、監視されているらしいことをヴェリスキーにはいわなかった。周囲の旅客の足どりに合わせて、群衆のなかをぶらぶら歩いていった。

あらゆるところに防犯カメラがあった。ロシアの情報機関がイタリアの防犯カメラにハッキングで侵入しているかどうかわからなかったし、監視員だと見抜いた男ふたりを避けることはできたと思っていたが、ヴェリスキーとともに駅にいる時間が短ければ短いほど、生き延びる公算は大きくなるとわかっていた。

ルデンコがドレクスラと話をしていたときに、バキエフからの電話がはいった。ルデンコは、ドレクスラとの電話を保留にして出ると同時に、スピード違反で警察に追われていないかどうかを、バックミラーで確認した。

だいじょうぶだとわかると、ルデンコはいった。「こんどはなにをつかんだ？」

「ふたりはリヨン行きの乗車券を買いました」

「リヨン？　その列車にやつらは乗ったのか？」

「いまプラットホームに向けて歩いていますが、リヨン行きの列車は十七分後の発車です」

北東に向けて猛スピードでメルセデスを運転していたルデンコの目が鋭くなった。「それなら、やつらはそれには乗らない。見張られていた場合に、追跡している人間を撒《ま》くための策略だ。べつの列車に跳び乗って、車内で乗車券を買うにちがいない」

「どうしてそう思う――」

「相手はゾーヤ・ザハロワだ。おれからヴェリスキーを奪い、武装したチームと撃ち合って逃れるだけの技倆《ぎりょう》がある。券売機の明細を取り忘れるはずがない。ひと目が多く、防犯カメラで厳しく監視されているような場所に、理由もなく十七分立っているはずがない。おれのいうことを信じろ。リヨンは西だから、西へは行かないことがはっきりしている」

徹底した自信をこめて、ルデンコはつけくわえた。「北だ。スイスに戻るつもりだ」

「理由は?」バキエフはきいた。

「バンシーがそうするとしたら、理由があってそうするはずだ。おまえとおれにとって肝心なのは、それだけだ。見失わないようにして、どの列車に乗るか突き止めろ。ドレクスラの監視員もそこにいる」

「ああ、ふたり見つけた。すぐにわかりましたよ。バンシーも彼らを見つけたと思ったほうがいい」

「くそ」ルデンコはいい。バキエフとの電話を切って、ドレクスラとの通話に切り換えた。

「あんたの配下に、プラットホームへ行って作戦を中止するよう命じてくれ。だれかを探すのはやめさせろ。携帯電話を眺めているか、本を読むか、靴でも眺めるように命じろ。監視はいっさい無用だ。いまこっちの手のものがヴェリスキーとザハロワを尾行しているし、ふたりがどこへ向かうか、もうじきわかる。あとで電話するから、そうしたら、あんたの配下が乗車すればいい。だが、積極監視はやるな。緩慢《かんまん》に見張るだけでいい」

「ウイ。そうしよう」

ルデンコは、車に搭載されているナビゲーション・マップを見て、自分のルートを決めた。高速道路をそれて鉄道駅とは反対側に向かい、欧州自動車道路《ヨーロピアン・ルート》を目指して、メルセデスのアクセルを踏み込んだ。「E62に乗る。できるだけ速く走り、北西へ行く。先まわりをして、途中で列車に乗る」

「どうしてふたりが北西に――」

「わからない。まちがっているかもしれない」ルデンコは、そういってからつけくわえた。「たぶんまちがっていない」

ルカ・ルデンコは電話を切り、運転に集中した。列車の先まわりをするのが、最善の行動だった。ある程度は憶測になるが、南よりも北、西、東へ行く路線のほうが多いし、東へ行けばロシアに近づくから、バンシーはそんな馬鹿なことはやらないだろう。

勝ち目のある賭けだと思った。若いバキエフが徒歩でしっかり尾行し、ミラノを出るのにバンシーがどの列車を選ぶかを突き止めればいいだけだ。

ヴェリスキーとゾーヤは、発車時刻の直前に、十九時十分発ジュネーヴ行きの列車に乗った。駅構内を歩いた六分が、ゾーヤには一生の長さに思えた。ヴェリスキーが窓側の席にどさりと座り、通路側に座ったゾーヤは、ヴェリスキーの上から身を乗り出して、窓の外のプラットホームを見た。さきほど見つけたふたりが、追いついてきて乗り込んだかもしれないと思ったからだ。

もちろん、列車に乗る旅客は目にはいったが、追っ手とおぼしい人間は見当たらなかった。ゾーヤがじっくり観察したひとびとは、きょろきょろあたりを見たり、重要な任務で緊張して動揺したりしているようすはなかった。

だれもが携帯電話に視線を落とし、のんびりおしゃべりをしていた。ベンチで眠っているように見える男もふたりいた。

列車が走りはじめ、ゾーヤはほっと安堵《あんど》の息を漏らしたが、警戒をゆるめてはいけないとわかっていた。所持している武器の輪郭《りんかく》や、あちこちを探るように見ている視線が目に留まらなかったとしても、乗車した人間のうちのひとりが敵かもしれない。それに、どの列車に乗ったかを敵が知っていたとすると、行先もわかっているはずだから、ジュネーヴまでのすべての停車駅で待ち構えているかもしれない。

ストレスの大きい旅になると、ゾーヤは覚悟した。だから、五分ぐらいたったら、ヴェリスキーといっしょに食堂車へ行き、グラスワインを二杯注文しよう。ゾーヤの神経がアルコールを必要としていたし、心底飲みたくてたまらなかった。ほんの少量でいいから、この野獣の渇きを癒《い》やす必要がある。ヴェリスキーはまちがいなく小言をいうだろう。だが、今夜は数多く心配事があるし、旅の相棒を怒らせることはそのなかでは些細《ささい》なことにすぎない。だから、ヴェリスキーにどう思われようがかまわなかった。

列車の最後尾の客車に、二十八歳のGRU曹長ウラン・バキエフが乗っていて、気を静めるために長く息を吸った。数秒置いて落ち着くと、バキエフは携帯電話のボタンを叩き、イヤホンごしに電話がつながった。

すぐにバキエフは英語でいった。まわりに乗客がいるし、最近のヨーロッパ西部ではロシア語を話す人間はあまり人気がない。

「おれです。ユーロシティ42に乗ってます。ジュネーヴ行き」

ルデンコが、すこし耳を澄ましてからいった。「わかった」電話を切った。

これで仕事は済んだと、バキエフは思った。ルデンコも含めたほかの29155工作員が、どこかの停車駅で乗り込んで、仕事を片づけるはずだ。

バキエフは窓のガラスに頭をくっつけて目を閉じた。顔にうっすらと笑みが浮かんでいた。

33

ジェントリーは、イタリア製の大排気量スクーター、アプリリア850で、ミラノ中心部の記念墓地《チミテーロ・モニュメンターレ》の横を猛スピードで通過した。ヘルメットの下にニットキャップをかぶり、スクーターを購入する前に買った黒いダウンジャケットを着ていても、凍りつくような寒さだった。

だが、ジェントリーは寒さを意識していなかった。前方右手の鉄道駅に注意を集中していた。東に向けて走っていると、ノイズキャンセリング・ヘッドセットの下のイヤホンに電話がはいった。

ジェントリーは、電話の自動音声アシスタントに受信するよう命じて、体の下のエンジン音にかき消されないような声でいった。「もしもし」

予想していたとおり、アンジェラからだった。「また顔認識でヒット。今回はヴェリスキー。それに、女といっしょにいる。女は識別できない」

「前にいた男の気配は？」

「ない。その女だけ。ヴェリスキーはけさとはちがって、顎鬚《あごひげ》と口髭《くちひげ》があり、眼鏡《めがね》をかけている」

「興味深いな」

「ふたりはジュネーヴ行きの列車に乗った」

「ジュネーヴになにがある？」

「国境の向こう、スイスだということ以外、なにも知らない」

「発車時刻は？」

「六十秒前」

くそ。駅は真正面で八〇〇メートルくらいしか離れていないが、間に合わなかった。アンジェラは北西のホテルの前にいるので、つぎの駅で列車に乗るのに、ジェントリーよりずっと好都合だった。ジェントリーはいった。「バンに乗って、北に向かえ。おれも追いかけるが、そっちへ方向転換するのに二分かかる」

「ジュネーヴまで車で行くの？」

「そうしたくはない。凍え死ぬだろうな。つぎの停車駅を見つけてくれ。列車の先まわりをして乗り込まなければならない」

バンに向けて走りながら、アンジェラは携帯電話で検索するはずなので、応答があるまで一分かかるだろうと、ジェントリーは思った。だが、数秒後にアンジェラがいった。

「最初の停車駅はストレサ。ナビシステムは間に合わないといってる」

ジェントリーはアプリリアのスロットルを全開にして、北に向きを変えるのにおりなければならない出口ランプを見据えていた。「ナビシステムは、きみが交通法規を守ると考えている。守らなければいい」

ジェントリーは、出口ランプをおりて、北行きの道路と交差していることを願いながら、暗い横町をスクーターで走った。運転しながら携帯電話のGPSを見るのは無理だったので、あてずっぽうで進むしかなかった。アンジェラに道案内してもらえば申し分ないが、アンジェラのほうがターゲットに近いし、すでに移動を開始している。

ジェントリーはいった。「最初の停車駅で間に合わなかったら、つぎの駅は？」

バンのドアがあき、アンジェラが運転席に乗るのが音でわかった。アンジェラが息を切らしていった。「ドモドッソラ。一時間半後」

「そのつぎは――」

「やめて、6《シックス》！」エンジンをかけながら、アンジェラがどなった。「一分待って。走り出すところなのよ！」

「わかった。すまない」

まだ怒った声で、アンジェラがいった。「道路に出たら、マルチタスクできるけど、それまであなたはストレサを目指して。落ち着いてよ」

ジェントリーは、心のなかで笑みを浮かべた。アンジェラは、たとえジェントリーが相手でも、無茶な要求は受け入れないのだ。それを尊重することにして、ジェントリーはいった。「それでいいよ」つけくわえた。「セントルシアでのことを思えば、安全運転をしろといえる立場じゃないけど、気をつけてくれ」

「わかった」アンジェラが電話を切り、ジェントリーは身をかがめて寒風をすこしでも避けようとしながら、スクーターで走りつづけた。

夜の車の流れは思ったよりも遅く、ルカ・ルデンコはすぐに、ジュネーヴ行きの列車がミラノの北西のストレサ駅を出る前にそこにたどり着くのは無理だと悟った。ミラノにいたルデンコのチームも、全員が急いで北西へ向かっていたが、やはり間に合うようにストレサに到着することはできない。

だが、ルデンコのナビゲーション・システムは、ドモドッソラ駅なら、余裕をもって列車の停車時刻前に到着できると告げていた。E62でルデンコのうしろを走っている車二台の四人も、それまでに到着するはずだった。

作戦を実行するのが三十分遅れるのは望ましくないと、ルデンコにはわかっていた。しかし、ルデンコは列車に乗るつもりだった。みずからバンシーとヴェリスキーを殺してデータを奪いたかったし、現場で部隊を指揮したかった。

スイス人調教師《ハンドラー》のドレクスラは、この決定が気に入らないだろうが、口論になることは承知のうえで、ルデンコは電話をかけた。

電話に出たドレクスラが、得意げにいい放った。「わたしのチームがヴェリスキーを発見した。ジュネーヴ行きの列車にヴェリスキーが乗ると同時に。目につかないように、わたしの配下の男ふたりが乗車した」

それを聞いて、ルデンコは不安になった。不安を隠して、ルデンコはきいた。「そのふたりは格闘技の心得はあるのか？」

「列車に乗ったふたりは、元イタリア陸軍兵士だ」

「そうか……だめだな」ルデンコは馬鹿にするようにいった。ドレクスラの配下では、バンシーを斃《たお》すことができない。それは29155の仕事になる。「そいつらに攻撃休止を命じてくれ。おれたちが片づける」

ドレクスラがいった。「それでもいいが、つぎの停車駅のストレサに行ったほうがいい」

「間に合うように行けない。列車に資産《アセット》がひとりいるが、われわれ五人はドモドッソラで合流する」

ドレクスラは驚いていた。「待て……列車にひとりいるのなら、その男がいまやるべきだ」

ルデンコは、ドレクスラの言葉を聞いたふうもなく答えた。「列車がドモドッソラを出たら、おれたち六人がただちに行動する」

ルデンコは、礼装の軍服の肩章が二本の金条《きんすじ》とふたつの金星《きんぼし》を帯びている光景を思い描いた。それが中佐の階級章だった。さらに——幻想かもしれないと自分でも認めていたが——三つ目の金星を獲得し、大佐になれるかもしれないと思っていた。ザハロワとヴェリスキーを殺せば、まちがいなく中佐になれるだろうし、ヴェリスキーが握っているデータの価値によっては、大佐に昇級できるかもしれない。

今夜は、長らく待ち望んでいた絶好のチャンスだった。人生であと二度だけ引き金を引けば、水族館《アクワリウム》で安全な仕事に就くことができる。

「仕事を終えたら、客車内の非常用ドアコックを引く。運転手がそれに応じて、列車をとめるはずだ。そうしたら、おれたちは離脱する」

「自分が現場にいたいから、そうするんだな？　栄光と名声をものにするために。この女を殺せば、モスクワに大手柄だと見なされるからだ。そうだろう？」

「馬鹿なことをいうな。まともな指揮官として責任を果たしたいだけだ。戦闘行動を監督するために、おれはそこにいる」

「列車に乗っている男に、いま行動するよう命じろ」

「おれはチームの戦術指揮を握っている！」

「そして、わたしはあんたを指揮する権利を握っている！　スパーノフに電話する！」

ルデンコは譲らなかった。「電話すればいい。だが、おれたちはおれのやりかたでこれをやる」

ルデンコは、電話を切った。


ゾーヤ・ザハロワとアレックス・ヴェリスキーは、五号車にあたる食堂車のテーブルについていた。ヴェリスキーの前には熱い紅茶のカップがあり、ゾーヤの前にはイタリアワインの〈ヴァルポリチェッラ〉の小瓶が二本と、その赤ワインをなみなみと注いだプラスティック製の小さなワイングラスが置いてあった。ゾーヤはがぶ飲みせず、すこしずつ飲んでいたが、それは、湯気をあげているカップの上からとがめる目を向けていたヴェリスキーをなだめるためだった。

ついにヴェリスキーが口をひらいた。「それで……わたしたちを追っている連中は、かつてはきみの仲間だったんだろう？」

ゾーヤは、ヴェリスキーの目を見つめた。「わたしに仲間はいない」ワインのアルコールにすこし効き目があることを願って、ワイングラスを口もとに近づけて飲んだ。この前のジンですこし気が静まったが、その効果はとっくに薄れていた。

ヴェリスキーは、窓の外を見た。ロシアに激しい怒りを感じているので、ロシア人の女と力を合わせることにとどまっているのだと、ゾーヤは察した。

ゾーヤは、ワインをもうひと口飲んでからいった。「わたしは何年か前に寝返った。それ以来、やつらに追われている。いまではあらゆる勢力から逃げているような感じよ」肩をすくめた。「あちこちで仕事をした。それでブルサールと結びついた。それであなたと結びついた」

ふたりはしばらく黙って座っていた。ゾーヤはゆっくりと、一定のペースで飲んでいた。ヴェリスキーに反発されるのを覚悟して、小さなワイングラスから飲むのをやめて、瓶からじかに飲みはじめた。べつの車両へ行くのに通る乗客、なにかを買いにくる乗客が、ときどき食堂車に現われたときには、ゾーヤは窓のほうを向いてそこに映る彼らの姿を観察した。だが、脅威だとおぼしい人間はいなかったので、自分とヴェリスキーが生き延びるために警戒することと、安物のワインで酔うことに、注意を二分した。

アンジェラ・レイシーは、冷たい風にベージュ色のコートの下で身を縮め、小ぶりで地味なストレサ駅を駆け抜けて、階段を昇り、二番プラットホームへ行った。

いましがた6《シックス》から連絡があり、列車の到着までにストレサに着くのは無理だが、スロットル全開で高速道路を走れば、つぎの停車駅のドモドッソラに、EC42の発車時刻とほぼ同時に行き着けるかもしれないと伝えてきた。

つまり、アンジェラは、GRUの資産《アセット》ひとりも乗っているという想定のもとで、ターゲットが乗る列車に三十分じっと乗っていなければならない。

アンジェラは、ウラン・バキエフが列車に乗るのを見ていなかったが、バキエフがヴェリスキーを跟《つ》けていたと仮定する必要があった。バキエフの技倆《ぎりょう》が高いようなら——29155の隊員はかなり技倆が高いとわかっている——ひきつづき追跡してヴェリスキーを監視するか、みずから暗殺するために、乗車したにちがいない。

アンジェラは、快適な環境とはほど遠い状況に置かれていたので、魂が体を離れて浮遊するような心地を味わっていたが、呼吸を整えることに専念し、すこし神経を静めることができた。

プラットホームの周囲を眺めたアンジェラは、四十代か五十代はじめくらいの男ふたりに目を留めた。そのふたりは、下の階に通じる階段の手摺《てすり》の縁に、ゆったりと寄りかかっていた。バックパックを背負い、いかにもブルーカラーのような服装だった。爪先《つまさき》に鋼鉄が仕込まれているブーツ、かなりよれよれのジーンズ、丈夫な厚手のコート、カンバスのバックパック。

アンジェラは、そのふたりから目を離し、列車を待っている少数の乗客を観察した。いっしょに旅行しているらしい年配の男女連れ。北アフリカの出身のように見える大学生くらいの年齢の男――そのとき、プラットホームの下の階から、騒々しい音が聞こえた。大人数の団体の話し声と足音が近づき、その低い轟音《ごうおん》がどんどん大きくなっていた。

騒々しい集団が、ようやく階段から出てきた。二十人近くいるようだった。アドヴェンチャーウェアを着て、帽子をかぶり、何人かはミラノの登山クラブであることを示すジャケットを着ていた。

女性はせいぜい三、四人で、あとはすべて男性だった。年齢は二十代はじめから五十代まで、まちまちだった。

その新手《あらて》の集団は、全員、巨大なバックパックを背負い、収まりきれなかったあらゆる装備をそれに取り付けていた。アイゼン、カラビナで固定した水筒、ロープ、斧《おの》、ハイキングブーツ、アルミのキャンプ用ストーヴまであった。

その集団は、酒を飲んでいるか、ほかのなにかをやっているにちがいないと、アンジェラは判断した。これまで会ったこともないような、陽気で間抜けな感じの大人たちだった。歌っているものもいれば、大声で笑っているものもいた。イタリア語で馬鹿話をしながら、おたがいの背中を叩いていた。

そのなかのだれかが、〝アルピ・フランチェシ〟というのを、アンジェラは聞いた。フランス・アルプスのことだ。この登山隊は、どうやらジュネーヴへ行って、さらにフランスに向かうらしい。

彼らは奇矯《ききょう》だが無害な人間のようだったので、アンジェラはふたたび南からのびている線路を眺めた。

遠くでまたたく列車のライトが見えると、アンジェラ・レイシーは今夜ユーロシティ42でなにが起きるかを予想しながら、そっと短い祈りの言葉を口にして、ゆったりした態度を装った。

34

ジュネーヴ行きの列車の最初の停車駅まで、あと一分か二分だということを、ゾーヤは知っていたので、警戒を強めなければならないと、自分を戒《いまし》めた。だが、そのあいだにワインをすこしずつ飲み、ヴェリスキーのほうを見た。「ほんとうに、このオールトマンという男が助けてくれると思っているの？」

ヴェリスキーは首をふった。「わたしを助けてはくれないだろう。だが、わたしが持っているデータを見て、自分のものにしてから、その後の作業を進めるはずだ。わたしは彼とじかにあって、それがどういうもので、どこで手に入れたかを説明しなければならない。そのあと、彼はわたしがニューヨークにいるあいだに、インターポールに逮捕されるように手配するにちがいない。しかし、オールトマンが情報を手に入れれば、わたしは自分がどうなってもかまわない」

「それを実現するために、あなたは自分の人生を投げ捨てようとしているのね？」

「常軌を逸しているかな？」

ゾーヤは、瓶からワインを口に流し込み、飲み込んだ。「そんなことはないわ。この馬鹿でかい陰謀のなかで、あなたとわたしに、いったいどれだけ価値があるの？」

ヴェリスキーはいった。「ほとんどない」

「ほとんどない」ゾーヤはオウム返しにいった。「あなたは甥《おい》に会えなかったのね？」

ヴェリスキーが首をかしげた。「それがどうした？　わたしの家族なのに」

ゾーヤは答えなかった。

ヴェリスキーはなにかを感じ取ったらしく、こういった。「きみには家族がいないんだな？」

ゾーヤはうなずき、窓の外の暗い夜を眺めた。

「でも、きみは家族がほしい。きみには足りないものがあるんだね」

ゾーヤの目は、深淵を見据えていた。「足りないものがいくつもある」ワインの瓶を口もとに戻した。

ヴェリスキーがいった。「その気持ちはわかる。わたしには妻も恋人もいない。あったのは仕事、ホッケー、それに――」

ゾーヤは、ワインを噴き出しそうになった。「ホッケー？」

「ああ、チューリヒ・ライオンズのレフトウィングだ……もちろん、プロではなく、アマチュアのクラブだ。ドネツクで子供のころからやっていて、チューリヒの大学でもつづけて、それからも街のあちこちのアマチュアリーグに参加していた」ヴェリスキーは肩をすくめた。「もちろん、過去の話だ。一年以上、氷の上に出ていない。あの前は……」

ヴェリスキーの声がとぎれて、またいった。「前は」

ゾーヤは、二本目の赤ワインのキャップをあけて、ワイングラスにゆっくり注いだ。かすかな笑みが、顔をよぎった。

「どうした?」ヴェリスキーが、困惑した。

ゾーヤは肩をすくめ、ワインの残りを注いだ。「ホッケーをやるのは荒くれ男だと、ずっと思っていた」

それを聞いて、ヴェリスキーは暗い気分だったにもかかわらず笑った。「わたしは小柄だから、体を張るプレイはあまりできないが、速さで相手チームのディフェンスを邪魔することはできる。さんざん吹っ飛ばされたよ」目をギラギラさせていった。「何度も体当たりされて、体当たりのやりかたを身につけたと、いったことがある」

列車の速度が落ちたので、ワイングラスを口もとに持ちあげて飲もうとしていたゾーヤは、すばやくそれを置いて、近づいているストレサ駅を窓から見ながらいった。「わたしたちがニューヨークに行くことができて、あなたが刑務所に入れられなかったら、どうするつもり?」

ヴェリスキーも窓の外に目を向け、駅を見ようとして首をのばしながらいった。「そのことは片時も考えていない。それがいちばんいいと思う。

きみはどうなんだ？」ヴェリスキーはきいた。「わたしたちがこれをやったら、姿を消すのか?」

ゾーヤは、前方のプラットホームの明かりに照らされているひとびとに目を凝らし、光が届かないところにいる人間を見ようとした。ほんとうの脅威はそこにあるからだ。「わからない。前はあしたの夜明けを見るまで生き延びられないんじゃないかと心配していた。そのうちに、あまり心配しないようになった」プラットホームから注意をそらさずにいった。「いまは……いまは、どちらでも、どうでもいいと思いはじめている」

「よくないな」ヴェリスキーが、当たり前のことをいった。

「でも、そうなのよ」

列車が停止した。ゾーヤは立ちあがり、ドアに向かい、プラットホームにおりた。前後に視線を投げ、視界の人間すべてを見ようとした。容易ではなかった。七両編成で、片側の十四カ所にドアがある。何十人もが乗降する。だが、ゾーヤは観察をつづけた。ベージュ色のコートを着て大きなハンドバッグを持っている黒人女性が、独りで数両うしろのプラットホームに立っているのが見えた。前のほうを見ると、プラットホームの逆の端に立っている男ふたりが目に留まった。

ふたりはバックパックを背負い、軍人のような動きをしていた。遠いので顔は見えなかったし、行動に備えてそわそわしているのか、それともスイスかイタリア北部の現場に向かっているブルーカラーの労働者なのか、見極められなかった。ゾーヤはそのふたりを記憶にとどめてから、二十人くらいの団体に注意を向けた。全員がおなじようなバックパックを背負い、登山者らしくアドヴェンチャーウェアを着ていた。その集団は、ゾーヤが座っていた食堂車のすぐ前の二等車に乗り込み、客車内を移動して、それぞれに席を探した。

その騒々しい団体がひとりずつステップを昇って乗車するのに一分近くかかり、全員が乗り込むと、ゾーヤは肩ごしにうしろを見た。

独り旅の黒人女性は、後方の車両に乗ろうとしている旅客ふたりのあとに並んでいた。ゾーヤはその女とそこの集団はすべて脅威ではないと判断し、向きを変えて、もう一度前のほうを見た。

一号車の近くにいるのをさきほどゾーヤが見た男ふたりは、線路を見おろしていて、やがて発車時刻が近いことを知らせるホイッスルが鳴ると、一号車の一番ドアから乗り込んだ。

列車に乗っているはずのだれかを捜しているとしたら、ゾーヤもそういう戦術を使うはずだった。列車の最前部か最後尾に陣取り、単数もしくは複数のターゲットがドアの閉まる直前に下車しなかったことを確認するために、ぎりぎりの瞬間まで監視する。

そのふたりは、この作戦でこれまでに出遭った男たちとタイプが一致していた。彼らがヴェリスキーを捜しているという確信はなかったが、そういう前提で行動しなければならないとわかっていた。

ゾーヤは席に戻り、ヴェリスキーにはなにもいわずに、ワインをごくごく飲んだ。

「なにも問題はないんだな?」ヴェリスキーがきいた。

ゾーヤは、ワインを飲みつづけ、返事をしなかった。


アンジェラ・レイシーは、列車のうしろ寄りの車両に乗り、左右の座席のあいだを進んで、二等車の七号車にはいった。席は五分の一しか埋まっていなかった。この列車はプッシュプル方式（制御車を前後に配し、前後双方向におなじ速度で走れるようにした列車）なので、制御車が後部にあり、列車そのものは北に向けて走っているが、角張ったその車両は南を向いている。

二等車の座席のあいだを歩くアンジェラのうしろ、七号車の後尾に事務員室がある。いまはそこにだれも乗っていないことを、アンジェラは肩ごしにたしかめた。

ヴェリスキーか、ミラノでヴェリスキーがいっしょに乗車した女が、八十六人乗りのこの車両にいる気配がないことを、アンジェラは確認した。特徴が一致する人間は見当たらなかったので、窓ぎわの席に座り、プラットホームに注意を集中した。全員が乗車したようだったが、ドアが閉まる前にだれかがおりるかどうかたしかめたかった。

できるだけ列車の前のほうを見たが、おりる乗客はひとりもいなかった。

じきに電子音のホイッスルが鳴り、列車が駅から離れて、北西に向けて走りはじめた。一瞬ほっとしたが、かすかに神経が昂《たかぶ》るのがわかり、アンジェラは立ちあがって通路に出ると、二〇〇メートル近い長さの列車内を歩きはじめた。のんびりした態度で目立たないようにする能力があると信じていたし、ターゲットに怪しまれることはあまり心配していなかったが、ターゲットを狙っているかもしれないべつの勢力が乗っている可能性があることは承知していた。

アンジェラは武器を持っていなかったが、それはどうでもよかった。引き金を引かなければならないような事態になっても、そうすることができるとは思えなかったので、ヴェリスキーかその相棒と争うのは避けるつもりだった。とはいえ、ヴェリスキーを付け狙っている連中に取り囲まれるような状況になったら、その方針は考え直すしかない。

アンジェラは、座席のあいだの通路を進んで、デッキのドアの手前にある手荷物置場に達した。スーツケースやダッフルバッグがラックに積んである。荷物の山にだれかが隠れていないことをたしかめるために、そこをちらりと見た。

アンジェラがデッキにはいり、右の洗面所の前を通って、つぎの車両のドアを目指していると、足の下でユーロシティ42の車輪の回転が速くなり、列車の速度がみるみる増していった。

列車が加速すると、ゾーヤはひと口でワインを飲み干し、アレックス・ヴェリスキーの目を覗《のぞ》き込んだ。

「わたしの話を聞いてもらわないといけないんだけど、落ち着いたままでいてほしいの」

ヴェリスキーが目を丸くした。

「これからおもしろいことがいろいろ起きる」

「どういう意味だ？」

「わたしたちが避けなければならない男がふたり、この列車に乗っているという意味よ」

「わたしが乗っているのを、そいつらは知っているのか？」

「その可能性が濃厚みたい」

「ロシア人なのか？」

「わからない。それはどうでもいい」

ヴェリスキーがうしろをちらりと見たので、ゾーヤは急いで彼の前腕に触れた。「落ち着いてといったでしょう。だいじょうぶだから」

「どうしてわかる？ きみは酔っているのに」

ゾーヤが鋭い目つきで、ヴェリスキーを睨《にら》んだ。「酔っていない」

「どうして酔っていないと――」

「アルコールに強いからよ。あなたの小言には耐えられなくてもね。だけど、わたしはまだあなたの顔を殴っていない……まだ」ゾーヤは身を乗り出して、顔を近づけた。「わかるでしょう。これがわたしの稼業なの。いまあなたは、わたしを信じなければいけない」

さきほどプラットホームにいるのをゾーヤが見た登山隊のうちの四人が、食堂車にはいってきて、ゾーヤとヴェリスキーのそばを通り、カウンターへ行った。ゾーヤは五感を鋭敏にして、その四人を観察したが、怪しげな気配はなにも察知できなかった。

ヴェリスキーも四人を見たので、ゾーヤはその前腕をぎゅっと握り、小声でいった。

「アレックス」

ヴェリスキーがゾーヤのほうをふりかえり、ささやいた。「あいつらか？」

ゾーヤは首をふった。

ヴェリスキーが、かすかにうなずいた。「わたしたちはどうする?」

ゾーヤは落ち着いて通路に立ち、座っていた席のラックからショッピングバッグとハンドバッグを取った。「ついてきて」

列車が湖のリゾート地にあるストレサ駅を出たことと、ヴェリスキーがまだ乗っているはずだということを、ルカ・ルデンコに知らせてから、ウラン・バキエフが電話を切ったとき、黒人女性が左肩のそばを通り、通路を列車の前寄りの車両に向けて歩いていくのが目にはいった。女はなにげなくバキエフのほうを見たが、興味を示すふうもなく離れていった。

バキエフは女に興味をおぼえた。対監視《カウンターサーヴェイランス》や諜報技術《トレードクラフト》とは関係なく、セクシーな女だと思ったからだった。バキエフは女の揺れる尻をじろじろ見て、二等車のべつの乗客に女が目を向けたときに美しい顔を惚《ほ》れ惚《ぼ》れと眺めた。平凡な旅客ではないことを示す気配はなにもなかったので、バキエフは彼女が脅威かどうかを考えもしなかった。

女がドアを通って、デッキへ歩いていき、視界から見えなくなったとたんに、バキエフは数分の間を置いて食堂車へ行き、軽い食事をしようと思った。ターゲットを肉眼で確認しろと、ルデンコに命じられていたが、つぎの停車駅まで三十分ある。ターゲットはどこへも行けないし、バンシーを攻撃できる距離につくのに、急ぐことはない。

35

ゾーヤ・ザハロワとアレックス・ヴェリスキーは、食堂車の前寄りのデッキにある洗面所にそっとはいった。その洗面所だけが、そのほかの洗面所よりも広く、ふたりが体を押し合うことなくはいっていられる。

ゾーヤは、ショッピングバッグとハンドバッグを洗面台に置き、ドアをロックしたヴェリスキーのほうを向いた。

ヴェリスキーがいった。「どうする？　ここに隠れるのか？」

「もちろんちがう。やつらは洗面所も便所も調べるはずよ」

「で、どういう計画なんだ？」

ゾーヤはショッピングバッグをあけた。「わたしは服を脱ぐから、あなたは目をつぶって」

「ちょっと待て。なんだって？　わたしが外で待てばいいだけだろう」

ゾーヤは首をふった。「あなたを目の届かないところにいさせたくない。わたしが着替えられるように、ドアにへばりついて」

ゾーヤは靴を脱ぎ、コートとその下のセーターを脱いだ。ホルスターをはずして、洗面台に置き、ベルトを抜いて、しゃがんで脱ぐことができないので、パンツを脚で蹴って脱いだ。

黒いパッド入りブラとパンティ、肌色のマネーベルトだけを身につけて、ゾーヤは立っていた。ヴェリスキーは目を閉じていたが、額に汗がにじんでいることにゾーヤは気づいた。

ブラをはずしながら、ゾーヤはいった。「やつらはどうやったのかわからないけど、駅でわたしたちを識別した。それには高度の顔認識テクノロジーが必要だけど、あなたが発見されたんじゃないと思う。眼鏡《めがね》や顎鬚《あごひげ》で変装していたから、わたしが知っているようなシステムはすべてごまかせるはずよ」

「つまり、どういうことなんだ？」

「つまり……何者かがわたしを識別した。ロシア人にちがいない。わたしは欧米やアジアの生体認証データベースには載っていない」間を置いてからつけくわえた。「わたしが知っているかぎりでは」

「それじゃ……列車に乗っている男たちは、きみを捜しているのか？」

「そうよ。でも、別行動しようとあなたがいう前にいっておくけど、忘れないで。わたしを見つけたのがロシア人なら、あなたのことも捜している」

ヴェリスキーは、両手で顔をこすった。「わたしたちはどうするんだ？」

「あなたが女といっしょに旅をしていると、やつらは予想しているから、それをもう一度変える。あなたは一号車の前のほうに座り、わたしはおなじ車両のうしろのほうに座る。あなたを監視できる位置に」

ゾーヤは、幅一五センチの伸縮性粘着包帯をショッピングバッグから出して、すばやく体に巻きつけ、胸のふくらみをきつく押し潰した。

「なにをやっているんだ？」ヴェリスキーは、聞こえている音にとまどっていたが、そばに立っている女にひっぱたかれたくなかったので、目はあけなかった。

「きかないで」

ゾーヤは、脱ぎ捨てたベージュ色のパンツから、ブラックジーンズにはき替え、ぶかぶかのグレイのスウェットシャツを出して着た。体がすこし大きく見え、女らしい曲線を隠すことができた、つぎに葡萄《えび》茶《ちゃ》色のダウンコートを裏返して、黒いほうを表にして着込むと、変装が完了した。

頭に黒いニットキャップをかぶり――ミラノ駅ではグレイの縁なし帽だった――洗面台のほうを向いて、ハンドバッグから出したメイク落としで顔をこすった。

ゾーヤは、すこし色がついている度なし眼鏡をかけ、灰色のメイクを両手につけて、頰、顎、鼻の下をそっとこすった。近くで見るとほとんど目につかないが、遠目には髭《ひげ》がのびかけているように見える。

最後に、きのうはいていた男物に見えるハイキングブーツを出した。ショッピングバッグの半分を占めるような大きさで、それをはくとゾーヤはヴェリスキーよりも背が高くなった。

ヒールの低い靴と小さなハンドバッグを、ゾーヤはショッピングバッグに入れた。拳銃とホルスターをウエストバンドに戻すと、コートのジッパーを閉め、ショッピングバッグをかついだ。

ゾーヤが身動きをやめると、ヴェリスキーはゆっくり目をあけた。「わたしはどうする?」

「なにを?」

「顎鬚と口髭を取る? 服を替える?」

「いいえ。そのままでいて」

「つまり……わたしは囮《おとり》だな？」

「あなたに襲いかかるやつがいたら、わたしが阻止する」

ヴェリスキーは得心していないようだったが、話題を変えた。「データは？」

「わたしの腰のマネーベルトのなか。わたしが斃《たお》れたら、あなたが取って。わかった？」

「きみが斃れたら？」

「そう。わたしが死んだら、あなたがわたしの死体からiPhoneを取って、この列車から逃げ出して」

「戦わなければならないと、本気で思っているんだね？」

「この男たちがGRUの29155部隊なら、そうよ。彼らは暗殺が承認されたときだけ派遣される。あなたとわたしはいま、その制裁措置リストに載っている。怖がらせるつもりはないけど、わたしがいうことをすべて理解してもらいたいの」

「なぜ……」ヴェリスキーがとてつもない激しい動揺をこらえているのを、ゾーヤは見てとった。「なぜつぎの停車駅でおりないんだ？」

「列車に乗っていたほうが有利だからよ。やつらはジュネーヴに着くまで手出しを控えるかもしれない。一般市民の乗客がいるから。でも、それはあてにできない。やつらがそれまで待たなかった場合、列車内での照準線、射界のほうが有利よ。わたしたちが列車をおりて、GRUに駅で襲われたら、客車に乗っているよりもずっと不利になる。客車では、攻撃できる方位はふたつしかない」

ゾーヤは息を吸って気を静めた。「わたしたちのほうからはじめはしないけど、やつらがなにかはじめたら、列車内の環境をわたしたちに有利なように使える。わたしたちが抵抗できる場所はここしかないのよ」

ゾーヤは洗面所のドアを細目にあけて、デッキに人影がないとわかると、ヴェリスキーとともにつぎの車両へ行った。さらに一号車まで進み、最前部デッキのドアの数列うしろに当たる席に座るよう、ヴェリスキーに命じた。ゾーヤは、一号車の後部デッキから自動ドアをはいったところにある狭い手荷物ラックのそばに立った。ラックはスーツケース、バッグ、キャスター付きの機内持ち込み用バッグが天井まで積まれ、自転車も二台詰め込んであった。

追跡者たちが、ヴェリスキーの連れの女のショッピングバッグとハンドバッグを探すはずだとわかっていたので、ゾーヤはそれらの持ち物を手荷物ラックの大型スーツケースの裏に突っ込んでから、そこに積んであったべつのキャスター付きバッグを適当に引き抜いた。ラックはスモークガラスの蔭にあるので、持ち主には見えない。ゾーヤは明るいオレンジ色の札をすばやくはずして、そのバッグが目立たないようにした。

それが終わると、ゾーヤは一等車自由席にはいったが、ヴェリスキーが座っている前のほうの席には行かなかった。最後部の窓ぎわの席に座った。隣は空席で、短い通路を隔てた左側の窓ぎわの席も空いていた。

ヴェリスキーは、前部隔壁から四列目の窓ぎわの席に座った。正面に運転室のドアがある。位置が決まると、ゾーヤはそこから車両内の乗客すべてを眺めた。それから、一二メートル前方のヴェリスキーに呼びかけた。ゾーヤは耳にかぶさるヘッドホンをかけて、顔をいくらか隠し、窓にもたれて眠っているような感じに体を丸めた。

ヴェリスキーが小声で応答した。「どうだ？」

「通話をつないだままにして。この車両にだれかがはいってきてそばを通ったら知らせる。わかった？」

「わかった」

ふたりが座席についてから、わずか二分後に、ゾーヤのそばのドアがあいた。

男ふたりがはいってきた。ミラノの駅でゾーヤが目をつけた若い男ふたりではなく、ストレサで乗るのを見つけた年配の男ふたりだった。ゾーヤは寝たふりをつづけ、ふたりは彼女にまったく注意を向けなかった。だが、ゾーヤはほとんど閉じていた目の隅で、そばを通るときにふたりが彼女の頭の上の手荷物ラックをちらりと見たのを捉えた。ふたりは、そこにショッピングバッグがなく、キャスター付きバッグがあるのを見て、眠っているらしい若い男の外見に目を留めてから、ゆっくりと入念に乗客をひとりひとり眺めながら、前方に進んでいった。

「スタンバイ（応答せず、こちらの通信を聞けという意味）」ゾーヤは携帯電話に向けてささやいた。「男ふたりがうしろからそちらに近づいている。ロシア人のようには見えないけど、監視を行なっているように見える。行動しないと思う」

「どうしてわかるんだ？」ヴェリスキーがささやいた。

「わたしは楽観的になっているのよ」

男ふたりが、ヴェリスキーの横を通り過ぎた。最前部デッキとの境の隔壁まで進み、顔を見合わせて、ヴェリスキーやゾーヤのほうを向いている、最前列のうしろ向きの座席に座った。

ふたりとも動きが見え透いていると、ゾーヤは思った。イタリア人だろうかと思った。顔立ちと服装からしてそんな感じだったし、物腰と髪型を見て、元兵士にちがいないと判断した。

ゾーヤがヴェリスキーを一号車のかなり前寄りに配置したことで、男ふたりはそれよりも前に行かないと、識別しづらくなった。最前列まで行ってひきかえし、一両目を出たら、いかにも怪しく見えるからだ。

ゾーヤのイヤホンから、ヴェリスキーのささやきが聞こえた。「ふたりが座った」

「ここから見える。そいつらは待っている。じっと座っていて。駅に近づいたら教えるから、車両のうしろ寄りに向けて歩きはじめて。そいつらが追ってきたら、わたしがそのうしろにつく。わかった?」

「ああ」

「それじゃ……リラックスして」

「冗談だろう?」

「もちろんちがう」ゾーヤはささやいた。「なにがあろうと、落ち着いていなければだめよ。ほかにもだれかが乗っているかもしれない。これから乗り込んでくることはまちがいない。でも、わたしたちは有利な位置にいるし、わたしは事態をコントロールしている」

ヴェリスキーが黙っていたので、そういったゾーヤ本人よりもなお、それを信じていないのだとわかった。

なんとかして一杯飲みたいと、ゾーヤは心のなかでつぶやいた。

ルカ・ルデンコは、午後八時五分に、ドモドッソラ駅の正面の駐車場にメルセデスをとめた。ドアをロックし、キーをポケットに入れて、急いでエントランスへ行った。

ルデンコはかなり高級な服装だったが、群衆のなかで目立ってはいなかった。ブロンドのスパイクヘアも目立っていない。スイスのバンカー、ドイツの実業家、イギリスのコンピューターソフトウェア業界の大立者、オランダの不動産業者のように見え、美男で、上等な服を着ていて、ブロンドだったが、このイタリア北部の周囲にうまく溶け込んでいた。

荷物は革の書類カバンだけで、なかにはiPad、着替え、書類がはいっていた。

銃はセーターの下でウェストバンドのアペンディックス・ホルスター（虫垂[appendix]の上に銃が位置するように携帯するので、こう呼ばれる）に収めてある。そのすこしうしろ寄り、腰の右側には、〈マイクロテック・ソコム・エリート〉オートマティックナイフを携帯している。抜くと同時にボタンを押すと、刃渡り一〇センチのM390ステンレススチール製のドロップポイント・ブレードが飛び出し、音をたてずにすばやく敵を殺すことができる。西側にマタドールと呼ばれている暗殺者にとって、申し分のない武器だった。

ルデンコは駅にはいり、案内表示でジュネーヴ行き列車が発着するプラットホームを見つけ、おなじ方角に向かっている人間がいないかと目を配りながら、まっすぐそこへ向かった。対監視《カウンターサーヴェイランス》の気配はなかったが、プラットホームへ行ったとたんに、背中に国境警備隊《グレンツヴァフト》と描かれ、肩と腕がライトブルー、全体がダークブルーのジャケットを着た男ふたりと女ひとりが目に留まった。ヘッケラー&コッホP30九ミリ・セミオートマティック・ピストルを、腰から吊っていて、かぶっているブルーの野球帽には〝国境警《グアルディア・ディ・コンフ》備《イネ》〟とイタリア語で描かれている。三人とも、ほとんどの拳銃弾を阻止できるレベル3Aの抗弾ベストで胸と背中を覆《おお》っている。

くそ。ルデンコは思った。スイスの国境警備隊は、ふだんならここにいるはずはない。スイスとイタリアはシェンゲン協定を結んでいるので、両国のあいだでは国境検査は行なわれない。だが、なにかの理由があって、国境警備隊員たちは北イタリアのここで列車に乗るらしく、すくなくともつぎの停車駅、スイスのブリグまでは乗っていくはずだった。

これで万事が一変したと、ルデンコは思った。昇級してまちがいなく現場を離れられるはずの任務を進めるためにこの国境警備隊員たちを殺すのには、なんの痛痒《つうよう》も感じないが、自分とチームはこれから数分間、複雑な状況に置かれることになる。

腹立たしげに溜息をついたルデンコは、ポケットに手を入れて携帯電話を出し、バキエフ曹長を呼び出した。

ウラン・バキエフは、一号車の後部デッキで洗面所のドアにもたれ、正面の一等車のドアの奥を覗《のぞ》き込んだ。

携帯電話が鳴り、バキエフはそれを見おろした。

ルデンコ少佐からだったので、イヤホンを叩いた。

「いま駅にいる。五分後に列車がはいるはずだ。目視したか？」

「ヴェリスキーは一号車にいると思います。ほかの車両にいないことはまちがいないし、洗面所もすべて調べました。かなり前寄りの席にいるのが、ヴェリスキーでしょうね。おれは一号車の後部デッキにいますが、対象がいるかどうか綿密にたしかめるには、ドアを通って最前部近くまで進み、折り返す必要があります。そうしたら、おれが尾行してるのが見え見えになります」

「バンシーはどうだ？」

「目視していません。目当ての男は独りで旅してます。その四列前方に、男がふたりいて、うしろ向きの座席に座ってます。監視しているのだと思います」

ルデンコが、馬鹿にするようにいった。「ドレクスラの配下だ。四人乗っている。ふたりが前寄り、ふたりがうしろ寄りだ。そいつらのことは心配するな。なにもやらない。しかし、バンシーは……列車に乗ったのはたしかだな？」

「まちがいありません」

「だったら、変装してどこかにいるんだ、いまおまえを見張っているかもしれない」

バキエフは、肩ごしにうしろを見た。「おれはどうすればいいんですか？」

「ひきつづきヴェリスキーを見張れ。だが、バンシーにも用心しろ。馬鹿なことはやるな」

「わかりました」バキエフは答えた。

そのとき、うしろでデッキのドアがあき、バキエフがふりむくと、前に目を惹《ひ》かれた男好きのする黒人女性がはいってきた。片方の肩からハンドバッグを吊り、コートの前をあけて、女らしい体にまとったアイヴォリーのセーターと、低く垂らしたゴールドのネックレスが見えていた。一号車を目指しているらしい女がそばを通るとき、バキエフは彼女の頭のてっぺんから爪先《つまさき》までじろじろ眺めた。

女を通すために、バキエフはすこし体をずらし、愛想よく笑みを浮かべた。そのとき、女が一号車を覗いてから、足をとめた。

女がバキエフのほうを向き、英語でいった。「ごめんなさい。お手洗いにはいりたいんだけど」

バキエフは、洗面所の前からどいた。女が笑みを浮かべて、礼をいい、洗面所のドアを閉めてロックした。

ルデンコがいった。「いまのはなんだ？」

バキエフは、英語で答えた。「なんでもありません。すべてコントロールしています」

「そうはいえない」ルデンコはいった。「武装したスイスの国境警備隊員三人が、ドモドッソラで乗車する」

「くそ。交戦規則は?」

「おめでとう。おまえは今夜、手を血で汚すことになる、曹長」ただターゲットを見張るだけではなく、暗殺にも使われることになるのだと、ルデンコは説明した。

短い間を置いて、若手のバキエフがいった。「わかりました。連絡があるまでやつを見張れる場所を見つけます」

36

コート・ジェントリーは、アプリリア850の燃料計をはらはらしながら見つめてから、腕時計をちらりと見た。ドモドッソラの駅に接近するころにガス欠になるだろうし、到着するのは列車の発車時刻とほぼ同時になるはずだとわかった。

左耳にピッという音が聞こえ、すぐさま電話がつながった。

「送れ《ゴー》」スクーターの上でさらに身をかがめて、ジェントリーはいった。激しい揺れに抗議して、肋骨《ろっこつ》が灼《や》けるような痛みを発した。

予想どおりアンジェラからで、マイクを手で覆《おお》っているのか、ささやき声がくぐもっていた。「ミラノ駅にいたGRUの男、バキエフ……が、乗っている。一号車を見張っていたわ。ヴェリスキーがその車両の前のほうにいるのだと思う。いまでは女と連れ立っていない」

「女を列車内のほかの場所で見たか？」

「見ていない」

「よし。ヴェリスキーやバキエフとは距離を置け」

「ヴェリスキーは二五メートル離れているけど、バキエフは洗面所のドアの外にいる」

「きみはどこだ？」

「洗面所のなか」

ジェントリーは目を閉じた。遠く離れていて、なにもできないのが気がかりになったが、すぐに目をあけた。「やつに怪しまれているか？」

「いいえ……それはないと思う」

「よし。洗面所を出て、席を見つけろ。なにか起きたときに、対応する備えをしろ」

「対応？　どう対応するの？」

アンジェラが武器を持っていないことを、ジェントリーは忘れていた。「悲鳴をあげるとか、そんなことだ。平和主義者ども（婉曲にスイス人の一部のことを指している）にどういう効き目があるか、わからない」

「ありがたい助言ね。あなたはドモドッソラで乗るんでしょう？」

「ぎりぎりになりそうだ」

「そう。その駅で乗れなかったら、つぎの駅はスイス国内だし、列車はトンネルを通り、あなたは山を越えないといけない。あなたが国境を越える前に、わたしたちはジュネーヴに到着する」

ジェントリーはいった。「なんとかして列車に乗る。追って連絡する」電話を切り、スクーターのエンジンからすべてのエネルギーを絞り出すのに集中し、それと同時に、寒い冬の闇のなかで道路をそれないようにハンドルさばきに気を配った。

ゾーヤは、うしろでデッキとのあいだの自動ドアがあく音を聞いた。左をすばやく見ると、通路を挟んだ向かいの席に、ひとりの男が座った。

男はグレイのジャケットを着て、もじゃもじゃの黒い顎鬚《あごひげ》を生やしていた。知的な目で探るように前方を見据えていて、ゾーヤには一瞥《いちべつ》もくれなかった。この車両にはいってくる人間は、敵チームのために働いている可能性があるとわかっていたので、ゾーヤは男をこっそり観察しつづけた。

男は典型的なスラブ系ではなく、どことなくアジア系に見えたが、じっくり観察すると、最終目的地に着くのを待っているただののんびりした旅客ではなく、なんらかの活動に携わっていると察しがついた。視線、態度……興奮したり、躍起《やっき》になったりしているふうはないが、プロフェッショナルにちがいない。

任務中の男だ。
敵チームのひとり。
GRUだとすれば、タタール人、ウズベク人、バシキール人、カザフ人など、現在のロシアにいるアジア系少数民族のいずれかだろうが、人狩りの最中であることはたしかだし、どの民族だろうとゾーヤには関係なかった。イタリア人、ロシア人……この男……だれもが今夜、ヴェリスキーを分捕ろうとしている。
ヴェリスキーの声が、イヤホンから聞こえた。「なにか?」
ゾーヤは応答せず、メールを送った。
［通路を挟んで左側、わたしの向かいの席にいる対象、GRUかもしれない］
ヴェリスキーがメールで返信した。［それじゃ……包囲された］
ゾーヤはGRU工作員の可能性がある男から顔をそむけて、窓のほうを向き、またメールを打ち込んだ。［そいつはなにもやるようすがなく、ただ座っている。応援を待っているのかもしれない］
ヴェリスキーが、［わかった］と返信したので、ゾーヤは携帯電話をポケットに入れ、右手を腰の拳銃のほうにのばした。その動きは相手に見えないが、拳銃を抜いて撃つには、姿勢を変えなければならない。だから、ゾーヤは拳銃のグリップを握り、駅が近づくあいだ、窓の外の闇を見つづけていた。

すこし間を置いて気を静めたアンジェラ・レイシーは、洗面所のドアをあけた。デッキにバキエフの姿はなかった。アンジェラはデッキを進んで、一号車の自動ドアを通り、満杯に近い手荷物ラックの横を通って、一等車にはいった。

バキエフは、最後部左側で、窓側のひとり掛けの座席に座っていた。横を通るときに、アンジェラはそちらには目を向けず、右の窓ぎわの席の乗客も見なかった。

アンジェラはそのまま歩きつづけた。一号車にはいったあと、そこで席を見つけることに集中していて、最後尾から十列目の左側でひとり掛けの空席に座った。まうしろにいるバキエフのほうは見えないが、ミラノ中央駅の防犯カメラが捉えた顎鬚と口髭《くちひげ》を生やしたヴェリスキーの人相と完全に一致する男が、右前方の席に座っているのを、アンジェラは視界に捉えていた。

でも、あれがヴェリスキーだとすると、ミラノ駅でいっしょに列車に乗り込んだ女は、いったいどこにいるの？

肩ごしにうしろを見たかったが、そうしないほうがいいとわかっていた。未詳の女が一号車の乗客に混じっていたとすると、どこかべつの席へ離れていったのだろう。女を見ていないとアンジェラは確信していたが、だからといってあらためて確認するために首をまわしてバキエフのほうを見るわけにはいかない。

だが、前方に注意を集中していると、うしろ向きの座席に座っている男ふたりに気づいた。背もたれが一等車の前部隔壁に接している最前列の席で、乗降口と運転席に面した狭いデッキのドアがその横にあった。そのふたりは、じっと座っていた。ヴェリスキーやアンジェラのほうを見てはいなかったが、軍関係者のような感じだと、アンジェラは察した。アンジェラの父親は陸軍にいたので、軍を間近に見て育った。海外支局で勤務したときには、つねに大使館の警衛に囲まれていた。男ふたりは元兵士のようだったし、強力な二人組のチームをなしているように見えた。

バキエフとおなじようにGRUなのか、べつの勢力なのか、アンジェラには判断がつかなかった。

だが、何者であるにせよ、ヴェリスキーから三メートルほどのところにいる。ヴェリスキーから電話を奪おうとたくらんでいるとしたら、アンジェラには阻止することができない。

まわりの乗客とおなじようにリラックスしているふりをするために、アンジェラは呼吸を整えようとした。ネットワークや地元支局の支援はなく、本部の支援もほとんどなく、これまで教わったルールとは異なるルールで活動する謎のＣＩＡ資産《アセット》の手助けだけで、任務を行なっている。

アンジェラはいま、得意分野ではない領域にいて、頭がくらくらしたが、列車に乗っているひとびとにそれを見せないように努力していた。

アンジェラは、ヴェリスキーのほうをもう見なかった。携帯電話を出して、ツイッターをスクロールし、列車のほかの乗客となにも変わりがないように見せかけた。

八時二十分発ジュネーヴ行きの列車が四分後に到着することを、ドモドッソラ駅の電光掲示板が知らせたとき、ルカ・ルデンコのポケットのなかで携帯電話が振動した。ルデンコは携帯電話を出し、バキエフからのメールを読んだ。
［ヴェリスキーの後方の座席にいる。見張っている］
ルデンコは、すばやく返信した。［バンシーは？］
［気配なし］
ルデンコは、その表現が気に入らなかった。［いるはずだ］
［気配なし］バキエフがおなじ応答をした。
電光掲示板で列車の到着時刻をすばやくたしかめたルデンコは、メールを書いた。［バ

ンシーがヴェリスキーを見守っているとしたら、視界に捉えるために、おまえとおなじように客車のうしろ寄りにいるはずだ」

ルデンコは、いらだたしげに応答を待ち、応答が届いたときに、ゆっくり目を閉じた。

［右にひとりいる。距離三メートル。顔は見えない。男だと思う」

ちくしょう、ルデンコは心のなかで毒づいた。メールで返信した。［朝に捉えた画像では、バンシーは男のように見えた。馬鹿。それがバンシーだ」

今回の間はさっきよりも長かった。ようやくバキエフが応答した。［くそ。どうすればいい？」

ルデンコはメールで応答した。［なにもするな。われわれの到着を待て。乗車して二十分後にスイスに抜けるトンネルにはいったときに行動する」

こんどの応答はすばやかった。［わかった《ハラショー》」

列車の到着まで四分を切っていたが、ルデンコは計画を組み立てなければならなかった。決められていた諜報技術《トレードクラフト》の手順に従って、ルデンコはプラットホームを横切り、そこに立っていた配下ふたりのところへ行った。そして、三人でビジネスピープルの一団のそばを通り、プラットホームのずっと先のほうに立っていた29155隊員ふたりのところへ行った。五人全員が、プラットホームのさらに端まで歩いていき、乗客や駅の係員から二五メートル以上離れたそこで、おのおのにやってもらいたいことをルデンコが説明した。

ルデンコが説明を終えると、ゲンナジーという名前の上級軍曹が質問した。「国境警備隊のやつらはどうしますか？」

ルデンコは、肩をすくめた。「そいつらの運がよければ、おれたちがいなくなるまで、なにが起きたか気づかないだろう。運が悪ければ、気づくだろう」

ルデンコの配下四人が、うなずいて了解したことを示した。ルデンコは、今後の行動で果たす役割をウラン・バキエフ曹長に伝えるメールを書きはじめた。

それをやっているあいだに、南から近づく列車が視界にはいった。

ライトグレイの車体に赤いストライプがはいっている列車が、その速さでジェントリーを嘲《あざけ》るかのように、猛然と横を突っ走っていた。ジェントリーは、時速一一〇キロメートル以上で大排気量スクーターを駆っていた。路面が濡れているので、常軌を逸した速度だったが、列車は時速一四五キロメートルでジェントリーのアプリリア８５０を追い抜き、一・五キロメートルほど前方のつぎの停車駅ドモドッソラめがけて疾走していた。

ジェントリーが駅にたどり着くまであと五分かかる。ユーロシティ42はその三分前に駅に到着する。しかも、ジェントリーはスクーターを乗り捨てて、駅内を走り抜けなければならない。それには二分以上かかる。乗客が降車し、あらたな乗客が乗り込むには、三分か四分しかかからないだろう。ドモドッソラで乗車するというジェントリーの高望みは、かなり危うくなっていた。

だが、ジェントリーはスロットルを全開にして、自分でも信じられないような奇跡が起きることを願った。

しばらくアンジェラから連絡がないが、敵が近くにいるので話はできないから、メールで位置を知らせてくるはずだと思った。列車に乗るまでジェントリーにはメールを読む余裕がないことも知っているはずだ。いまでは乗り込むことも不可能に思われてきた。道端にスクーターをとめて、列車に乗り込めなかったから、どこか安全な場所に移動しろと、アンジェラに指示するはめになりそうだった。GRUが列車内で行動を起こすことにした場合、アンジェラにはなにもできない。

近づくにつれて、駅舎が大きく見えてきた。数百メートル先行している列車が、すでに速度を落としはじめていた。ジェントリーは股の下の内燃機関にもっとスピードを出せと意志の力で命じながら、町に近づくにつれて増えはじめていたまばらな車の流れを縫《ぬ》って、左に右にハンドルを切った。

一分後に、状況がはっきりした。列車はプラットホームで停止していた。長い列車の最後尾が見えていたが、ジェントリーはそちらには注意を集中しなかった。

その代わり、左右に視線を走らせ、プラットホームまで行くのにもっと近い経路を探した。

ジェントリーは、スクーターで疾走しながら、あたりを眺め、打破できない問題の解決策を必死で探した。

あれだ。駅の手前、二三〇メートルほど離れたところにあるのを見つけた。それはかすかな希望と恐怖の両方をジェントリーにもたらした。

何本もの線路を越えている跨線人道橋《こせんじんどうきょう》があった。ジェントリーがいま走っている道路からその小さな橋へ行くことができるし、そこを使ったほうが、駅でユーロシティが停車しているプラットホームへ走っていくよりも早く、列車に到達できる。速度をあげて前輪を右に持ちあげ、橋を半分渡って、スクーターを乗り捨てればいいだけだった。闇のなかで線路に停車している貨物列車に、そこから跳びおりて、ユーロシティがすでに乗客をおろし、あらたな乗客を受け入れているプラットホームまで走っていけばいい。

この計画には、数々の危険があったが、ほかに方法はなかった。

ちくしょう。ジェントリーは心のなかで毒づいた。なんとしてもこの列車に乗る。

37

スイス国境警備隊員三人が、一号車の最前部ドアの前でプラットホームに立っていた車《しゃ》掌《しょう》に近づいたとき、アンジェラ・レイシーは窓からそれを眺め、困惑して首をかしげた。スイスとイタリアのあいだでは定期的なパスポート検査は行なわれていないので、乗り込んでくるとは思えなかったが、イタリア北部の鉄道駅にスイスの官憲がいる理由がまったくわからなかった。

アンジェラが一等車の反対側の窓を通して、その光景を眺めていると、車掌がホイッスルを鳴らした。

それと同時に、アンジェラはイヤホンを叩いた。

「もう乗ったの？　もうすぐ発車する」

スクーターのエンジン音とともに声が聞こえた。「いや。遅らせてくれ」

「どうやって――」

「考えろ。六十秒あればいい」

アンジェラは、すばやく座席から立ち、ドアを目指した。なにをいえばいいのか、思いついていなかったが、車掌や国境警備隊員と話をするために急いで車外に出た。

線路をまたいでいる照明付きの跨線人道橋《こせんじんどうきょう》に近づくと、ジェントリーは左右の手袋をくわえて脱ぎ、道路に投げ捨てた。たちまち凍てつく風が指のあいだを貫いた。欄干《らんかん》をすばやく越えるには、しっかり握る必要があるが、寒さのせいで両手の働きが鈍るのはありがたくなかった。

右にハンドルを切り、ブレーキをかけて、後輪を左に横滑りさせて跨線人道橋に曲がり込み、橋のなかごろを目指すと同時に、右に目を向けた。あらたに心配しなければならない材料が、その方角に見えた。

有蓋《ゆうがい》貨車多数から成る貨物列車が、駅の方向へ動きはじめていた。

走っているスクーターから跳びおりて、欄干を越え、動いている貨物列車に着地しなければならないと気づいた。さらに、貨物列車からおりて、プラットホームによじ登らなければならない。アンジェラがユーロシティ42の発車を遅らせることができるかどうかわからないので、数十秒以内にそれらすべてをやらなければならない。

ジェントリーは、まだ走っているスクーターから跳びおり、スクーターがそのまま跨線人道橋を遠ざかるにまかせ、助走して鉄の欄干を跳び越え、宙返りしてその下の横棒をつかんだ。横棒はすさまじい冷たさで、うっすらと氷に覆《おお》われていたので、手袋をはめていたら、まちがいなく手を滑らして、三メートル下の列車の屋根に叩きつけられ、転げ落ちて死んでいたはずだった。

だが、横棒を両手でしっかりつかみ、足をつっぱって跨道人道橋から落ちるのを防いだ。またすこし落下して、こんどはいちばん下の横棒をつかんだ。

下を見ると、もっとも恐れていたものが目にはいった。それは動いている貨物列車ではなかった。

架線だった。電気機関車は、線路の上の架線から電力を供給されている。つねに架線と接触しつづけるように、列車の一両ごとにパンタグラフがあり、その鉄棒が突き出していた。

線路の真上に二本の並行する架線があり、そのあいだを通って貨物列車に跳びおりないと、たちどころに感電するとわかっていた。

眼下の貨物列車の速度があがるにつれて、ジェントリーは横棒をつかんでいる両手を右にずらし、針に糸を通すような心地で、高圧電線のあいだを見極めようとした。

この貨物列車は、機関車の前部にパンタグラフがあるので、それは問題にならないが、架線そのものが恐ろしかった。

ぐずぐずしてはいられないと判断し、ジェントリーは手を離して、闇のなかで架線のあいだを落ち、三メートル下で屋根のない貨車に固定されたコンテナのてっぺんに着地して体を縮めた。

後方に二度転がり、コンテナの端まで行ったが、そこでコンテナをつかんで停止した。すばやく上半身を起こし、前方を見ると、ユーロシティがまだプラットホームにとまっていた。

イヤホンを使って、ジェントリーはいった。「あと三十秒くれ、アンジェラ」

応答を待たなかった。立ちあがって、走っている貨物列車の前方に向けて走りはじめた。貨物列車が駅を通過する直前に伝いおりて、横の線路に跳びおりる用意をした。

アンジェラ・レイシーは、ジェントリーの必死の願いを聞いたが、両手を腰に当てて、国境警備隊員三人と車掌とともに列車の最前部右側ドアのそばに立っていたので、応答しなかった。アンジェラはフランス語でしゃべり、ストレサで乗って洗面所へ行った直後に傘を盗まれたと、苦情をいいつづけていた。警察が徹底的に調査するまで、列車をとめておくよう、一分間に三度、要求していた。

イタリア人の女性車掌と、スイス国境警備隊員に、精神的に不安定な人間だと思われていることが、彼らの目つきからわかったが、四人とも態度は丁重だった。女性の国境警備隊員が、自分たちはスイスに入国しようとする不法移民がいないかどうか調べるために乗車するが、傘のことはきいてまわるし、客車内を通るあいだ目を配るようにすると、約束した。

イタリア人の女性車掌は、それほど辛抱強くなかったので、四十五秒間に二度目の警告をアンジェラに向けて口にした。ただちに発車しなければならないといい、アンジェラを最前部ドアから押し込んだ。

アンジェラは、6《シックス》が乗り込むのにじゅうぶん時間を稼《かせ》いだことを祈りながら、席に戻った。国境警備隊員たちが、彼女のうしろから乗車した。

ジェントリーは操車場を走り抜け、バイク用ヘルメットを脱いでほうり投げた。グロックと予備弾倉一本を腰につけていたが、バックパックを背負っていないので、国際列車の乗客なのかどうか怪しまれそうだった。

それでも、やってのけると、自分にいい聞かせた。列車が動き出す前に、最後尾のドアにたどり着けばいいだけだ。

プラットホームまであと一五メートルに迫ったとき、車掌の二度目のホイッスルが聞こえた。ジェントリーは足を速め、プラットホームによじ登って、ドアを目指して走った。

ジェントリーがドアのボタンを押したとき、プラットホームにはもうだれもいなかった。ありがたいことに、最後尾の客車の後部ドアが、シューッという音とともにあいた。ジェントリーは乗り込み、完全に息を切らしていたが、二等車の乗客にできるだけ気づかれないようにした。

うしろでドアが閉まってから三秒後に、列車が動きはじめた。

列車が北に向けて走りはじめると、アンジェラ・レイシーは女性の車掌が客車内を後部に向けて歩きはじめるのを眺めた。国境警備隊員三人があとにつづき、最前部の席の乗客からひとりずつ調べはじめた。彼らがふたことみことというと、その男がイタリアのパスポートを出してちらりと見せた。

国境警備隊員たちは、それをひらいたり、受け取ったりしなかった。ただうなずいて、つぎに進んだ。

アンジェラが自分のハンドバッグに手を入れて、パスポートを出し、検査に備えたとき、ヴェリスキーを追っているとおぼしい男ふたりの書類を、国境警備隊員たちが調べはじめた。

短いやりとりのあいだ、何事も起きなかった。アンジェラは彼らの言語を聞き取り、パスポートの色を見定めようとしたが、どちらもできなかったので、ふたりの身許《みもと》は不詳のままだった。

国境警備隊員たちは、べつの乗客のところに移動し、やがて女性の国境警備隊員が緊張してどうすればいいのかわからないようすのヴェリスキーの前に行った。ジャケットのなかをまさぐって、財布を見つけるのに、だいぶ手間取っているのが、アンジェラのところから見えた。それに、二度ほどうしろをふりかえっていた。バキエフが乗っているのを知っているのだろうかと、アンジェラは思った。隔壁の前のうしろ向きの座席に座っている男ふたりに見張られているのを知っているのだろうか。あるいは逃走中の人間が法執行官を前にして、奇妙な態度を示しているだけかもしれない。

女性の国境警備隊員が辛抱強く待つあいだに、ヴェリスキーはあちこちのポケットを捜して、ようやく目当てのものを見つけた。スイスの運転免許証だとすぐにわかったので、国境警備隊員はフランス語で礼をいい、仔細《しさい》に調べることなく、つぎの乗客のほうへ行った。

信じられないくらいおざなりな検査だった。乗客の外見をざっと見ながら、近ごろウクライナ、シリア、そのほかの戦禍を被《こうむ》っている国々からの不法移民を捜しているのは明らかだった。スイスはシェンゲン協定に調印しているが、書類を持たない外国人を締め出すために、こういう入国管理を強化しているようだった。

女性の国境警備隊員は、つぎの乗客の群れに向けて、通路を進んでいった。あとのふたりはすでに反対側でもっと先まで検査を進めていた。

アンジェラは、ヴェリスキーの動きをさらに観察した。ヴェリスキーがまたうしろを見てから、うしろ向きの座席に座っている前方の男ふたりのほうを向くのがわかった。列車に乗っている人間に見張られているのを、ヴェリスキーは知っているにちがいない。あの連中は、隙《すき》があればヴェリスキーに危害をくわえようとしているかもしれない。ロシア人に先手を打たれる前に、6《シックス》が早くここに来ることができるだろうかと、アンジェラは思った。

バキエフの書類を調べていた女性国境警備隊員が、あいだの通路に立っていたので、顎《あご》鬚《ひげ》を生やしたスイス国境警備隊員にパスポートを調べられるあいだ、ゾーヤはバキエフを見ることができなかった。アメリカ国籍のゾーイ・ツィマーマン名義の偽造パスポートを、退屈顔の国境警備隊員から受け取ったゾーヤは、最前列のうしろ向きの座席にいる男ふたりのほうへ視線を戻した。

そこからは頭くらいしか見えなかったが、ひとりが携帯電話を耳に当てていた。男はすぐに携帯電話を下におろし、相棒のほうへ顔を近づけた。

スイス国境警備隊員三人が一号車を出て、デッキを通り、二号車に向かうあいだ、ゾーヤは最前列のふたりを観察しつづけていて、急にふたりの態度が変わったことに気づいた。それまではほぼじっとしていたが、落ち着きなく体を動かし、まわりをきょろきょろ見ている。

なにかに備えているのだ。不吉な兆候だと、ゾーヤは判断した。

ヘッドセットから6《シックス》の声が聞こえたので、アンジェラは心の底からほっとした。6《シックス》は完全に息を切らしているようだった。「ほんとうによくやった、アンジェラ」

アンジェラは笑みを浮かべて、ささやいた。「ハイ、ハニー。列車に乗れたのね？」

「どうにか乗れた。急いで服を着替えて、きみの車両へ行く。万事、前に話をしたときと変わりはないか？」

「そうね……だいたいおなじ。メールを確認して」

ジェントリーは携帯電話を出して、スクリーンを見た。アンジェラからのメールが一本あったので、それをひらいた。「一号車。彼はわたしの右側の十列くらい前、前部寄り。未詳対象ふたりがその前方。うしろ向きの座席。女の気配はなし。バキエフはわたしのうしろ」

「わかった」ジェントリーはいった。ジーンズのポケットに携帯電話を入れているのが、イヤホンから聞こえてくる音でアンジェラにわかった。「五分ほどでそっちへ行く。電話はつないだままにする。おれが指示したら、席を立って、こっちのほうへ歩いてきてくれ」

前にジェントリーに聞かせたことがなかった、南部なまりの陽気な声で、アンジェラがいった。「あーら、ハニー。すてきね。待ち遠しいわ」それからつけくわえた。「いまメールを送るわね」

ジェントリーは、七号車でダウンジャケットを脱いで、手荷物ラックのバッグ類のあいだに押し込み、二人掛けの座席が左右にある二等車の通路を足早に進んでいった。

七号車の前部デッキを通り、六号車にはいった。そこの手荷物ラックには、色とりどりの大きな登山用バックパックがめいっぱい積んであった。ピッケル、アイゼン、カラビナ、色鮮やかなロープが、バックパックのフックやストラップからぶらさがり、大きなブーツまでぶらさがっているバックパックもあった。すばやく着替えるのに絶好の機会だと、ジェントリーは気づいた。スクーターに乗っていたときの服は、プラットホームにいただれかに見られて、列車内のだれかに伝えられる可能性がある。ラックの向こうの客車では、騒々しい乗客が二人掛けの座席を左右とも埋め尽くしていて、車両後部のすこし離れたところにいたジェントリーに注意を向けるものはいなかった。ジェントリーは、男性用ブーツがぶらさがっているバックパックをすばやく持ちあげると、向きを変え、七号車と六号車のあいだのデッキへ行き、洗面所にはいった。そこで必死になってバックパックをあけて、サイズが合うことを願いながら、服を引っぱり出しはじめた。

メールが届いたので、ジェントリーは確認した。［スイス国境警備隊員が三人乗っている。前の車両からうしろの車両に向けて移動している］

スイスにはいるのに入国審査があることを、ジェントリーは予想していなかったが、それを聞いてすこし安心した。乗客を満載している列車でロシア人の殺し屋が発砲を開始するような事態は、なんとかして避けたかった。官憲がいることで、ロシア人たちはヴェリスキーが下車するまで武器の使用を控えるかもしれない。

だが、そこで考え直した。彼らが受けている命令しだいでは、ヴェリスキーと彼が握っている情報を逃さないために、この列車全体を地獄まで吹っ飛ばすかもしれない。

ジェントリーはなおも着替えをつづけた。フリースの裏地がついているスティールグレイのスキーパンツをひっぱり出して、ジーンズの上からはいた。つぎに、詰め物で分厚いベストを出した。どうしてそういう作りなのか、理解できなかった——着心地が悪そうで、あまり暖かくないように見えた——だが、それを着た。体が大きく見えるし、戦闘になったときに上半身の緩衝材になる。その上にグリーンのレインコートを着て、ジッパーを上まで閉めた。バックパックのなかを漁って、保温の黒いスキーマスクを出し、帽子のように頭からかぶって引きおろした。そのほかの装備とバックパックは、洗面所に置いたままにした。

着替えに四分近くかかったが、洗面所を出たときには、服装が整っていて、列車に乗り込んだ男とは身なりがまったく異なっていた。

ジェントリーは、六号車にはいり、できるだけさりげない態度で、登山クラブのメンバー数人の横を歩いていった。そして、六号車と五号車のあいだのデッキを通った。

ゾーヤは、ヴェリスキーと正対しているうしろ向きの座席の男ふたりを、なおも観察していた。数分前からふたりは興奮をつのらせていて、動きがあわただしくなり、やりとりも増えていた。客車後部にいたゾーヤは、ふたりがなにかの行動の準備をしているのだと推理した。

ゾーヤはヴェリスキーとの電話をつないだままにしてあったので、低い声で呼びかけた。

「どうした?」

話をしていることすらバキエフに知られたくなかったので、ゾーヤはささやいた。「立ちあがって、のんびりした態度でこっちへ歩いてきて。わたしの横を過ぎて、スイス国境警備隊員三人に追いついて。三人がどこへ行っても、おなじ車両にいるようにして。でも、あまり目立たないように」

「どうして? なにが——」

「早くやって」

かすかなためらいのあとで、「わかった」と返事があった。

ゾーヤが見ていると、ヴェリスキーが立ちあがった。ゾーヤが願っていたのとはちがい、焦《あせ》っている感じの動きだった。だが、ヴェリスキーは気を取り直して、席を離れ、ゾーヤのほうへ歩いてきた。

ゾーヤが左のバキエフに一瞬、目を向けると、口が動いているのが見えた。小声だったので聞こえなかったが、最前部のふたりではなく列車内の仲間に、ヴェリスキーの動きを伝えているように思えた。最前部のふたりも立ちあがって、通路を歩きはじめた。

ほかにもロシア人の殺し屋が、この列車に乗っているのだろうかと、ゾーヤは思った。

38

ドモドッソラ駅を列車が出てから十分後に、ルカ・ルデンコと部下四人は、ほとんど客がいない食堂車に、うしろ寄りの車両からはいっていった。女性の車掌《しゃしょう》が反対側のデッキからはいってきて、軽食カウンターの奥の女性とおしゃべりをしていた。ルデンコと四人は、ラックからプラスティックのメニューを取り、後部のドア近くのテーブル席二カ所に座った。じきに車掌が、食堂車内を歩きはじめた。

食堂車にはほかの客が五、六人しかいなかったので、検札にはほとんど時間がかからなかった。車掌がテーブル席に来たので、ロシア人たちはおとなしく乗車券を渡した。車掌が向かいのべつのテーブルへ行ったとき、ルデンコと部下ふたりが立ちあがって、前寄りの車両を目指した。あとのふたりは、後方を警備するために残った。

ルデンコと部下ふたりは、食堂車の前寄りのドアを通り、すぐに四号車のデッキにはいった。その二等車にはいるために三人がガラス張りの自動ドアに近づいたとき、ルデンコのイヤホンから着信音が聞こえた。ルデンコはイヤホンを叩いて電話に出た。ドアを通り、手荷物ラックの横を過ぎて、すぐ左の空いていた座席に座った。部下ふたりは、通路の向かいの座席に座った。

ルデンコが口をひらく前に、バキエフの切迫したささやきが聞こえた。「ターゲットが立ちあがった。一号車を出て、そっちへ向かってます。ドレクスラの配下があとを追ってます」

「やつはどこへ行くんだ？」

「わかりません。でも、落ち着かないようすです。ドレクスラの配下が電話を受けて、興奮してます。ヴェリスキーを捕らえるよう命じられたのだと思います。もしかすると、ターゲットがふたりの表情を見て、逃げようとしてるのかもしれない」さらに声を落として、バキエフはいった。「ターゲットがおれのそばを通過」すこし間を置いた。「国境警備隊員三人が、五分前に一号車を出ました。やつは三人のそばに行こうとしてるのかもしれない」

「バンシーは？」

「そのだれかは、まだおれの右にいます」ややあっていった。「待って……」

沈黙が五秒つづいた。バキエフがささやいた。「その女。やはり一号車を出ていきます」

ルデンコは、国境警備隊員たちが列車のうしろのほうの車両に移動したあとで、トンネルにはいる前に、バンシーとヴェリスキーの両方をナイフで始末するつもりだった。だが、その計画は目の前で雲散霧消した。ヴェリスキーが国境警備隊員のそばにいたら、かなりやりづらくなる。

ルデンコはこの手の仕事を長年やっているので、いまの状況では、列車内で行動すれば厄介《やっかい》な事態になると気づいた。

つまり、ジュネーヴの手前の停車駅四カ所を考慮しなければならない。そのうちモントルーとローザンヌの二駅は、かなり大きい。もちろん、ジュネーヴがこの路線では最大の駅だが、ヴェリスキーとバンシーがその手前でそっと降車して、群衆にまぎれ込むおそれもある。

ルデンコは決断し、やがてバキエフにいった。「おれたちは、やはりこれを列車内でやるが、でかい音をたてざるをえなくなるかもしれない。ヴェリスキーを追いかける人間がほかにいるかどうか、三十秒待ってたしかめてから、こっちへ進め。ヴェリスキーに追いつけ。バンシーに気をつけろ」

「くそ」バキエフがつぶやいたが、指示どおりにやるはずだと、ルデンコにはわかっていた。

ルデンコは、部下ふたりのほうを向いた。「おれたちはここで待つ。ヴェリスキーがこっちへ来る」

コート・ジェントリーが食堂車にはいり、ドアがうしろで閉まったとき、アンジェラのささやきがイヤホンから聞こえた。

「ヴェリスキーが一号車を出て、あなたのほうへ向かっている。男ふたりが、そのあとから一号車を出た」

「いまも女の姿は目視していないんだな？」

「ええ。ヴェリスキーは独りきりよ」

「バキエフはどうした？」

「待って」バキエフのようすをたしかめるために、アンジェラがうしろを向いている姿を、ジェントリーは思い浮かべた。CIA勤務がそう長くないアンジェラが、こっそりとそれをやれることを願った。一秒後に、アンジェラがいった。「いまも一号車の最後部にいるけど、黒ずくめの男がデッキに出ていった」

つまり、ヴェリスキー、ヴェリスキーを見張っていた男ふたり、そのほかにひとりが、ほとんど同時に一号車を出たことになる。

だが、どういうわけかGRUのバキエフは、座席に座ったままだ。

それがなにを意味するかをジェントリーが考えていると、アンジェラがきいた。「わたしもあとを追ったほうがいい？」

ジェントリーは、答を見つけかけていたので、答えなかった。ヴェリスキーを追っている三人は、途中の車両でヴェリスキーを始末するつもりなのだ。それに、列車内にバキエフ以外にもGRU工作員が何人かいて、ヴェリスキーの行く手をさえぎり、任務を果たす位置についているのだ。

「追ったほうがいい？」アンジェラがくりかえした。

「ああ。だが、距離を置け。それから、やばい事態になったら物蔭に隠れる用意をしておけ」

アンジェラのささやきが、イヤホンから聞こえた。「乗客を撃ちはじめるのはやめて」

「一般市民がおおぜい乗っている列車で、おれがなにかをはじめることはない。しかし、ロシア人にそういう分別があるのをあてにはできない」

「なんてこと」アンジェラがつぶやいた。

ゾーヤは、ヴェリスキーを追ってデッキを通り、二号車に向かっていた男ふたりを追いかけた。GRU工作員の可能性があると見なした男が追ってくるかどうか、何度もうしろを確認した。

ストレスはとてつもなく大きかった。列車内は戦うのには向かない狭苦しい場所で、しかも何十人もの乗客がまわりにいる。三十分前に飲んだグラス一杯半の赤ワインには、不安を和らげる持続的な効果はなかった。もう一杯飲むために食堂車にたどり着くまでだれもヴェリスキーに手出ししないよう、心の底で願っていることに、ゾーヤは気づいた。

二号車にはいると、国境警備隊員がすでにそこを出ていたことがわかった。乗客がすくなかったうえに、検査はほとんど形式的だった。ゾーヤはヴェリスキーにささやき声で、あとを追っているふたりが数メートルうしろに迫っても、うしろの車両へ進みつづけるよう指示した。ゾーヤは、前方の男ふたりに気づかれていなかった。ふたりはヴェリスキーとの距離を詰めておらず、手にはなにも持っていなかったが、ときどき歩きながら目配せを交わしていたので、体当たりしてヴェリスキーを押し倒すのではないかと、ゾーヤは心配になった。

国境警備隊員の前では、男ふたりはそういうことをやらないだろうし、国境警備隊員三人はまだそんなに遠ざかってはいない。だから、だれもいないその先のデッキでまもなくやるにちがいない。

食堂車には行けそうにないと、ゾーヤは自分にいい聞かせて、つぶやいた。「飲むのはあきらめた」

ゾーヤは、肩ごしにうしろを見た。バキエフの姿が見えないのはいい兆候だったが、一号車にいるのを見かけた男好きのする感じの黒人女性が、ハンドバッグを片方の肩にかけ、ベージュ色のコートの前をあけて、アイヴォリーのカシミヤセーターを覗《のぞ》かせ、デッキに現われた。

ゾーヤは、その女を脅威として品定めしなかったが、女がここにいるのはありがたくなかった。彼女が席を離れずにいたなら、危険な目に遭うことはなかっただろうが、ここにいると揉《も》め事に巻き込まれかねない。ゾーヤがその女やほかの乗客のためにできることはなにもない。

ヴェリスキーが低い声でいうのが、イヤホンから聞こえた。「その男ふたりが、すぐうしろにいる」

「知っている。心配ない。いいからつぎの車両へ行って。国境警備隊員がそこにいる。デッキを駆け抜けて」

「でも、そこまで――」

ゾーヤはささやき声でいった。「わたしがこいつらを足止めする。国境警備隊員が見えるまで、進みつづけて」

ヴェリスキーが、手荷物ラックの横を通り、二号車と三号車のあいだのデッキの自動ドアがあいた。そこでヴェリスキーが三号車に向けて駆け出し、追っていたふたりは意表を突かれた。ふたりがドアを通って駆け出そうとしたとき、ゾーヤは男ふたりのそれぞれの肩に手を置いた。

男ふたりが立ちどまり、さっとふりむくと、黒ずくめで黒いニットキャップをかぶったボーイッシュな感じの女が立っているのが目にはいった。

「なんの用だ?《ケ・コサ・ヴォイ》」ひとりがイタリア語でいった。それが母国語だとわかった。不意に邪魔がはいったことに、いらだっている口調だった。

明確なイギリス英語で、ゾーヤは応じた。「ごめんなさい。あなたたち、この列車に食堂車があるかどうかご存じ?」

男ふたりは、答えずに向きを変えた。注意がそれたのは、ほんの一瞬だった。ゾーヤはふたりの向こう側に視線を投げ、ヴェリスキーがデッキを通り、三号車にはいるのを見届けた。

ジェントリーは、食堂車の通路を歩きはじめたが、ほんの数メートル進んだところで、長い食堂車の反対側の端にいた男ふたりをじっと見た。ふたりは軽食のカウンターの前に立っていた。ひとりは紙コップの湯にティーバッグをひたし、もうひとりはいっぱいに注いだビールを前に置いていた。ふたり連れであることがジェントリーには見え見えだったが、ふたりは話をしていなかった。

そのふたりは、寒さから護《まも》られているにもかかわらず、他の乗客とおなじように大きめのコートを着ていた。その分厚いアウターウェアのせいで、武器の輪郭《りんかく》はわからなかった。それに、二〇メートルほど離れたふたりの横を通るまで、体の右側を見ることはできない。

だが、その距離でも、ジェントリーの熟練した目には、ロシア人のように見えた。

しかも、スパイのように見える。

しかも、時間を意識しているように見えた。

ふたりともジェントリーにまったく注意を払わないのはありがたかったが、ヴェリスキーが列車内をさらに進んで、騒ぎが起きたときには、そのふたりのいる場所を突破して、ターゲットを目指さなければならないとわかっていた。

ジェントリーは、女性の車掌から乗車券を買い、うしろのドアを通って車掌が出ていくのを待って、まわりを見ながら、行動計画を練った。できればロシア人ふたりを回避して、できるだけ早くヴェリスキーに接近し、そこで行動を開始する。

そのとき、スイス国境警備隊員ふたり――ひとりは女、ひとりは男――が、四号車からはいってきて、カウンターの奥の女と親しげにおしゃべりをはじめた。ふたりとも急いでいるふうはなく、前のほうの客車で警戒したり興奮したりするようなことがなにも起きていないのは明らかだった。

それはいい報《しら》せだったが、安心できないことをジェントリーは知っていた。バキエフのほかに怪しい男ふたりが列車に乗っているし、食堂車のふたりがGRU工作員だとしたら、どこかの時点でヴェリスキーに対して行動を起こすことはまちがいない。

国境警備隊員ふたりは、すぐにカウンターの男たちのパスポートを検査した。ジェントリーのところからは、どこの国のパスポートか見分けることができなかったが、濃い紫色だったので、セルビアのパスポートの可能性があった。もしそうなら、ロシア人の可能性が高い。セルビアは、ウクライナの戦争がはじまってからも、ずっとロシアと国交を維持している。

国境警備隊員ふたりが、ようやくテーブル席のあいだを通って、ジェントリーのほうに近づいた。ふたりをやりすごして、前の車両へ行き、ヴェリスキーを見つけ、ミラハでヴェリスキーといっしょに乗車した謎の女を捜そうかと、ジェントリーは思った。

ヴェリスキーを捕らえ、ウラン・バキエフやそのほかのGRUの殺し屋と戦って撃退し、それからデッキのドアのそばにある非常用ドアコックを引く。列車がとまったら、ヴェリスキーとともに脱出し、闇にまぎれる。アンジェラは乗客に混じって避難すればいい。あまりいい計画ではないと、ジェントリー自身も思ったが、極限状態では自然とそうなるものなのだ。

国境警備隊員ふたりが、ふたたび近づいてきたが、ジェントリーの向かいでビールを飲んでいた登山者たちのなかで若い夫婦の書類を調べるときに立ちどまった。国境警備隊員ふたりが食堂車をのんびりと進むのを眺めながら、ジェントリーは不安といらだちのあまり足踏みをした。

もっと急げと、ひとりごとをいった。

〔下巻につづく〕

寒い国から帰ってきたスパイ

The Spy Who Came in from the Cold

ジョン・ル・カレ
宇野利泰訳

〔アメリカ探偵作家クラブ賞、英国推理作家協会賞受賞作〕任務に失敗し、英国情報部を追われた男は、東西に引き裂かれたベルリンを訪れた。東側に多額の報酬を保証され、情報提供を承諾したのだった。だがそれは東ドイツの高官の失脚を図る、英国の陰謀だった……。英国と東ドイツの熾烈な暗闘を描く不朽の名作

ハヤカワ文庫

ティンカー、テイラー、ソルジャー、スパイ〔新訳版〕

Tinker, Tailor, Soldier, Spy

ジョン・ル・カレ
村上博基訳

英国情報部の中枢に潜むソ連のスパイを探せ。引退生活から呼び戻された元情報部員スマイリーは、かつての仇敵、ソ連情報部のカーラが操る裏切者を暴くべく調査を始める。二人の宿命の対決を描き、スパイ小説の頂点を極めた三部作の第一弾。著者の序文を新たに付す。映画化名『裏切りのサーカス』解説／池上冬樹

スクールボーイ閣下（上・下）

The Honourable Schoolboy

ジョン・ル・カレ

村上博基訳

〔英国推理作家協会賞受賞作〕ソ連情報部の工作指揮官カーラの策謀により、英国情報部は壊滅的打撃を受けた。その長に就任したスマイリーは、膨大な記録を分析し、カーラの弱点を解明しようと試みる。そして中国情報部にカーラが送り込んだスパイの重大な計画を知ったスマイリーは秘密作戦を実行する。傑作巨篇

スマイリーと仲間たち

Smiley's People

ジョン・ル・カレ
村上博基訳

将軍と呼ばれる老亡命者が殺された。将軍は英国情報部の工作員だった。醜聞を恐れる情報部は、彼の工作指揮官だったスマイリーを引退生活から呼び戻して後始末を依頼、やがて彼は事件の背後に潜むカーラの驚くべき秘密を知る！ 英ソ情報部の両雄がついに決着をつける。三部作の掉尾を飾る傑作。解説／池澤夏樹

誰よりも狙われた男

A Most Wanted Man
ジョン・ル・カレ
加賀山卓朗訳

弁護士のアナベルは、ハンブルクに密入国した痩せぎすの若者イッサを救おうと奔走する。だがイッサは過激派として国際指名手配されていた。練達のスパイ、バッハマンの率いるチームが、イッサに迫る。命懸けでイッサを救おうとするアナベルは、非情な世界へと巻きこまれてゆく……映画化され注目を浴びた話題作

繊細な真実

A Delicate Truth

ジョン・ル・カレ
加賀山卓朗訳

極秘の対テロ作戦に参加することになった外務省職員。新任大臣の命令だが不審な点は尽きない。一方、大臣の秘書官は上司の行動を監視していた。作戦の背後に怪しい民間防衛企業の影がちらついていたのだ。だが、秘書官の調査には官僚の厚い壁が立ちはだかる！　恐るべきはテロか、それとも国家か。解説／真山　仁

訳者略歴　1951年生，早稲田大学商学部卒，英米文学翻訳家　訳書『暗殺者グレイマン〔新版〕』グリーニー，『レッド・プラトーン』ロメシャ，『無人の兵団』シャーレ（以上早川書房刊）他多数

HM=Hayakawa Mystery
SF=Science Fiction
JA=Japanese Author
NV=Novel
NF=Nonfiction
FT=Fantasy

暗殺者《あんさつしゃ》の屈辱《くつじょく》
〔上〕

〈NV1517〉

二〇二三年十二月二十日　印刷
二〇二三年十二月二十五日　発行
（定価はカバーに表示してあります）

著　者　マーク・グリーニー
訳　者　伏《ふし》見《み》威《い》蕃《わん》
発行者　早川　浩
発行所　株式会社　早川書房

郵便番号　一〇一‐〇〇四六
東京都千代田区神田多町二ノ二
電話　〇三‐三二五二‐三一一一
振替　〇〇一六〇‐三‐四七七九九
https://www.hayakawa-online.co.jp

乱丁・落丁本は小社制作部宛お送り下さい。
送料小社負担にてお取りかえいたします。

印刷・三松堂株式会社　製本・株式会社明光社
Printed and bound in Japan
ISBN978-4-15-041517-4 C0197

本書は活字が大きく読みやすい〈トールサイズ〉です。